I0831101

El aullido del agua

Laia Vilaseca

El aullido del agua

Traducción de
Noemí Sobregués

Papel certificado por el Forest Stewardship Council®

Título original: *L'udol de l'aigua*

Primera edición: noviembre de 2025

Printed in Spain – Impreso en España

ISBN: 978-84-9129-408-5
Depósito legal: B-16.341-2025

Compuesto en Mirakel Studio, S. L. U.

Impreso en Black Print CPI Ibérica
Sant Andreu de la Barca (Barcelona)

SL94085

A todas las mujeres que han formado
y forman parte de mi vida.
Gracias por estar ahí siempre.
Gracias por las palabras, por los silencios,
por la escucha y por el cariño.
Gracias por ser el espejo y la luz que lo atraviesa.
Qué maravillosa, absoluta y fantástica
suerte que nos hayamos encontrado

Las cosas que las mujeres reclaman son a menudo su propia voz, sus valores, su imaginación, su clarividencia, sus historias y sus antiguos recuerdos. Si buscamos lo más profundo, lo más oscuro y lo menos conocido, tocaremos los huesos.

Clarissa Pinkola Estés

Nota informativa: aunque esta novela está inspirada en un lugar real y muchas de las descripciones del entorno son realistas, se trata de una novela de ficción en la que los personajes que habitan este espacio que muchos conocen son totalmente inventados y no tienen nada que ver con la realidad. Lo mismo ocurre con la trama y todo lo que sucede, así que, como ya sabéis, cualquier parecido con la realidad es pura coincidencia, y todo, absolutamente todo, es atribuible a mi imaginación.

Los personajes de la novela

Casa Belart

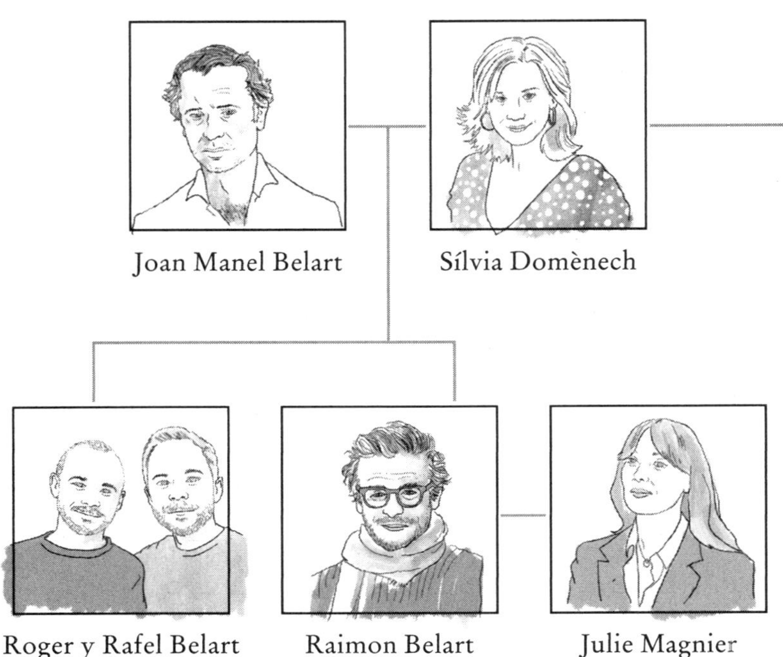

OTRAS PERSONAS DEL CÍRCULO BELART

Laura

Ferran

Gemma

Clàudia

Torre Domènech

OTRAS PERSONAS DEL CÍRCULO DOMÈNECH

Servicio de la Torre Domènech

Detective Levy
Casa de madera
Casa
Masferrer
Ca la Lo
Puente del
Mediodía
Torre Vella

Mar
Playa
Estanque de
la Ferrera
Torre Domènech
Casa Belart

1
Un cuerpo en la orilla
Jacint

Estanque de la Ferrera. El Prat de Llobregat
27 de septiembre de 2025

Lo primero que piensa es que se trata de un maniquí. Le parece que lo que ve es solo un trozo de pierna de plástico blanquecino, abandonado entre las cañas que rodean el estanque, acariciadas por la brisa fresca de primera hora de la mañana. Sin embargo, sus neuronas captan enseguida la incongruencia: el objeto está totalmente fuera de lugar. La propiedad está vigilada, hay cámaras y para acceder se necesita un código que cambia todos los días. Así que es poco probable que alguien haya entrado con un maniquí, aunque no imposible. A veces alquilan la finca para hacer rodajes de moda, pero en estos casos utilizan modelos, no maniquíes. Además, en los dos últimos días no ha habido ningún rodaje, y ayer el trozo de pierna no estaba. De eso está seguro.

«Podría ser cosa de Ferran», piensa. Que haya montado una fiesta de las suyas, y a saber cómo ha acabado. Sí, le parece lo más probable. De hecho, hace casi un año ya utilizó la extremidad de un maniquí, aquella vez un brazo, que dejó medio enterrado en el cementerio de mascotas de la familia para «celebrar» la noche de la Castañada. Últimamente —que quiere decir en los últimos años—, Ferran ha hecho unas cuantas trastadas. Tantas que su primo —que prácticamente le hace de padre— ya le ha amenazado dos veces con retirarle la palabra y cualquier tipo de ayuda. Lo ha visto crecer desde que era un crío y le sabe mal que se comporte así. Juraría que el chaval tiene buen corazón, pero las facilidades exageradas de según qué tipo y las carencias de otro hacen que a veces las personas no terminen de crecer del todo. «El chico ha tenido todo lo que no necesitaba y poco de lo que realmente es necesario en la vida», piensa negando con la cabeza y chasqueando la lengua. Después se encoge de hombros: «Bueno, quizá todavía pueda arreglarse».

Al final se sacude la concatenación de pensamientos y se acerca a la falsa extremidad con prudencia. Sus pasos, solo un poco dubitativos, avanzan por el estrecho sendero de tierra que conduce al pequeño embarcadero formado por una media luna de tierra que besa el estanque. Después rodea la barca blanca de los Domènech, que hoy en día solo utiliza la heredera, y se adentra unos metros en el cañizal hacia su objetivo con el agua fangosa cubriéndole una parte de las botas negras impermeables.

Es entonces cuando sus ojos comprenden lo que está viendo y el horror se apodera de él: la pierna y el pie descalzo no son de plástico. Es claramente piel. Una piel tenue, de un color pálido y amortiguado, exenta de vida. Está convencido de que quiere desviar la mirada, pero, por algún motivo que no sabe explicar, no es capaz. Quizá si continúa mirándolo, su cerebro reaccionará de una vez y acabará procesándolo.

De repente, sin previo aviso, el vómito le brota impaciente de la boca. Emite un gemido que une sorpresa y vergüenza, pero por un instante se siente aliviado. Después se limpia los restos de vómito de los labios con el antebrazo y se queda unos segundos con el cuerpo medio encogido, jadeando. Al final saca el móvil del bolsillo, con la mano un poco temblorosa, y pulsa el 1, otro 1…, y de pronto cuelga.

Niega con la cabeza. Conoce perfectamente las órdenes: nunca se llama a las autoridades antes de haber comunicado al señor Domènech lo que haya pasado en la propiedad, sea lo que sea, y de que él haya dado su consentimiento. Pero Jacint haría cualquier cosa por no tener que ser él quien le comunique lo que acaba de ver. Porque... ¿con qué cara y cómo le dices a tu jefe que has encontrado a su hija, muerta, a escasos metros de la puerta trasera de su casa?

2

Un café con sospechas

Clàudia

Casa Pinto. Sitges
23 de septiembre de 2025

Clàudia ha tenido que esperar al menos cinco minutos hasta que Rai ha decidido arrastrarse hasta la puerta. Está casi segura de que estaba durmiendo, porque está despeinado y lleva la ropa del día anterior: un pantalón corto de color caqui y una camiseta negra de Black Sabbath. Ha fingido una media sonrisa cuando la ha visto a través del cristal, antes de acercarse a abrirle la puerta.

—Perdona, me quedé dormido en el sofá esperándola. —Las rociadas de Calvin Klein no han conseguido disimular el aliento alcoholizado que se le escapa de los labios delgados—. Pasa, pasa. ¿Quieres un café?

Ella asiente con la cabeza y entra en la casa que le es tan familiar. Pero enseguida echa en falta a Julie y se siente rara a solas con Rai. Nunca le ha acabado de convencer; siempre ha creído que algo en él no encajaba, aunque no sabría explicar el qué. Bueno, quizá sí: las interminables noches de fiesta y el uso y abuso de drogas y alcohol, pero había hecho la vista gorda y se decía a sí misma que no era asunto suyo cómo los demás ocuparan su tiempo libre, aunque le pareciera exagerado en intensidad y frecuencia. De hecho, mientras lo piensa, puede identificar claramente el polvo blanco en la mesa de cristal de la salita. Mueve la cabeza de forma casi imperceptible; no ha venido aquí para criticar los malos hábitos de Rai.

—Supongo que no tienes noticias... —Se sienta en uno de los taburetes altos tapizados con piel negra colocados debajo de la barra de la cocina.

—No. He estado toda la noche llamándola al móvil, pero sigue apagado.

—Quizá deberías poner ya la denuncia, Rai.

—Aún no —le contesta secamente, con los ojos clavados en la Nespresso.

—Puede estar en peligro. Su vida podría depender de unas horas.

—Julie no es el tipo de persona a la que le pasan estas cosas. Es muy intuitiva y sabe evitar los problemas.

Clàudia piensa que es verdad y mentira a la vez. Su relación con Rai es el ejemplo perfecto.

—¿Crees que se ha ido voluntariamente? —le pregunta.

Él vierte el café caliente en una taza y se la coloca delante.

—No. O puede que sí. No lo sé. —Se pasa la mano por los rizos rubios y se los aparta de la cara.

—¿Pasó algo, Rai? —insiste—. ¿Habéis discutido?

—No, no —repite él—. Pero estos últimos días estaba un poco rara, como si le diera vueltas a algo.

—¿Como qué?

—¡Que no lo sé, hostia!

Da un golpe en la barra de la cocina con la mano abierta y hace temblar la taza de cerámica negra.

Pero ella no se deja intimidar por este tipo de estallidos breves, tan característicos de él, sino que sorbe el café que queda en la taza y la deja con parsimonia en la barra. Después lo mira fijamente y le anuncia:

—Si hoy no tenemos noticias de ella, yo misma pondré la denuncia en comisaría. —Se levanta del taburete y se cuelga el bolso en el hombro—. Limpia esa mesa —le dice señalando con los ojos la mesita donde ha visto el polvo blanco— y deshazte de las drogas. Si Julie no aparece hoy, mañana recibirás la visita de los compañeros de mi hermano, y puedo asegurarte que no serán tan comprensivos como yo.

Rai le sostiene la mirada con los labios ligeramente apretados, pero no dice nada. Ella tampoco esperaba que lo hiciera.

Al final, Clàudia da media vuelta y desaparece de la estancia, no sin antes haber captado de reojo el biquini rosa y húmedo que cuelga del pomo de la puerta del despacho.

3

Una sorpresa agridulce

Jacint

Torre Domènech. La Ferrera. El Prat de Llobregat
27 de septiembre de 2025

Jacint suelta un suspiro casi mudo antes de dar media vuelta y recorrer los veinte metros que separan el muelle de la puerta trasera de la Torre Domènech. El naranja vivo e intenso de los crisantemos y el lila profundo de la salvia que lo rodean en este corto trayecto acentúan la desesperanza y lo absurdo de la situación. El estado en el que se encuentra no le permite pensar que estaría bien fijarse en si hay huellas en la tierra húmeda por la exigua lluvia de la noche anterior —siempre llueve durante la Fiesta Mayor—, y así descubrir si coinciden con las de Dèlia o con las de alguna otra persona. Tampoco se le pasa por la cabeza que pueda estar comprometiendo la escena de un crimen. Su mente no puede ir más allá del hecho de que ella está muerta. Solo quiere terminar de hacer lo que se espera de él para excusarse y poder quedarse a solas para intentar digerir lo que acaba de vivir.

La puerta trasera está abierta. No es raro. Son las siete pasadas y Dolores empieza a ventilar la casa en cuanto se levanta, siempre a las seis, para volver a tenerla cerrada y ventilada cuando los demás habitantes se levantan. Piensa que el señor Domènech debe de estar todavía en la cama; al fin y al cabo es fin de semana. La idea de entrar en su habitación sin permiso y despertarlo para darle la terrible noticia le resulta inconcebible. Quizá podría esperar. Pero no; si supiera que se había quedado sentado sin hacer nada y que lo había dejado dormir, nunca se lo perdonaría. Así que se arma de valor, empuja con suavidad la puerta pintada de color verde, se quita rápidamente las botas, llenas de barro, y se pone las alpargatas. Después rodea la monumental mesa de madera de roble macizo que preside el comedor y se dirige al rellano para subir la escalera que lo llevará a la planta superior. Justo cuando coloca la alpargata en el primer escalón, oye a Dolores, que baja la escalera refunfuñando con una cesta de ropa sucia en los brazos.

—Hombre, Jacint. ¿Qué haces aquí? —le pregunta cuando se lo encuentra de cara en mitad de la escalera—. ¡Parece que hayas visto un fantasma!

—¿El señor Domènech todavía está durmiendo? —le pregunta él sin tener claro qué respuesta desea recibir.

—Pues sí. ¿Por qué?

—Tengo que despertarlo.

—Yo no lo haría. Ya sabes que no le gusta nada que entren en su habitación.

—Es importante.

—¿Tan importante como para tenerlo todo el día de mal humor?

—El mal humor está garantizado haga lo que haga, y no sería el peor de los males, créeme.

—Ay, Jacint, qué misterio. ¿Me dices qué demonios ha pasado o qué?

—Primero tengo que decírselo a él. Ya sabes cómo son estas cosas.

Dolores se encoge de hombros y hace un gesto enfurruñado. Sabe perfectamente que con él no vale la pena insistir. Se conocen desde hace veinte años, así que ha tenido tiempo de aprender que Jacint es tan tozudo como ella o más. Y ella lo es bastante.

—Tú mismo, pero haz el favor de no llamar muy fuerte a la puerta y no hacer mucho ruido, que ayer la niña llegó a las tantas. Creo que más tarde de lo que le permiten, pero, en fin, no seré yo la que se lo diga a su padre. Todos hemos sido jóvenes alguna vez.

—¿La oíste llegar? —le pregunta sorprendido.

—Sí, ya sabes que mi habitación está justo encima de la suya. Creo que llegó un poco borracha, porque dio un par de golpes y tiró las botas al suelo de una forma que... Bueno, te lo puedes imaginar.

—¿Qué hora era?

—Las tres. Miré el reloj. Pero no se lo digas a su padre, que...

No le da tiempo a acabar la frase, porque Jacint pasa a toda velocidad por su lado y termina de subir las escaleras hasta la primera planta. Después camina hacia la derecha del pasillo y se detiene frente a la puerta de la habitación de Dèlia Domènech, que está cerrada. Dolores lo sigue curiosa.

—Pero ¿se puede saber qué demonios haces? —Se planta delante de la puerta para impedirle el paso—. Ni se te ocurra entrar en la habitación de la chica, que ya tiene una edad y podría estar desnuda, y...

—Abre la puerta —le ordena él en un tono autoritario que emplea muy pocas veces.

—Pero...

—Por favor —insiste con firmeza.

Al final Dolores lo obedece, hace girar el pomo dorado con delicadeza y empuja la puerta suavemente.

—¿Qué? —susurra después de haber asomado la cabeza por la puerta.

Jacint levanta un poco la cabeza por encima de la suya y echa un vistazo al interior. La estancia está bastante desordenada. En el suelo hay varias pilas de ropa, en su mayoría negra. En el escritorio de madera clara, además del ordenador, el micrófono y la cámara digital, ve estuches y brochas de maquillaje esparcidos por toda la superficie. Pero lo que más le sorprende es ver el cuerpo que reposa en la cama, boca abajo, con los rizos castaños brotando rebeldes de la cabeza. Le cuesta procesar lo que tiene ante sí, y entonces, de repente, la fuente de pelo de color avellana se mueve y una voz que conoce muy bien murmura:

—¿Qué cojones hacéis aquí? —Y el pelo se retira para mostrar un rostro que ha visto crecer durante veintiún años—. ¿Queréis dejarme dormir, que es *fucking* domingo?

Y una oleada de incomprensión, de estupefacción, pero también de alegría repentina le sacude el cuerpo.

4
Visión de futuro
Rai

Barcelona
20 de marzo de 2006

El día que Raimon Belart conoció a Julie Magnier, una lluvia débil pero insistente había cubierto las calles asfaltadas de la ciudad de una fina capa de agua, y las callejuelas artificialmente creadas entre las atracciones de la feria en una explanada de las afueras se habían convertido en carriles de barro resbaladizo. Rai miró sus zapatos de piel marrón mientras avanzaba por una de las callejuelas improvisadas y negó con la cabeza mientras pensaba que se compraría otros al día siguiente. La sola idea de los zapatos nuevos le hizo sonreír, y dos hoyuelos se le dibujaron a escasos centímetros de la comisura de los labios. Le saldrían gratis con lo que ganara con esa apuesta. En ningún caso dependía del azar, y, por lo tanto, estaba seguro de que la ganaría.

Julie estaba sentada en la penumbra. La rodeaba un humo espeso intensamente aromatizado, que atacaba los sentidos de una manera que a él le pareció vulgar y empalagosa. Pero aquello era una feria, y no podía esperarse mucha más sofisticación de los que trabajaban allí, se dijo mientras avanzaba agachado para evitar que el techo de la tienda de lona improvisada le peinara el pelo rubio y ligeramente ondulado por la humedad.

A medida que fue acercándose, lo que antes solo había sido una silueta negra, apenas definida e impasible, se transformó en una mujer de belleza oscura que lo observaba sonriendo. Sus pómulos bien definidos resaltaban por la tenue iluminación que emitían las velas, enmarcados por la contundencia geométrica del corte de pelo, de un color negro resplandeciente como el plumaje de un cuervo majestuoso. Apoyaba con elegancia las manos finas y de dedos largos en la mesa redonda que tenía delante, y la luz de las velas hacía brillar los anillos dorados y con varias piedras de colores encastadas. A su izquierda había un mazo de cartas boca abajo. Como la mesa estaba cubierta con una tela de estampado cuestionable y un tapete, Rai no pudo evaluar sus piernas, cosa que hacía con todas las mujeres que tenía delante, aunque el busto prominente que intentaba huir del escote de Julie le hizo augurar que se encontraba ante un ejemplar que quizá había subestimado desde la distancia.

—Siéntese —le ordenó ella levantando un poco la mano derecha y mostrándole la palma a modo de invitación.

Él la obedeció sin intentar ocultar la sorna que se le dibujaba en el rostro moreno. Ella lo observó en silencio durante unos segundos, los justos para provocarle cierta incomodidad. Después, mirándolo fijamente, le dijo:

—Bueno, ¿qué quiere saber?

—¿Tengo que hacerle una pregunta concreta? Creía que podría darme una visión general del futuro.

—Depende de lo que quiera pagar. Perdone, he tenido la intuición de que solo querría una tirada rápida.

—¿Porque es más barata? —le preguntó casi ofendido.

—Porque me da la sensación de que no le gusta gastarse el dinero en cosas que considera tonterías.

La frase consiguió captar la atención de Rai. Pensó que quizá había subestimado a la persona que tenía ante sí.

—¿Qué servicios ofrece? —le preguntó en el tono más neutro que pudo.

Ella sonrió satisfecha.

—Una lectura de quiromancia son diez minutos y vale quince euros. También puedo hacer diversas lecturas de las cartas del tarot, ya sea para responder a una pregunta concreta sobre un tema en particular, que vale diez euros, o una tirada más general de previsiones a corto plazo, que vale veinticinco euros. La tirada completa, que dura unos treinta minutos, vale cincuenta euros.

—Una tirada general —dijo buscando los ojos de la pitonisa.

Julie sonrió de nuevo, como si la respuesta de Rai hubiera cumplido sus expectativas, pensó él, y alisó con la palma de la mano izquierda el tapete de felpa con parsimonia. Después cogió los naipes con delicadeza y cerró los ojos durante unos segundos. Sus dedos empezaron a mezclar las cartas de forma ágil y limpia. Rai pensó que la mujer sería una buena crupier, si es que decidía cambiar de profesión. A continuación, ella le tendió el mazo de cartas.

—Ahora barájelas usted. Si le preocupa algún tema en particular, piense en él mientras lo hace.

Rai cogió las cartas y las barajó haciendo un par de trucos de los que había aprendido en el casino. Sonreía y buscaba la admiración en los ojos almendrados de la pitonisa, hasta que, tras pillarse a sí mismo pensando en lo absurdo de su actuación, decidió dejar las cartas en la mesa. Julie se limitó a cogerlas con un gesto sobrio y las distribuyó sobre el tapete en tres montones.

—Elija uno, por favor —le dijo levantando por fin la mirada del tapete para encontrarse con los ojos verdes de Rai.

Sin apenas pensarlo, él extendió la mano y señaló el montón del centro.

Ella lo cogió y después lo sumó a los otros dos montones, de manera que las cartas que él había elegido quedaron arriba del todo. Luego extendió las cartas en forma de abanico.

—Elija siete, por favor.

Él la obedeció dejando escapar su escepticismo por las comisuras de los labios. Ella ignoró el gesto y procedió a hacer un montón con las siete cartas, que a continuación colocó en forma de cruz en la mesa mientras les daba la vuelta. Cuando hubo acabado, las miró en silencio durante un rato, que a Rai se le hizo eterno. Al final no pudo aguantar más y le soltó:

—¿Y bien? ¿Qué dicen las cartas, señorita pitonisa?

—Dicen que viene de lejos, de un lugar donde no hace mucho perdió a una persona muy cercana a usted.

A Rai le cambió la cara.

Ella lo miró fijamente, impertérrita, y añadió:

—También dicen que usted es una persona más bien impulsiva, con facilidad para caer en vicios que le hacen más mal que bien. Pero no está todo perdido, señor Belart. La buena noticia es que en breve conocerá al amor de su vida en un lugar que jamás habría imaginado. Y será un amor que, pase lo que pase, no olvidará jamás.

Y Rai se perdió en la sonrisa de ella sin darse cuenta de que en ningún momento le había dicho su nombre.

5

Ojos de tormenta

Dèlia

Playa de la Ferrera. El Prat de Llobregat
3 de noviembre de 2024

La primera vez que supieron de la existencia del otro eran las once de la mañana de un día gris y ventoso de noviembre. Al menos, eso creía Dèlia.

Nadie más había decidido que sería buena idea pasar esas horas del domingo en la playa en esas circunstancias, y quizá solo por eso ya se sintieron un poco unidos en el momento en que sus pupilas se encontraron; dos almas libres y rebeldes que de ninguna manera subyugaban sus impulsos a las condiciones meteorológicas.

Dèlia estaba sentada con las piernas cruzadas en la arena fina y fría, humedecida por la lluvia que había caído incesantemente durante toda la noche. Observaba las aguas oscuras sin dejarse intimidar por los rugidos aterradores de un mar salvajemente bello que sentía suyo. Había descubierto hacía tiempo que esas olas feroces la sumergían en un estado meditativo que le permitía arraigarse cuando más lo necesitaba. Y esa mañana era el caso. Normalmente, la presencia de otra persona en la playa la habría molestado de inmediato, pero ese día vio algo en esos ojos profundos de un color idéntico al del mar que consiguió frenar las palabras impertinentes que habrían salido de su boca. La sonrisa de dientes impecables entre los labios carnosos, que aportaba la única luz en ese paraje, también ayudó.

—Esta playa está cerrada al público, es un espacio protegido —anunció en un tono casi juguetón. No sabía por qué lo había dicho. Bueno, quizá sí, para dejar claro quién era ella.

—Vaya, lo siento, no lo sabía. —El chico de pelo castaño se colocó la caña de pescar al hombro—. Quería pescar antes de la tormenta, pero el mar está demasiado agitado. He pensado que valía la pena dar un paseo antes de marcharme, ya que estaba aquí.

—¿Y no has visto el cartel? —le preguntó Dèlia, de repente molesta por la impertinencia que transmitía su tono. Pero no fue necesario que el chico le contestara, porque cuando dirigió los ojos hacia el cartel se dio cuenta de que el viento debía de haberlo arrancado—. No importa —añadió—, me llamo Dèlia.

—Oriol. —Sonrió, pero no se acercó a ella—. Así que ¿la playa es tuya? —le preguntó socarrón.

—No, pero tengo acceso a ella desde mi casa, vivo ahí, en la Torre. —Recorrió con la mirada la cala limitada por espigones a cada lado.

—¿Domènech?

Ella asintió.

—Debe de ser agradable tener una playa en la que estar solo.

A ella no se le escapó el cinismo que teñía sus palabras. Se encogió de hombros.

—Solo si puedes estar realmente tranquila. —Pero lo dijo con una media sonrisa.

—Sí, claro. Perdona, no te molesto más. —Levantó la mano a modo de despedida y dio media vuelta para empezar a caminar hacia el otro lado de la playa.

—¡Espera! —gritó ella cuando de repente un trueno ensordecedor estalló en el cielo y las primeras gotas de lluvia hicieron acto de presencia.

Él se volvió y la miró con expresión interrogante.

—¿Quieres refugiarte un rato? —le preguntó mirando el cielo de plomo y abriendo las manos.

—¿En la casa de los Domènech? —Inclinó ligeramente la cabeza y arrugó la nariz.

—No —le contestó ella—. No quiero irme a casa ahora; precisamente por eso estaba aquí. Hay una casa abandonada a la que mi amiga y yo vamos cuando queremos tranquilidad. Allí nunca nos molesta a nadie.

—¿Estás tirándome los tejos? —Le clavó los ojos de tormenta y sonrió de una forma que mezclaba la incredulidad con las ganas de jugar.

—Para nada —le contestó manteniendo las pupilas fijas en el mar agitado de esos ojos en los que le dio la sensación de que era extremadamente fácil perderse—. Solo te ofrezco refugio. Y conversación. Que quede claro desde el principio.

Él asintió.

—¿Y no te da miedo llevarme? No me conoces de nada.

—Voy a clases de defensa personal desde que tengo seis años. Yo en tu lugar no intentaría nada. Además, no olvides que estás en mi territorio; en esta burbuja hay ojos por todas partes. —Miró la torre que sobresalía entre las copas de los pinos frondosos a unos cien metros de distancia. Después volvió al rostro moreno que la observaba divertido—. ¿Qué? ¿Vienes o no? —Se levantó y se sacudió la arena húmeda del pantalón vaquero.

—Voy.

Ella escondió la sonrisa satisfecha entre el pelo largo de color avellana, que el viento, cada vez más fuerte, hacía danzar por su rostro, y volvió a las facciones neutras que tan bien controlaba cuando acabó de levantar la cabeza. Después las huellas de los dos se dibujaron paralelas en la arena hasta que desaparecieron por el sendero de tierra que se adentraba entre el pinar de la Ferrera.

6

Vecinos

Clàudia

Plaza de la Estrella. Sitges
23 de septiembre de 2025

Clàudia se dispone a abrir la puerta de su viejísimo Peugeot 207, aparcado en la diminuta plaza redonda que está al final de la calle de la casa de Julie, cuando instintivamente sus ojos se desplazan hacia la ventana de la segunda planta del edificio que tiene delante: una figura alta y delgada suelta una cortina vaporosa y blanca en un intento inútil de ocultar su presencia.

Cierra el coche y se dirige hacia la estrecha puerta de madera que da a la plaza, enmarcada por arbustos densos y más altos que ella, que no le permiten ver el interior.

Llama al timbre. La respuesta se hace esperar.

No oye unos pasos acercándose hasta que llama por segunda vez.

Al final, una mujer alta, vestida con un caftán de lino y con el pelo gris recogido en una gruesa trenza, asoma la cabeza por la puerta.

—¿Sí?

—Hola, señora Altarriba. ¿Tiene un momento para que le haga unas preguntas?

—Usted es la periodista con ínfulas de investigadora amiga de la pitonisa —le contesta sin ocultar su desaprobación.

—Me llamo Clàudia —le replica de mal humor. Después recuerda por qué está aquí y se obliga a cambiar de tono—. ¿Le importa que entre un momento?

—¿Para qué?

—Quiero hacerle un par de preguntas.

—¿Sobre qué?

—Sobre los vecinos.

—¿Estos dos de aquí delante? —Arruga la nariz—. ¿No los conoce ya de sobra?

—Es importante.

—¿Por qué?

—No sé dónde está Julie.

—Vaya, ¿qué le ha pasado? ¿Se ha perdido? —le pregunta con sorna.

Clàudia le lanza una mirada reprobadora.

—Está bien —acepta por fin la señora Altarriba moviendo la cabeza de un lado al otro.

Amèlia Altarriba avanza en silencio por el caminito de losas hasta el ventanal que separa el jardín del comedor y le hace un gesto desganado con la mano a Clàudia.

—¿Quiere tomar algo? —No le hace ninguna gracia la visita impuesta, pero eso no quiere decir que deba perder los buenos modales. Su madre no la educó así.

—No, gracias, solo serán cinco minutos.

La respuesta le gusta a la mujer, que se sienta en el sillón de estilo oriental.

—Pues usted dirá.

Clàudia se sienta en el sofá a juego y echa un vistazo a su alrededor. Un montón de cuadros de tamaños diversos y sin ninguna relación entre ellos abarrotan las paredes.

—¿Cuándo fue la última vez que vio a Julie?

—Ayer. O quizá anteayer. ¿Hoy qué es? ¿Lunes? —Mira el techo, como si en él fuera a encontrar la respuesta.

—Martes. Martes, 23 de septiembre.

—No hay nada como que te jubilen, ¿eh? —Sonríe socarrona—. Pues entonces fue el sábado. Por la mañana la vi bajando a la playa por el camino de detrás. Mi hijo vino a pasar el día y a comer, y fui a abrirle la puerta. No nos saludamos porque la vi de espaldas.

—¿A qué hora?

—Hacia las nueve. Mi hijo vino a primera hora porque tenía que arreglarme cuatro cosas del ordenador, que yo no me aclaraba, y colgarme un par de cuadros que compré la semana pasada en la galería.

—¿Julie iba sola?

—Sí.

—¿Y el domingo por la mañana o ayer por la mañana la vio?

—No.

—¿El sábado o el domingo por la noche oyó algo inusual en el barrio?

—Lo de siempre: la música alta hasta la madrugada y alboroto en la piscina. A mí me da igual, porque me tomo una pastilla para dormir y listo, pero no es el comportamiento que se espera en este barrio, no, señor. —Niega con la cabeza.

—Pero ¿Julie no estaba? ¿No la vio?

—¡Que no! Ya se lo he dicho. Pero oí un coche el domingo, por la mañana muy temprano. No me tomé la molestia de levantarme de la cama para espiar quién era, como comprenderá.

Clàudia se levanta del sofá y le tiende la mano a su interlocutora, que la mira extrañada.

—Muchas gracias por su colaboración, señora Altarriba.

—¿Qué le ha pasado a la pitonisa? ¿Ha desaparecido entonces?

—Ahora mismo no puedo darle explicaciones. Lo siento. Pero le agradezco mucho su tiempo y su hospitalidad, de verdad —le dice dirigiéndose a la puerta corredera que da al jardín.

—¿Tiene que ver con la chica pelirroja? ¿Hay problemas en el paraíso? —le suelta con una sonrisa desvergonzada.

—¿Qué chica? —Se detiene en seco y la mira fijamente.

—Una que vino ayer al mediodía. Llegaron con el BMW del señor Belart y entraron juntos. Se reían y hacían el idiota. Por lo que sé, todavía no ha salido. Y deduzco que la pitonisa no está, así que…

—Gracias por la información, señora Altarriba. —Clàudia le da la espalda y avanza por el camino de losas a paso ligero—. No se moleste, no es necesario que me acompañe.

—De nada, reina. ¡Un placer ayudar a las celebridades del país! —le contesta desde el sillón, satisfecha de sí misma.

7

La una por la otra

Jacint

La Ferrera. El Prat de Llobregat
27 de septiembre de 2025

—Pero ¿se puede saber qué te pasa? —susurra Dolores mientras ajusta con delicadeza la puerta de la habitación y empuja a Jacint hacia fuera—. ¿Es que quieres meterte en problemas o qué?

Jacint arrastra las alpargatas hasta el final del pasillo, donde hay un cuarto de baño, y le hace un gesto con la mano para indicarle que lo acompañe. Cuando ella llega con ojos impacientes, le dice en voz baja:

—Hay una chica muerta en el muelle de aquí abajo.

—Pero ¡¿qué dices?!

—Lo que oyes. La he encontrado en el cañizal hace un momento, cuando venía a la Torre.

—Pero... no lo entiendo. ¿Quién...? ¿Cómo...?

—He creído que era Dèlia. Lleva su ropa: esa falda corta vaquera y el jersey con los botones dorados en las mangas... Y tiene el pelo igual que ella. Por eso estaba tan nervioso, Dolores. Venía a decírselo al señor Domènech y no tenía ni idea de cómo hacerlo. Pero si no es ella...

—¡Virgen santísima! —Mira hacia arriba y empieza a mover la cabeza de un lado al otro.

—¿Qué? ¿Qué pasa?

—Ayer estuvo con Laura. Se encerraron las dos en la habitación para arreglarse e ir a la Fiesta Mayor. Le dejó ropa, Jacint. ¡Le dejó ropa suya a Laura! ¿Y si es ella? ¿Y si es Laura?

Jacint se queda un momento pensando.

—No, no puede ser Laura. —Solo de pensarlo el corazón le da un vuelco—. Ya te he dicho que tiene el pelo como Dèlia, castaño y largo.

—¿Estás seguro? —le pregunta Dolores con la mano en el pecho y los ojos llorosos.

—¡Que sí, hostia, que sí!

Pero ella puede discernir la sombra de la duda en las palabras de Jacint.

—¿Le has visto la cara, Jacint? ¿Se la has visto?

—¿Cómo quieres que se la haya visto? En ese caso me habría dado cuenta de que no era Dèlia. Está boca abajo y no he querido moverla ni tocarla.

Los dos se quedan unos segundos en un silencio incierto hasta que al final Dolores lo coge del brazo.

—Llévame —le dice decidida.

—Pero el señor Domènech… ¿No deberíamos…?

—Ahora ya no importan veinte minutos más. Veinte minutos no cambiarán nada y quiero ver quién es esa chica. Quiero descartar que sea Laura.

Él duda un momento, pero después se encoge de hombros.

—Está bien, de acuerdo. Vamos.

De nuevo tiene la sensación de que el brillo del sol y la bonanza de la brisa amorosa son una incongruencia casi ofensiva en ese momento. Como si al universo le diera absolutamente igual la pérdida de una vida joven e inocente, que seguramente es el caso. Todo sigue igual, indiferente, acompañado de un silencio que ha pasado de ser agradable a inquietante, roto por el canto aparentemente despreocupado de los pájaros.

—Está allí. —Señala el cuerpo entre las cañas, que rumorean una oración en un idioma que él no entiende.

Dolores duda un momento.

—¿No me acompañas? —le pregunta.

—No creo que sea buena idea tocarla. Seguro que nos meteremos en problemas.

Ella mira la figura que intuye entre las cañas. Intenta armarse de valor, pero no termina de decidirse a dar el primer paso.

—Si te acercas un poco verás el pelo castaño. No puede ser Laura. —Jacint ilustra sus palabras con un gesto rotundo de cabeza.

Dolores inspira hondo por la nariz y al final avanza entre las cañas. Sus alpargatas de color beis se tiñen del marrón del lodo. Seis metros después se tapa la boca con la mano; ahora distingue el cuerpo perfectamente.

—Está descalza... —murmura. Sus ojos se desplazan por el contorno de ese cuerpo sin vida, de las extremidades inferiores a la cabeza. Enseguida nota el defecto, el sintetismo y la falta de brillo, el encrespado exagerado en la fibra capilar. Sin pensárselo, coge un trozo de caña y lo acerca a la cabeza, que está hundida en el barro. Jacint la sigue con la mirada.

—¿Se puede saber qué haces? —No puede evitar acercarse. Teme que Dolores haga algo que los meta en problemas con el señor Domènech primero y con las autoridades después.

Dolores no le contesta. Está muy concentrada extendiendo el brazo con el palo hacia la mata de pelo castaño.

—Pero ¡Dolores! ¡Para, ostras, que no puedes tocarla así! ¡Para!

Ella sigue ignorándolo. Ha conseguido por fin introducir la caña partida en dos entre el pelo, y se ha quedado enganchada. Ahora la mueve hacia ella otra vez, con una fuerza que estremece a Jacint, hasta que por fin la mata de pelo castaño se desplaza toda ella, como una medusa de rizos, y queda colgando de la caña, dejando al descubierto un pelo rubio y corto que les es condenadamente familiar.

Jacint cae de rodillas en el barro y una lágrima le resbala silenciosa por la cara. Es incapaz de conseguir que el grito ahogado de dolor le salga de la garganta.

8

Una relación complicada

Rai

Casa Pinto. Sitges
23 de septiembre de 2025

—¡Por Dios, qué aburrimiento! —exclama Milena mientras abre y cierra los cajones de la mesa del despacho procurando hacer el mínimo ruido posible—. ¿Puedo salir ya o qué?

—¡Espera un momento, hostia! —Rai aparta el rostro de la ventana y dirige su grito apagado hacia la puerta del despacho. Clàudia arranca el coche y da marcha atrás para meterse en la calle de la Lluna—. Vale, ya está.

La chica abre la puerta, vestida solo con una camisa de manga larga de Rai, y se dirige hacia él seductoramente quejosa.

—No entiendo por qué tengo que esconderme de lo que estamos haciendo. Creía que tu mujer y tú teníais una relación abierta.

—No es mi mujer. No estamos casados.

—Pues tu pareja, lo que sea. ¿No es esta la gracia de las relaciones abiertas?

—Ahora es diferente.

—¿Por qué? —La pelirroja introduce su mano lánguida bajo la camiseta de Rai y le acaricia los pectorales con las puntas de los dedos.

—¡Porque no sé dónde está, hostia! ¡Parece que se la haya tragado la tierra! —Le aparta la mano fría bruscamente.

—¿Quieres decir que te ha abandonado? —le pregunta divertida.

—No digas tonterías, Milena. —La mera formulación de la posibilidad lo ofende—. Pero si le ha pasado algo, no quiero que se sepa que yo estaba aquí contigo ni que tenemos una aventura, ¿entendido?

—No sé de qué hablas... Yo no estaba aquí. No estoy. Todo esto es un sueño... —le contesta volviendo a la carga y metiéndole la mano por dentro de la parte delantera del pantalón—, un sueño fantástico, pero solo un sueño...

Rai se deja hacer. Tampoco es necesario ser tan estricto. El daño ya está hecho. La puerta está cerrada con llave y, teniendo en cuenta que Clàudia ya se ha ido, no importan diez o veinte minutos más, hasta que se quite a Milena de encima. Se siente frustrado por la desaparición de Julie, quizá incluso un poco asustado. Y Milena es una buena oportunidad para desconectar de estos sentimientos incómodos con los que nunca ha sabido convivir mucho rato.

En cualquier caso, vale la pena recordar que a él nadie lo deja, se repite mientras ella le abre la bragueta. Siempre, pero siempre, es él quien deja a los demás.

9

Otra relación complicada, pero de forma diferente

Clàudia

Comisaría de los Mossos d'Esquadra. Sitges
23 de septiembre de 2025

Antes de entrar, vuelve a marcar los números de teléfono de Julie. Primero el que utiliza para el trabajo. Después el particular. Los dos siguen apagados. Deja un mensaje en el buzón de voz de los dos:

—Julie, soy Clàudia. Llámame.

Cuelga y se siente absurda. Sabe perfectamente que si Julie estuviera en peligro y pudiera llamar, ya lo habría hecho. O está en una situación delicada y no puede hacerlo, o no está en ninguna situación delicada y no quiere hacerlo. Pero si Julie hubiera planeado marcharse y desaparecer —algo que, en el fondo, tampoco le costaría tanto entender—, ¿no se lo habría dicho a ella? ¿A la que se supone que es su mejor amiga? Sea como fuere, si se hubiera ido, habría cogido todas sus cosas, o algunas, ¿no? ¿Qué llevaba exactamente en el bolso cuando se fue? Decide que antes de volver a casa hará otra visita a Rai. Entrará en la habitación de matrimonio. Mirará si el biquini rosa sigue colgado del pomo de la puerta. Y aprovechará para decirle que ha hecho efectiva la denuncia.

Entra en la comisaría con el aire más despreocupado que es capaz de adoptar.

—¡Hola, Clàudia! ¿Cómo te va? —le pregunta Mariona con una alegría que le parece genuina.

—Muy bien. Fantástico. Maravilloso. Quería hablar con Pau. ¿Está?

—Lleva media hora reunido en la sala. No les faltará mucho para terminar. Siéntate, siéntate aquí y cuéntame qué tal te va mientras lo esperas. ¿Tienes algún nuevo proyecto en la cabeza? ¡Mira que casos aquí no nos faltan, si necesitas ideas!

—Voy tirando, voy tirando, gracias. Sí que tengo una nueva idea en la cabeza —le miente—, así que estoy bastante ilusionada...

—Seguro que lo harás genial.

De alguna manera, el comentario la hace sentirse aún peor. Por suerte, el teléfono de la centralita interrumpe la conversación. Su interlocutora le hace un gesto con el dedo y atiende la llamada.

Clàudia aprovecha la oportunidad para levantarse y echar un vistazo a las fotografías de personas desaparecidas en el póster de la pared. Quizá Julie acabe aquí. Se le revuelve el estómago solo de pensarlo. Se impacienta por momentos. Sabe perfectamente que las primeras horas y los primeros días de una desaparición son claves para una buena resolución. Se lo ha oído decir un montón de veces a su hermano y lo ha visto en multitud de ocasiones en los casos que ha estudiado. Y ya han pasado más de dos días.

Los pasos y la conversación entre los mossos que salen de la sala de reuniones rompen el casi silencio típico de cualquier oficina: timbres de teléfonos que suenan un par de veces, la cadencia de los dedos pulsando los teclados a diversos ritmos, la máquina de café, que de vez en cuando expulsa ese líquido amarronado y aguado. Esta tarde parece tranquila.

—Clàudia. —Pau sonríe con un punto de inquietud—. Qué sorpresa...

—Hola. —También ella sonríe—. ¿Tienes un momento?

—Para ti, siempre, hermanita. —Le guiña el ojo—. Espero que no te hayas metido en otro lío —le dice socarrón—. Acompáñame a mi despacho.

Lo sigue por el pasillo que forman las diferentes mesas de color gris intentando que las miradas curiosas de algunos de los compañeros de su hermano, a los que conoce desde hace años, no la afecten demasiado. Seguro que han hablado de lo que pasó, pero ahora no quiere pensar en eso.

Aun así, no puede evitar estar segura de lo que están pensando.

Entra en el despacho y se deja caer en el sillón en el que sabe que Pau da las cabezadas cuando está de guardia y tiene veinte minutos libres.

—Tú dirás —le dice su hermano.

—Julie ha desaparecido. Quiero poner una denuncia.

—¿Tu amiga? ¿La que lee las cartas?

Ella asiente.

—¿Desde cuándo?

Clàudia detecta cierto escepticismo en su tono.

—No lo sé exactamente. Desde el sábado por la mañana o al mediodía.

—O sea, entre cuarenta y ocho y setenta y dos horas. ¿Estás segura?

—No. Tiene el móvil desconectado desde ayer seguro, que es cuando la llamé porque habíamos quedado a tomar un café y no se presentó. Pero igual desde antes, porque el sábado tenía que ir a una consulta en Barcelona y ya no se ha sabido nada más de ella.

—¿Qué dice su marido de todo esto?

—No es su marido.

—Da igual, ya me has entendido.

—Dice que Julie cogió el coche el sábado por la mañana para ir a la consulta y que después ya no ha podido contactar con ella.

—¿Crees que él tiene algo que ver?

—No lo sé. Volvió a su casa con una chica pelirroja que creo que todavía estaba allí esta mañana.

—Veo que ya has empezado a investigar por tu cuenta. —Se queda un instante en silencio—. Clàudia, sabes que no tienes potestad para hacerlo...

—He hecho lo que haría cualquier amiga. Y aunque no sea mossa, tengo derecho a preguntar lo que me parezca.

—Sí, eso está claro.

—Ya sé que no te tomas en serio mi trabajo, pero no es eso lo que estamos discutiendo ahora mismo.

Él asiente, conciliador.

—Y lo de la chica que estaba con él lo has sabido por...

—Una vecina.

Le lanza una mirada que mezcla la desaprobación y la admiración.

—Estoy aquí, ¿no? —replica ella—. Estoy haciendo lo que haría cualquier ciudadano. ¿Cuál es el problema?

—Ninguno, ninguno. No hay ningún problema. Pero lo de Raimon Belart creo que no es ninguna novedad y...

—Da igual. Ella está ilocalizable, y por lo tanto desaparecida. Redactarás la denuncia, ¿verdad?

—Sí, claro.

Pero ella sabe que acaba de decidirlo ahora mismo, probablemente para quitársela de encima.

—¿Quién va a ocuparse? ¿Tú?

—Quim y Cecília, supongo. Al menos, de momento.

—¿Con tu supervisión? —Es más un ruego que una pregunta.

—Sí, con mi supervisión. Pero tú no enredes, ¿entendido? Una cosa es comentar casos que ya están cerrados y otra es ponerse a investigar uno a lo loco...

—Ajá.

—Clàudia, podría ser peligroso.

—Que sí, que sí. Lo que tú digas.

Él esboza una media sonrisa, inclina levemente la cabeza y la mira con ojos de preocupación moderada.

—¿Estás bien?

—No, estoy preocupada por Julie.

—Aparte de eso, quiero decir.

—Voy tirando.

—¿Aún vas a la psicóloga?

—A veces. Aunque creo que una birra con la amiga adecuada es más eficaz y económico. Lo que pasa es que ahora a mi amiga no la encuentro por ninguna parte. —Sonríe cínicamente.

—Si hay profesionales del tema, será por algo, ¿no? Te está yendo bien, ¿verdad?

—Magnífico. —Se obliga a sonreír—. Óptimo. No podría irme mejor.

Él mueve la cabeza y sonríe a medias.

—Bien. Entonces sigamos. Redactemos esa denuncia.

—Gracias, Pau.

—De nada, hermanita. Solo hago mi trabajo.

Y se lo agradece, claro que sí, pero de ninguna manera tiene la intención de quedarse de brazos cruzados cuando sabe que es muy posible que Julie la necesite más que nunca.

10

Un incidente en la Ferrera

Mateu

Torre Vella. La Ferrera. El Prat de Llobregat
27 de septiembre de 2025

La comitiva espera en silencio a que la gran valla pintada de color verde avance de lado, pesada y lenta, hasta que oyen el clac final que separa de nuevo la propiedad de todo lo que la rodea. Sin embargo, su efectividad ya no se percibe de la misma manera. Quizá había sido una ilusión, ahora que han visto claramente que ha sido insuficiente para mantener el mal apartado de estos terrenos. Y es que aún es demasiado temprano para que alguno de ellos se plantee que quizá esta no sea la única posibilidad, que quizá ese mal está al otro lado de la valla.

—Nos ocuparemos nosotros, Teresa —dice el señor Domènech mirando a los ojos humedecidos de la mujer, encorvada por el dolor—. Te prometo que pagarán por lo que han hecho.

Ella mira la carretera por la que ha visto cómo desaparecía la furgoneta que transporta el cuerpo de Laura y vuelve a echarse a llorar. Mateu Domènech la rodea con los brazos y la consuela un instante. Después la coge suavemente por los hombros y la guía con paciencia a la casa, que está a escasos metros y custodia la entrada de los forasteros a la propiedad.

—Ahora os haré llegar un par de medicamentos para que esté más tranquila y llamaré a Bartomeu para que le eche un vistazo

—anuncia a Cati, la hermana de Teresa, que la acompaña al interior—. Vendré en un par de horas, cuando lo haya gestionado todo. Sobre todo, que nadie toque nada de la habitación de Laura. ¿Entendido?

Cati asiente y desaparece con Teresa hacia la oscuridad que probablemente las acompañará, aunque quizá con una intensidad algo más tenue con el paso del tiempo, el resto de sus vidas.

Mateu Domènech da media vuelta, sube al coche y ordena a Siri que marque el número de teléfono que ha introducido en la agenda escasos minutos antes de meterse en el camino de tierra hacia la Torre Domènech.

—Levy. —Solo ha tardado dos tonos en responder.

—Soy Mateu Domènech. Antoni Roure me ha pasado su contacto.

—Encantado de conocerlo, señor Domènech. Espero que no me llame para encargarme un caso, porque desgraciadamente ahora no puedo aceptar ninguno más.

—Es importante.

—No lo dudo, pero ahora mismo no dispongo del tiempo necesario para aceptar otro caso y trabajar como es debido. De todas formas, puedo derivarlo a otro compañero muy eficiente que...

—¿Por qué no deriva el caso que tiene entre manos a ese otro compañero y acepta el mío?

—Es una idea muy original —le contesta Levy sin ocultar la ironía—, aunque seguramente a esa otra persona no le parecería bien, ¿verdad? En cualquier caso, las cosas no funcionan así.

—Es un asesinato. Han matado a la mejor amiga de mi hija.

—Lo siento. Supongo que habrá informado a la policía y...

—Sí, claro que la he avisado —lo interrumpe—, y resulta que Roure me ha pasado su teléfono.

—No tiene sentido. Él sabe perfectamente que no puedo investigar ningún crimen que sea un caso abierto —le dice Levy.

—Este tema debería hablarlo con él, pero estoy seguro de que no lo ha hecho porque sí. Creo que los dos sabemos el tipo de hombre que es.

Ambos se quedan un instante en silencio.

—Llevaba la ropa de mi hija —añade Mateu Domènech—. La víctima, la chica muerta, iba vestida con ropa de mi hija y llevaba una peluca que imitaba su pelo.

De nuevo el silencio. Sin duda ha captado su atención.

—¿Cree que querían matar a su hija? —le pregunta Levy por fin.

—Es muy posible.

—O que han querido enviarle un mensaje.

—También es muy posible.

—Y la policía lo sabe.

—Evidentemente.

—Y Roure le ha dado mi teléfono. —Casi parece que hable para sí mismo.

—Eso es.

—Tiene guardaespaldas, ¿verdad?

—Sí, pero...

—Déjeme que vea lo que puedo hacer —lo interrumpe.

—Así que acepta el caso —le dice Domènech aliviado, sin ocultar el triunfo en sus palabras.

—Vayamos por partes. Tengo un hueco hoy a las cuatro. Iré a verlo y hablaremos.

—Perfecto, la dirección es...

—Sé dónde está la Ferrera, señor Domènech. Conozco la zona. Llamaré al interfono de la Torre Vella para que me abran la valla.

—De acuerdo, lo recibiré allí. —Se queda un momento en silencio y después añade—: Gracias, de verdad, le agradezco el esfuerzo.

—No me dé las gracias todavía. Hasta luego. —Y cuelga el teléfono.

Mateu Domènech exhala la creciente tensión acumulada desde que ha abierto los ojos a primera hora de la mañana. Después detiene el T-Cross negro en el camino, rodeado de pinos y cañizales, mira a su alrededor para asegurarse de que está solo, y por fin rompe a llorar.

11

Nochevieja

Blanca

Torre Domènech. La Ferrera. El Prat de Llobregat
31 de diciembre de 1989

Como siempre, esa torre la ayudaba a aislarse de su vida. Entre esas cuatro paredes apenas intuía el alboroto del comedor; dos plantas y varias paredes garantizaban la separación de esa alegría que sentía artificial y forzada.

Abrió con delicadeza la puerta de madera de color verde oscuro que daba al balcón y dejó que el rumor de las olas y el viento marítimo de la última noche de diciembre le besara la cara. Por primera vez en toda la noche le pareció que por fin el aire le llenaba por completo los pulmones. No había encendido la luz del pequeño escritorio de madera para evitar llamar la atención; lo último que quería es que alguien subiera y echara a perder uno de los pocos momentos de paz que había experimentado en las últimas semanas. Sin embargo, la luna era casi llena e iluminaba la estancia a través de los cristales de las cinco ventanas de madera que, junto con la puerta del balcón, llenaban las cuatro paredes que la rodeaban. Unos metros más allá, el mar bailaba con el satélite de plata y creaba destellos efímeros en las olas rítmicas y tranquilas de esas aguas que a menudo le susurraban cosas que no quería oír.

Dejó caer la chaqueta de punto que le cubría los hombros y el frío que le besaba el rostro resbaló por la piel del escote y los brazos. Se acercó a la barandilla de hierro y miró hacia abajo: los farolillos distribuidos cuidadosamente por el jardín, la piscina iluminada, los invitados más valientes o a los que más efecto les había hecho el alcohol bailando en parejas en el césped al ritmo de esa canción de los Everly Brothers que hablaba de sueños... Y de repente la idea se le apareció como una intrusa molesta e impertinente: ¿y si se lanzara al vacío? ¿Y si se dejara caer, más allá de la barandilla, hacia la oscuridad de una dimensión desconocida? ¿Sería como volar a un espacio de no dolor? Bueno, puede que hubiera dolor, pero sería muy breve. Y después todo terminaría. ¿Cómo sería el vacío? ¿Oscuro o lleno de luz? ¿Cómo reaccionarían todos esos invitados si la vieran tirada allí en medio, probablemente con la cabeza abierta? ¿Habría sangre? ¿Mucha? ¿O sería una caída limpia? ¿Cómo reaccionaría Carles? Seguro que se sorprendería, pero ¿qué podría más, la incertidumbre de la situación o el enfado por el hecho de que ella hubiera elegido esa noche y esa forma de morir? ¿Llegaría a estar triste, aunque fuera un segundo, antes de enfadarse? De repente se lo imaginó susurrando: «Hasta para matarte tenías que montar un número, Bianca. Tenías que fastidiar la Nochevieja a todas estas personas y a tu familia. Hasta ese punto eres egoísta y egotista. No puedes evitarlo. Lo llevas en la sangre».

El calor de unas manos sobre la piel gélida y blanca de sus brazos la abstrajo de esa fantasía tenebrosa. Esos brazos y ese aroma que tan bien conocía la envolvieron, la guiaron con suavidad hacia el interior de la torre y la trasladaron a un lugar lleno de luz dentro de sí misma en el que esa idea macabra parecía inconcebible.

Intentó contener la alegría repentina que la había invadido al reconocerlo, cuando giró el rostro para encontrarse con el suyo. ¿Cómo era posible que en un momento pasara de pensar en matarse a sentirse más viva que nunca?

—¿Qué haces aquí? Si te ve...

—Yo también me alegro de verte, amor. —Sonrió antes de acercarle los labios y darle un beso dulce y furtivo.

Una oleada de mariposas eléctricas la recorrió de la cabeza a los pies, y por un momento la sensación de peligro se desvaneció. Pero solo durante unos segundos.

—¿No tenías que estar en Valencia?

—Lo he solucionado rápido. Quería empezar el año 1990 contigo.

—¿Cómo has entrado?

Se encogió de hombros.

—Tengo mis sistemas. De todos modos, por lo que he visto, todo el mundo ha bebido tanto que creo que nadie se habría dado cuenta de mi presencia si hubiera entrado por la puerta como si fuera mi casa.

—Pues es un gesto muy romántico, pero también muy peligroso. Te agradezco que hayas venido, de verdad, pero no puedes quedarte mucho rato.

—Ya lo sé. —Se quedó un instante en silencio y la miró a los ojos—. Y tú tampoco. Ven conmigo, Blanche. Vámonos. Empecemos una nueva vida.

—No puedo.

—Claro que puedes. Nadie te verá. Cogeremos un avión en menos de dos horas. Mañana por la mañana nadie sabrá dónde estás.

Ella lo observó con los ojos vidriosos y movió muy despacio la cabeza de un lado al otro.

—¿Por qué te obligas a vivir en una jaula? ¿Por qué te atas a lo que te hace infeliz? No es esto lo que quieres. Nunca lo has querido.

—Es más complicado de lo que parece.

—No, no lo es. Eres tú la que lo complicas con esa especie de lealtad extraña. Después de todo lo que te ha hecho. De lo que sabes que seguirá haciéndote.

—Él no es solo eso. También es otras cosas.

—No es excusa.

—No. No lo es. Es una explicación.

—No puedo esperar eternamente.

—Ya lo sé. Nunca te he pedido que lo hagas.

Notó la sal de la lágrima traicionera que le resbaló hasta los labios, ligeramente apretados, que intentaban frenar el llanto. Acababa de entender que era la última oportunidad de tener una vida con él. Le aterrorizó que eso equivaliera a la imposibilidad eterna de una vida feliz, que fuera una condena a una vida triste y gris pensando en qué otra vida se había perdido. Antes se mataría. Y aun así seguía congelada, impávida, incapaz de tomar la decisión. Pero, en realidad, no tomarla ya era una decisión.

Él paseó los ojos azules, dolidos, por su rostro; una persona que no conociera su historia habría pensado que intentaba memorizarlo. Pero tenía esas facciones y ese cuerpo grabado a fuego en cada una de sus células desde hacía mucho tiempo. Después le acarició la mejilla con la mano derecha y forzó una sonrisa triste que le hizo anticipar la nostalgia que ese adiós provocaría en cada minuto posterior de sus vidas. Ella le devolvió una mirada que quería ser la súplica de una prórroga que sabía que no podía perpetuar más. Él la besó con la intensidad de quien hace algo esencial por última vez. Ella cerró los ojos y se sumergió en ese túnel de emociones sin salida al amparo de la oscuridad que le proporcionaban los párpados cerrados hasta que al final sus labios se separaron con pesar y volvió a la frialdad de la estancia.

Cuando abrió los ojos, dos segundos después, él ya no estaba.

Si no hubiera sido por el perfume que aún flotaba en el aire que la rodeaba, habría creído que había sido un sueño.

12

Una familia más o menos bien avenida

Laura

Casa Belart. La Ferrera. El Prat de Llobregat
8 de agosto de 2025

Se quedó embobada observando cómo la luz del sol imponente que golpeaba la fachada de la casa atravesaba ligera la vidriera modernista que formaba la parte superior del muro, dibujando un arcoíris juguetón en la pared de la habitación de matrimonio de la Casa Belart.

Dèlia la miró divertida.

—Parece que te hayas fumado algo, tía.

—Estoy alucinando con esta casa. —Laura mostró las palmas de las manos abiertas—. Esto es otro nivel...

—¿Comparada con la del estanque, quieres decir? —le preguntó fingiendo un tono ofendido.

—Es otro concepto, no puede negarse.

—Está claro, está claro. Si conocieras bien a mis tíos lo entenderías...

—¿Por qué han dejado de vivir aquí todo el año? Si yo tuviera esta casa, me pasaría aquí el día entero. Y el jardín...

—A mi tía nunca le ha fascinado pasar mucho tiempo aquí. Dice que hay una energía extraña... Lo que yo creo es que le da palo tener al resto de la familia tan cerca, por eso viven en Sitges. Además, creo que necesitan la pasta; supongo que la alquilarán para mantenerla... Al menos desde que mi tío lo perdió casi todo con esa inver... —Se calló de inmediato al ver a su prima al otro lado del cristal gigante que hacía de pared exterior—. En fin, vamos.

—¿Qué hacéis aquí?

—Estoy enseñándole la casa. Es la primera vez que la ve.

Neus miró a los ojos azules de Laura y volvió a los ojos verdes de Dèlia.

—Ni que fuera un museo —dijo secamente.

—Hombre, un poco sí lo es —le contestó Laura mientras se levantaba despacio del cojín amarillo mostaza que cubría el banco de madera donde estaba sentada—. No es malo, ¿no?

—Depende de cómo se mire. —Neus volvió a dirigirle la mirada—. Pero supongo que no todo el mundo puede entenderlo. En todo caso, si vais a hacer de turistas, el pomo de mi habitación ni tocarlo, ¿entendido?

—No sabía que te hubieras apropiado de una habitación.

—Sabes perfectamente que siempre me instalo en la misma habitación cuando hacemos cosas de familia.

—¡Ni que la casa fuera tuya! —exclamó con una carcajada—. Chica, tienes un sentido de la propiedad muy desarrollado, teniendo en cuenta que no es ni de tus padres.

—Al menos soy de la familia y no merodeo por los pasillos embobada como esta pánfila —murmuró mirando con desprecio a Laura.

—¿Desde cuándo te has vuelto tan estirada y estúpida? —le preguntó Dèlia sin hacer ningún esfuerzo por ocultar su mal humor—. La pubertad te ha sentado fatal, chata.

—¿Y vosotras desde cuándo tenéis los culos tan enganchados que tenéis que ir juntas a todas partes? Parece casi enfermizo, la verdad —le replicó Neus, desafiante—. Esto es una comida familiar, Dèlia. Nadie te ha dicho nada por educación, pero en fin...

—Nadie excepto tú, claro.

—A mí no me cuesta decir la verdad, ya lo sabes. Me la suda lo que piensen de mí.

—Tiene que ser así por fuerza, porque si no... —le respondió clavándole los ojos incendiados.

—Cogeré el carrito de golf para volver. —Laura dio media vuelta.

—Tú no vas a ninguna parte —declaró Dèlia con firmeza.

—No quiero crear mal ambiente, no tengo ninguna necesidad de...

—El mal ambiente lo crea ella. —Señaló con la cabeza a su prima—. No le hagas ni caso. Como está puteada, no puede soportar que alguien sea un poquito feliz a su alrededor. —Y cogió a Laura de la mano para arrastrarla suavemente fuera de esa jaula de cristal que era la habitación de matrimonio de Raimon Belart y Julie Magnier.

La mayoría de los invitados estaban sentados a la mesa blanca preparada con exquisita informalidad. Mateu Domènech y Rai Belart conversaban unos metros más allá, de pie, bajo uno de los múltiples pinos distribuidos por el inmenso jardín que rodeaba la casa de cristal.

Dèlia frunció el ceño un momento cuando vio a su padre y a su tío, y después desvió la mirada y se dirigió a una de las sillas vacías. Pero Laura se quedó quieta. Durante unos segundos dudó si sentarse a la mesa después de lo que había dicho Neus. Ni siquiera sentía que tuviera un lugar entre los que habían tenido la suerte o la desgracia de adherirse a esa saga, aunque fuera perimetralmente. No era una sensación nueva, pero hacía tiempo que no la experimentaba con una intensidad tan desagradable de gestionar.

—Laura —la llamó Dèlia.

Giró la cabeza. Su mejor amiga le hacía un gesto impaciente con la mano, llena de anillos dorados, para que se sentara a su lado.

Dudó un momento y al final se dirigió a la mesa forzando una sonrisa.

—Creo que prefiero marcharme —le susurró al oído.

—No digas tonterías. No dejes que la idiota de mi prima nos fastidie el día. ¡La comida en esta casa siempre es de-li-cio-sa! ¡Josefa es la mejor cocinera del mundo!

La mujer de pelo rubio que tenía delante la miró y le ofreció una sonrisa que le pareció auténtica. Se la devolvió.

—Laura, ¿verdad? —le preguntó—. Eres la hija de los Sabater, si no me equivoco..., de David y Teresa.

Asintió.

—Tus padres son muy majos, los conozco un poco. Una vez...

Obviamente entendió que solo intentaba ser amable, pero de alguna manera le molestó que esa semidesconocida considerara importante compartir su opinión sobre su familia, como si necesitara su aprobación o como si tenerla fuera a lograr que se sintiera mejor o más tranquila en esa situación. El problema era que un poco sí lo conseguía, porque, en cualquier caso, lo que todos tenían claro es que ella era la excepción, o la anomalía, en esa situación. ¿O acaso estaba haciendo una montaña de un grano de arena? «Puta Neus», pensó. La había alterado. No es que el conflicto fuera nuevo, pero creía que lo tenía bajo control hasta que, de vez en cuando, ocurría algo así. Si supieran lo de Ferran se volverían locos, seguro. Era consciente de que, en parte, era uno de los motivos por los que aún no le había dicho nada a Dèlia. Y fue entonces, al pensarlo, cuando se dio cuenta de por qué esta vez le había afectado más que las anteriores. Ella nunca había tenido ningún problema de conciencia de clase. No se avergonzaba de su origen ni de cómo sus padres se ganaban la vida. De hecho, estar en contacto directo con Dèlia le había hecho entender desde muy pequeña que la vida de los Domènech no era tan fantástica como podía parecer desde fuera. Era extremadamente confortable, en algunos sentidos, claro, pero en otros podía llegar a ser muy incómoda, difícil y solitaria... No envidiaba la vida de Dèlia ni la deseaba. Su posición le permitía disfrutar de las mejores cosas y obviar las más negativas. Pero desde que había empezado su relación con Ferran, en especial cuando había visto que era más que un *crush* volátil, al menos para ella, la cosa había empezado a cambiar. Nunca se había planteado que realmente pudiera formar parte de esa familia, más allá de ser la mejor amiga de Dèlia. La habían visto crecer y la trataban con una consideración casi familiar, pero sospechaba que si descubrieran lo que estaba pasando, de ninguna manera lo aceptarían. La diferencia de edad no ayudaba, pero ahora veía claro que no sería el único problema, y posiblemente tampoco el más importante... Volvió al momento en el que estaba viviendo y se obligó a sacudirse el pensamiento de la cabeza. La mujer que tenía delante seguía hablando.

—Así que si no hubiera sido por tu padre, nos habríamos pasado todo el día allí, colgados, sin poder hacer nada, pero acabamos pasando un día magnífico, de esos que lo son tanto porque es lo que menos te esperabas. ¿No os parece que suele pasar? Bueno, vosotras sois jóvenes y seguro que os lo pasáis bomba la mayoría del tiempo, pero...

—No creas... ¿O te has olvidado de lo que es ser posadolescente? —le preguntó Marta, la mujer que tenía al lado.

—¡No, al revés! Y qué alegría tener toda la vida por delante, ¿verdad? ¿Cuál es el problema? En todo caso, no permitas que mi hija te eche a perder el día. —Le regaló una mirada llena de dulzura—. Sé que es complicado, pero si nos tomáramos en serio todas las tonterías que Neus dice últimamente, no le haríamos ningún favor, y aún menos nos lo haríamos a nosotras mismas.

El hecho de que la progenitora de esa arpía hubiera anulado de forma tan taxativa las palabras de su propia hija tuvo un efecto completamente balsámico en Laura. Tanto que le cambió el humor y decidió seguir los consejos de esa mujer y sentarse al lado de su amiga, casi del todo convencida, más allá de la teoría, de que la capacidad adquisitiva de esa malcriada no le otorgaba un mayor acceso a la verdad.

Bajo el pino, los dos hombres subieron de repente el tono de voz, lo que provocó en la mesa un silencio espontáneo repentino.

—¡Venderlo no es una opción! ¿Me oyes? —La voz de Mateu Domènech llenó todo el jardín.

—¡Tú haz lo que quieras con lo que es tuyo, pero deja que los demás decidamos por nosotros mismos, hostia! ¡Que eres como tu padre, siempre decidiendo por todo el mundo!

—Pero ¿no ves que todo es de todos? La Ferrera es un solo espacio, Rai. ¡No es tan difícil de entender! Si uno de nosotros cede, se lo irán comiendo todo gradualmente, ¿no te das cuenta? ¡Se lo cargarán todo!

—¿Y tan grave es que se lo carguen? Todo quedará inundado un día u otro, ya viste las previsiones. Dentro de sesenta y cinco años la Ferrera no existirá. Pero el aeropuerto sí, mira por dónde. ¿Qué sentido tiene mantener esta guerra que nos perjudica cuando podríamos vivir tranquilamente con un montón de pasta en el bolsillo?

—¡Así que ese es el tema! ¡Necesitas pasta! Debería habérmelo imaginado. ¿Cómo puede ser, Rai? ¡¿Cómo es posible que ya te lo hayas pulido todo?! Si Joan Manel levantara la cabeza...

—¡A mi padre déjalo al margen de todo esto! ¡Como si supieras qué pensaba o qué habría querido! ¡Mi padre era un pionero, no vería ningún problema en adaptarse a los cambios! Por otra parte, y sobre todo lo más importante, lo que haga con mi dinero no es asunto tuyo.

—Evidentemente lo es, si afecta a la Ferrera.

—No, Mateu. Tú haz lo que te parezca, que los demás haremos lo mismo.

—Tu terreno no les interesa, Rai. No pueden ampliar la pista por aquí —añadió cambiando de táctica.

—No es eso lo que me han dicho algunos expertos.

—Fíate tú de los expertos que has encontrado, sobre todo si trabajan para Aena o la patronal. En todo caso, tu madre dejó escrito explícitamente que no quería que se vendieran las tierras y que proteger la Ferrera era una prioridad que los futuros herederos de los Belart deberían tener siempre en cuenta, como lo hemos hecho los Domènech. Y tus hermanos...

—Ni mis hermanos, ni mi madre, ni mi padre están aquí. Además, estoy convencido de que con los años habrían acabado viéndolo de otra manera. Al fin y al cabo, eran muy modernos para su época, ¿no? Es lo que siempre dicen de ellos. Ya ves la casa y la admiración que despierta... —Señaló con la cabeza la fachada—. De todos modos, ahora los represento yo. —Esbozó una media sonrisa con suficiencia.

—Sabes perfectamente que no puedes vender estos terrenos, Rai. —Lo miró con dureza. Raimon Belart le sostuvo la mirada, pero no respondió. Se quedaron en un silencio tenso durante tres o cuatro segundos—. Además, queda Ferran —añadió por fin Mateu, desafiante.

—A Ferran le da absolutamente igual lo que hagamos con estas tierras. Si puede sacarse un extra para sus viajes y sus fiestas, bienvenido sea. Si no estuviera en la otra punta del mundo, estaría aquí dándome la razón, te lo aseguro.

—No tienes vergüenza. —Lo miró sin ocultar su desprecio.

—La vergüenza nunca le ha servido a nadie para ser feliz. —Se encogió de hombros—. Deberías ser más pragmático, primito. ¡Tanta reserva y tanta historia! La vida es cambio. No tiene sentido aferrarse al inmovilismo. Si lo entendieras, las cosas nos irían mejor a todos.

—Dices una tontería tras otra, Rai. No hay quien te aguante.

—Yo a veces también comparto el sentimiento —intervino Julie.

Había aparecido de la nada, sin que ninguno de los que observaban desde la mesa se hubiera dado cuenta de que se había levantado para participar en el espectáculo. Se movía de una forma que a Laura le hizo pensar en un gato. Esa sutileza en el gesto, esa mirada penetrante, esa sonrisa enigmática, esa calma intensa y esa compostura; parecía que lo tuviera todo controlado.

Laura siempre la había visto a cierta distancia, porque ella no solía participar en comidas en un entorno familiar más allá de los Domènech, y Julie y Raimon Belart solo se reunían con toda la familia si era más o menos necesario. O eso le había dicho Dèlia. Intuitivamente miró la casa que tenía detrás. Solo teniendo en cuenta las construcciones de las casas en las que vivían, era evidente que los Belart y los Domènech tenían concepciones de la vida muy diferentes.

Julie cogió el antebrazo bronceado de Rai y lo guio hacia la mesa con una sonrisa.

—Seguro que un poco de comida y de bebida nos ayudará a reconducir esta situación, especialmente si se ha ocupado Josefa. Parece evidente que la conversación, si se la puede llamar así, que estabais manteniendo ha llegado al máximo de sus posibilidades comunicativas. Además, estoy segura de que todos los que estamos en la mesa preferimos cualquier otro tipo de espectáculo.

—Sí, tienes razón. Perdonad —murmuró Mateu Domènech—. Si me disculpáis un momento... Ahora vuelvo. No me esperéis para empezar a comer. —Y desapareció detrás del muro hecho con una cenefa de baldosas que separaba la zona del comedor exterior del resto del jardín.

—Siempre tiene que dar la nota —refunfuñó con una sonrisa cínica Raimon Belart.

Julie Magnier le lanzó una breve pero efectiva mirada reprobadora antes de sentarse a la mesa. Él hizo un gesto que denotaba que se consideraba un rebelde incomprendido por una panda de sosos con horchata en las venas. Pero se calló.

—Bueno, ¿empezamos? —Julie recorrió con los ojos la gran variedad de aperitivos previos a la receta secreta de la lubina de Josefa y los levantó hacia los comensales—. Fantástico. ¡Que aproveche!

Y los invitados, también Laura, disimularon la incomodidad que los rodeaba y se centraron en el espectacular placer que les proporcionaban sus papilas gustativas.

13

Hermanas

Julie

Casa de los Guitart. El Prat de Llobregat
23 de junio de 1999

—¿Qué te parece este? —le preguntó Gemma mostrando las palmas de las manos mientras se miraba en el espejo de cuerpo entero del armario.

Julie se había quedado embobada observando las formas que la luz tenue y delicada que se filtraba entre las hojas del tilo cercano a la ventana creaba en la pared de la habitación mientras su hermana se probaba la mitad de los vestidos que tenía en el armario.

—¿Holaaaaaa...? ¿Jules?

Julie desvió la mirada de las sombras juguetonas y la observó.

—Está bien, pero también lo estaban los cuatro que te has probado antes.

—Ya, pero ¿cuál es mejor?

—Este. —La señaló con el dedo índice.

—Lo dices para que deje de preguntarte.

—Lo digo porque te queda espectacular.

Le sonrió.

—No sé... —Su hermana dudó—. Me gusta la forma, pero el color azul me queda mejor. —Volvió a ponerse por encima el vestido azul mientras se miraba en el espejo.

—Los dos te quedan bien. Además, ¿tan importante crees que es? Nunca te había visto tan preocupada eligiendo un vestido, Gemma.

Su hermana captó enseguida cierta preocupación en sus palabras.

—No pasa todos los días que los Belart te inviten a una fiesta, Jules. Quiero causar buena impresión. Ruth dice que Pau le ha dicho que Roger se ha pasado toda la clase de mates mirándome. —Sonrió y levantó la mirada hacia el techo blanco de la habitación.

—¿Quién de los dos es Roger?

—¿Qué quieres decir?

—Yo los veo a los dos iguales, tía, qué quieres que te diga.

—¡Ostras, pues no se parecen en nada! Roger es sexy, amable e inteligente, y Rafel es... un capullo integral, vaya.

—Vale, sí, pero te pregunto cómo los diferencias si no abren la boca, hermanita.

Gemma soltó una carcajada.

—¡Ah! Pues Roger tiene los ojos azules, como el mar, y Rafel los tiene de color verde oscuro, como un pantano fangoso lleno de líquenes. —Le guiñó un ojo.

—Ya, pero ¿no te parece raro que lleven el pelo exactamente igual? ¿Y que a menudo vistan igual? Quiero decir que ya no tienen cinco años, que no los viste su madre...

—Un poco sí, la verdad, pero no es cierto que siempre vistan igual. Hoy iban superdiferentes, por ejemplo. Creo que cuando van iguales es para confundir a la gente y tocar los cojones. Ya sabes que son un poco bromistas.

—Bueno, es una forma amable de decirlo. En todo caso, no sé, Gemma, no acaban de convencerme, y tampoco me hace gracia que vayas sola a la fiesta.

—¿Estás intentando que te invite? —Sonrió.

—No, no, ni de coña. ¿Dónde es? ¿En su casa?

—Ajá —mintió, aunque en su cabeza solo era media mentira.

—No sé, pero tengo una sensación extraña, incómoda... Creo que no deberías ir —le dijo casi en un murmullo.

Gemma la miró fijamente y se debatió entre enfadarse y suplicarle que no la pusiera en esa situación.

—Eso es que algo te ha sentado mal —le dijo por fin, quitándole importancia.

—Eso es que noto este tipo de cosas, ya lo sabes. —Se quedó un instante en silencio—. Es la misma sensación que tuve la noche que murió el tío.

Gemma movió la cabeza de un lado a otro y lanzó el vestido azul a la cama.

—No pienso dejar que me fastidies la noche de San Juan con tus premoniciones chungas, Julie. Llevo meses esperando tener una cita con Roger, y no voy a perder esta oportunidad.

—No es una cita. Te ha invitado a una fiesta con un montón de chicas más. —Enseguida se arrepintió de haberlo formulado así.

—¿Por qué siempre haces lo mismo? ¿Por qué siempre tienes que estropear los mejores momentos con esta mierda de comentarios e intoxicarlo todo? —Se quitó el vestido negro de tirantes a toda prisa.

—Solo intento protegerte, Gemma. No quiero estropearte nada —le contestó de mal humor.

—Pues no te preocupes, que sé cuidarme sola, gracias. Cuando quiera saber tu opinión sobre cómo pasar mi tiempo libre y con quién, te lo haré saber. —Y se marchó de la habitación que compartían desde hacía quince años dando un portazo.

Estuvo a punto de seguirla, pero el enfado y la frustración se lo impidieron en el último momento. En su lugar, salió de casa y se fue a pasear un rato por el casco antiguo con la intención de calmarse y poder mantener una conversación tranquila con su hermana antes de que se marchara a la fiesta.

Pero cuando volvió, ni ella ni el vestido negro de tirantes estaban en la habitación. Su padre le dijo que había quedado con Mireia para cenar algo antes de la verbena.

Julie intentó navegar el resto de la tarde y de la noche ignorando el mal presentimiento que la acosaba de manera recurrente, que ensuciaba la brisa cálida, las sonrisas despreocupadas, el cielo iluminado por los petardos, la música de Fiesta Mayor, la coca de San Juan y las copas burbujeantes de cava, hasta que cuando llegó la madrugada y Gemma no apareció, supo que se había equivocado.

Al día siguiente, cuando su padre y ella pusieron la denuncia por la desaparición, Julie fue la que contó cómo iba vestida la última tarde que la vería, aunque entonces todavía tenía alguna esperanza de que no fuera así.

También señaló el lugar en el que estaba segura de que había pasado algo, aunque no podía confirmar que hubiera llegado a ir. Pero nadie confía en las premoniciones de una joven que dice tener un sexto sentido para estas cosas, y menos aún cuando a quien acusa es a la familia Belart.

14

Un detective en la Ferrera

Levy

Torre Domènech. La Ferrera. El Prat de Llobregat
27 de septiembre de 2025

Espera pacientemente a que la valla pintada de ese color verde clásico que le recuerda a los años ochenta se desplace despacio hacia la izquierda. Mateu Domènech está al otro lado, con expresión seria y el teléfono móvil en la oreja. Baja la voz buscando cierta intimidad en ese espacio abierto rodeado de pinos, pero Levy tiene el oído muy entrenado y lo oye perfectamente.

—Está muy afectada, Elena. Es su mejor amiga.

—...

—Solo tienes que venir un par de días o tres, tampoco es tan complicado. Supongo que el entierro será el 29 o el 30. Le irá bien tener a su madre al lado.

—...

—Tú misma. Dèlia te necesita y no creo que tengas muchas más oportunidades de demostrarle que te importa, la verdad. —Cuelga malhumorado, pero se recupera de inmediato y cambia la expresión mientras se mete el móvil en el bolsillo de la americana de color azul oscuro.

La persona a la que Levy ve no difiere mucho de las imágenes que ha encontrado en el buscador antes de venir. Tiene unas cuantas canas más, eso sí. Por otra parte, los hombros anchos un poco más encorvados hacia delante de lo habitual, probablemente por el peso incómodo y agobiante de la muerte cercana, le otorgan un aire menos sereno y menos asertivo que el de las fotos de archivo. Levy camina hacia él y le tiende la mano.

—Lo acompaño en el sentimiento, señor Domènech.

Él asiente.

—Gracias por venir, se lo agradezco de verdad. Supongo que querrá empezar por el lugar donde la han encontrado...

—Sí, es lo más práctico. Aprovechemos la luz de la tarde mientras podamos.

—Pues sígame con el coche. —Y se dirige al T-Cross negro con determinación.

Los dos coches avanzan por el camino de tierra relativamente estrecho, rodeado de una multitud de cañizales y varios brazos de la laguna que da nombre al espacio natural, donde los rayos del sol de la tarde crean destellos de luz entre las aguas tranquilas que algún pato ocasional navega. Cuando el camino se aleja de los brazos de agua, los cañizales son sustituidos por pinos mediterráneos, que decoran el cielo azul con el verde de sus copas redondas y esponjosas, y observan el mar desde la distancia con la melancolía de saber que nunca podrán probar sus aguas.

Tardan seis minutos y pico en llegar a la entrada principal de la Torre Domènech, donde el camino se transforma en un claro de tierra rodeado por un pinar en tres lados y el estanque de la Ferrera en el otro.

El señor Domènech aparca el coche al pie de la escalera de entrada a la casa. Levy lo imita y deja su Jeep negro al lado, muy cerca de un antiguo pozo de piedra adornado con macetas llenas de narcisos amarillos sobre la reja de seguridad que lo custodia.

El golpe metálico de las puertas de los vehículos precede al rumor cercano del mar y al susurro constante del viento garbino, un momento de paz tensa que se ve interrumpida de repente por la estridencia creciente del motor de un avión que los sobrevuela a escasos metros.

Levy levanta la cabeza y frunce el ceño.

—Vaya —murmura.

—Sí, vaya... —le contesta Mateu Domènech, resignado—. No se lo va a creer, pero llega un momento en que ya casi ni los oyes. Salen y llegan aviones cada dos minutos. Es una barbaridad.

El ruido molesto desaparece progresivamente, como parece que también lo hace el pensamiento sobre el tema del señor Domènech.

—Sígame —le dice mientras se dirige hacia la escalera de piedra en forma de media luna que lleva a la entrada de la casa—. Lo llevaré al lugar donde Jacint, mi hombre de confianza, ha encontrado el cuerpo.

El señor Domènech guía a Levy a través de la entrada de la casa, y después por una sala de estar de tamaño considerable, cubierta de baldosas hidráulicas, en la que la pared de la derecha está llena de cuadros y retratos familiares, entre ellos uno muy grande en el centro, donde aparece un hombre vestido con una casaca y una escopeta, que deduce que debe de ser un antepasado de los Domènech. Los dos hombres avanzan hacia un distribuidor donde empieza la escalera que lleva a las plantas superiores, y después hacia un comedor con una enorme mesa ovalada de madera maciza y muchísima luz, que da a una terraza porticada donde el susurro de las olas está aún más presente. Ahora sí, Levy ve el mar infinito detrás del jardín que crece en el piso inferior, frente a la fachada, donde se distingue una barbacoa y un porche independiente con mesas y hamacas junto a la piscina.

Mateu Domènech recorre el porche y baja por una escalera lateral que va a parar a un sendero que transcurre por el lado de la fachada y que acaba en una pequeña cala del estanque de la Ferrera, donde dos barquitas sencillas de madera, una azul y una blanca, esperan en el muelle de tamaño reducido. Se detiene y se pasa la mano derecha por la barba corta, que le tapa la mejilla.

—La ha encontrado allí, en el cañizal. —Señala las cañas que crecen detrás de un banco de palés, cubierto de pintura blanca desgastada, a unos siete metros de donde se encuentran.

—Está muy cerca de la casa —murmura el detective, casi para sí mismo—. ¿No oyeron nada por la noche?

Su interlocutor niega con la cabeza.

—Después hablaré con Jacint. ¿Usted ha visto el cadáver? —le pregunta.

—Sí. —Es evidente, por el gesto de la frente, que la imagen que ha recordado lo remueve. Pero Mateu Domènech es un hombre pragmático y entiende perfectamente lo que hacen aquí—. Estaba vestida, pero descalza. Llevaba ropa de Dèlia, mi hija: el jersey, la camiseta y la falda. Estaba boca abajo.

—¿Jacint la ha tocado cuando la ha encontrado?

—Él no, pero después ha vuelto con Dolores, la mujer que se ocupa de la casa, antes de avisarme, y ella ha hecho saltar la peluca de color castaño con un palo. —Hace una mueca, consciente de lo extrañas que suenan las palabras que salen de su boca—. Les preocupaba que fuera Dèlia, y ella enseguida ha visto que el pelo era falso. Solo quería corroborarlo antes de decirme que mi hija estaba muerta —le explica.

Levy asiente.

—¿Sabe por qué iba vestida como su hija? Quiero decir que entre chicas es frecuente que se presten ropa, pero lo de la peluca...

—Dèlia siempre le ha dejado ropa a Laura, tiene muchísima; de hecho, incluso le daba mucha que ya no quería ponerse. A menudo iban vestidas casi igual, pero nunca la había visto con peluca.

—Entonces ayer usted no la vio vestida así.

El señor Domènech niega con la cabeza.

—Las vi antes de cenar. Se marchaban a la feria, porque es la Fiesta Mayor del pueblo. Si le digo la verdad, solo me fijé en la ropa que llevaba mi hija, un vaquero negro y una cazadora vaquera, pero puedo asegurarle que ninguna de las dos llevaba peluca.

—Así que no está seguro de si Laura salió con la ropa con la que la han encontrado o no.

Niega con la cabeza.

—No, lo siento. Estaba viendo las noticias en la tele y no presté atención.

—Supongo que llevaban algún tipo de bolso.

—Dèlia siempre lleva una especie de riñonera de piel. Laura, depende, a veces una mochila y a veces un bolso.

—Pero no recuerda si llevaba algo ayer.

—No, pero mi hija podrá decírselo. Está en su habitación. —Levanta la cabeza hacia la parte superior de la fachada blanca de la casa.

Levy asiente.

—¿Sabe si han encontrado alguno junto al cuerpo o por aquí? ¿O alguna otra prenda o algún otro objeto de interés?

Mateu vuelve a negar con la cabeza.

—Tiene cámaras en la propiedad, ¿verdad? —le pregunta Levy.

El señor Domènech se queda un momento en silencio, como mirando al infinito, antes de responder.

—Sí, varias. Hay cámaras en la entrada de la Torre Vella, y en la de esta casa también.

—¿No se lo han preguntado los de homicidios cuando han venido? —le pregunta extrañado.

—Sí, sí, claro. Perdone, estoy un poco desorientado con todo esto y la cabeza no me funciona de manera normal.

—Entonces podremos ver cómo iba vestida la víctima anoche y también saber quién ha entrado y salido en las últimas horas.

El señor Domènech asiente, pero no dice nada. A Levy le da la impresión de que evita mirarlo.

—Supongo que las grabaciones están en formato digital y que ya las tienen los Mossos —insiste Levy.

El hombre asiente y por fin levanta la mirada, que se reencuentra con la del detective.

—Les he dicho que se las pidieran a Jacint. Supongo que ya se las habrá dado. Me ocuparé de que le haga llegar las imágenes también a usted. Ahora mismo no sé dónde está, pero cuando hable con él me aseguraré de que se las entregue lo antes posible.

Levy asiente y da un par de pasos con cuidado por el sendero de tierra que separa el cañizal de la casa.

—¿No lo han precintado? —inquiere confuso.

—Roure ha dicho que han cogido todo lo que podían, pero que de todas formas evitáramos pasar por aquí, por si acaso.

Levy echa un vistazo a su alrededor, iluminado por el último sol de la tarde. Al otro lado del estanque distingue una pequeña estructura de una sola planta.

—¿Esa casa es de su familia? —le pregunta.

—Sí, allí vive el hijo de Joan Manel Belart, Ferran.

—Creía que los Belart solo eran tres hijos. Dos murieron, ¿verdad?

—Sí, murieron hace mucho tiempo en un accidente. Ferran es hijo de otra mujer, no de mi tía. Mi tío, Joan Manel Belart, tenía una aventura, pero no se supo hasta que murió y se leyó la herencia; le dejó la casa de madera y una parte de los terrenos.

No se le ocurre ningún comentario que pueda contribuir a enriquecer la conversación sobre este tema, así que decide no decir nada más y sigue con sus preguntas:

—¿Ha hablado con él sobre lo sucedido?

—Aún no.

—Iré a verlo.

—Muy bien.

—Hay al menos cuatro huellas diferentes. Supongo que han cogido muestras del calzado que llevaban todos los que han estado aquí esta mañana.

El señor Domènech asiente.

—¿Llovió anoche? —En realidad, ya sabe la respuesta, incluso sabe la hora exacta. Ha sido de las primeras cosas que ha mirado antes de venir.

—Sí, un poco, de madrugada. Siempre llueve durante la Fiesta Mayor.

Asiente.

—Estas deben de ser las pisadas que ha dejado el juez cuando ha levantado el cadáver. —Señala unas huellas en las que solo se distingue el contorno, sin ningún dibujo en el espacio correspondiente al interior de la suela.

—No lo sé. No he estado aquí todo el rato —murmura el señor Domènech casi para sí mismo.

El detective mete la mano en el bolsillo de la americana beis y saca un par de patucos de plástico. Luego se los coloca ágilmente por encima de los zapatos de piel marrón y avanza con cuidado y de forma metódica por el cañizal. Es fácil adivinar dónde estaba el cuerpo que se han llevado hace unas horas, porque el lodo está algo hundido, en la cavidad hay dos o tres dedos de agua, y la vegetación cercana está bastante aplastada, como si la hubiesen arrastrado hasta allí, probablemente desde el banco de palés pintado de color blanco, piensa el detective. Se acerca y se agacha para observarla de cerca. Se puede incluso intuir la forma del contorno del cuerpo en una parte: un brazo en forma de cactus, una pierna recta y la otra en un ángulo de noventa grados.

Se da cuenta de que la frustración se le extiende por el cuerpo de forma gradual. No tiene ningún sentido que investigue un caso abierto, cosa que en teoría no puede hacer, y que además tenga que repetir todas las preguntas que ya ha hecho la policía, que ha llegado antes que él al lugar de los hechos y que ha contado con toda la información inicial y los recursos oficiales para investigar. Se siente idiota, pero conoce bien a Roure y sabe que si ha hecho este movimiento es porque era necesario y debe de ser por algún motivo. Al final inhala y exhala profundamente la brisa marina y decide adaptarse a la situación de la mejor manera que puede y sabe, confiando en que más adelante, cuando hable con él, todo tendrá sentido.

—Me resulta difícil recabar información así, supongo que lo entiende —le comenta sin dejar de mirar la cavidad.

—Sí, claro. Imagino que Roure y sus hombres compartirán con usted la información y las conclusiones a las que lleguen.

Levy niega con la cabeza.

—No sería muy normal ni protocolario que lo hicieran, la verdad.

—Pues trabaje con lo que pueda, detective. Yo confío en él, y por lo tanto confío en usted.

Levy se encoge de hombros y tuerce ligeramente el labio inferior, pero a continuación retoma el tono resolutivo:

—Cuénteme todo lo que ha visto u oído y las conclusiones a las que ha llegado. Empecemos por ahí.

—¿Aquí? —le pregunta mirando a su alrededor.

—Sí. Cuénteme las sensaciones que ha tenido cuando ha visto el cuerpo, en qué se ha fijado. Luego le haré las preguntas que crea pertinentes.

—De acuerdo.

Mateu Domènech cierra los ojos durante un segundo mientras asiente y procede a contarle lo más detalladamente posible el impacto y la forma de la muerte que ha encontrado en la puerta de su casa esa misma mañana.

15

Un lugar para resguardarse

Ignasi

Playa de la Ferrera. El Prat de Llobregat
13 de febrero de 2025

Sabía que hacía frío, pero no tenía ni pizca. Desde hacía semanas, el alcohol lo ayudaba a mantener el cuerpo caliente y la mente embriagada. Aun así, la culpa nunca acababa de desaparecer del todo.

Observó el agua gris, agitada bajo el cielo de mármol de color ceniza. El sol, que se pondría en unos minutos, ya no se veía por ninguna parte. A lo lejos, las nubes de color azul oscuro intenso escupían dos haces de luz que se hundían en las profundidades del mar. El viento le azotó la cara. Era consciente de que no podía pasar la noche a la intemperie. No lo mataría, pero lo consumiría hasta tal punto que le sería aún más insoportable seguir adelante. Arrastró las botas de piel desgastadas por la arena húmeda hasta que llegó al final de la playa. Enfrente estaba el club náutico. Era una opción, pero no quería quedarse allí. Si lo veían, le complicarían la vida. Prefería un lugar tranquilo donde no lo molestaran y donde pudiera ahogar las penas con la botella de ginebra que le quedaba, tranquilamente, sin que nadie lo juzgara con la mirada solo por el hecho de existir así o lo tratara como a un perro pulgoso.

Cruzó el puente que estaba a su izquierda, en dirección al espigón, y accedió a una playa muy estrecha que precedía una zona boscosa protegida por una verja blanca. En el interior, a unos cien metros, distinguió una torre medio abandonada, probablemente uno de los antiguos miradores de la reserva, del que solo quedaba la mitad de la escalera. Pensó que quizá la puerta de la estructura estaba abierta, y, si no lo estaba, probablemente podría forzarla y encontrar refugio. Y si al final resultaba que la torre parcialmente derruida acababa cediendo, pues, bueno, a la mañana siguiente no tendría que afrontar otro día.

Pero antes de descubrir cuál de estas posibilidades le deparaba el futuro, tenía que saltar la verja y obviar el cartel de propiedad privada que le advertía que no lo hiciera. Siempre había sido un hombre ágil, su carrera dependía de ello en buena medida. Hasta que ocurrió el incidente, claro. Entonces todo se fue a la mierda. Aun así, él había seguido manteniéndose en forma, a excepción de la exagerada ingesta de alcohol, que consideraba un tema aparte. Cogió carrerilla y se colgó de la verja para posteriormente escalarla utilizando los agujeros entre las cenefas como punto de apoyo. Se hizo dos cortes mínimos en las manos, pero pasó los pies al otro lado con éxito y con una pizca de satisfacción que enseguida hundió y enterró. Hacía un tiempo que el baremo de lo que consideraba un hecho heroico se había convertido en casi patético, pensó.

Se sacudió el pensamiento de un cabezazo y avanzó por el sendero de arena de playa hasta el viejo mirador. Un trueno ensordecedor hizo acto de presencia cuando levantó la mirada hacia la construcción, de estabilidad más que cuestionable. El estado del mirador era peor de lo que había deducido en la distancia, y su plan ya no le parecía tan buena idea. Al fin y al cabo, se le ocurrieron otras formas mejores de morir que ser aplastado por el hormigón una noche de tormenta. Miró a su alrededor buscando una solución alternativa, y fue entonces cuando detrás del mirador distinguió una estructura oculta entre los pinos de ramas torcidas por el viento. Sin pensarlo, siguió el sendero, que lo llevó a un claro que culminaba en un muro de piedra que marcaba la explanada del jardín con piscina de una casa de una sola planta espectacular, que enseguida reconoció, aunque le dio la impresión de que la última vez que había estado allí no había sido hacía diez años, sino en otra vida. Y entonces no sabía algunas cosas que sí sabía en ese momento. No pudo evitar pensar que era cosa del destino. De alguna manera, sin entender exactamente cómo, se había guiado a sí mismo hasta allí desde la playa. Pensó que quizá por eso, de forma inconsciente, llevaba semanas vagando por la zona.

Asomó con prudencia la cabeza por encima del muro y observó en silencio la fachada de cristal de la Casa Belart. Ya casi había oscurecido, pero no vio ninguna luz encendida. Era muy posible que no hubiera nadie en la casa. Era consciente de que la familia no vivía allí todo el año y, siendo febrero, era más que probable que no volvieran en unos días, quizá incluso semanas. De repente, la idea de pasar la noche allí, aunque fuera en el porche del comedor exterior, se le instaló en la mente como una solución genial. Dio la vuelta al muro y subió la escalera de piedra y tierra que iba a parar al jardín delantero de la casa. Después de dejar la piscina a su derecha, avanzó por la hierba medio agachado hasta que llegó a la pared que separaba el porche del resto del jardín. Lo rodeó buscando el edificio adyacente, de planta cuadrada, donde recordaba que se había enrollado con una de las chicas que trabajaban en la fiesta a la que había acudido hacía tanto tiempo, cuando todo el mundo lo conocía por un nombre que no era el suyo. Sabía que ese edificio era una especie de casa de invitados donde acogían también a personas que trabajaban en la finca de forma esporádica, así que si resultaba que estaba vacío y era más o menos fácil entrar, podría haber encontrado una solución que le funcionara durante más tiempo que una sola noche, hasta que decidiera qué hacer con su vida.

Cuando llegó, inspeccionó visualmente las múltiples ventanas de la casa de una sola planta e intentó aislar algún sonido indicativo de presencia humana entre los truenos y la lluvia que le golpeaba insistente la cara. Miró a su alrededor por si aparecía algún coche, pero no vio ninguno. En cuanto estuvo más o menos seguro de que no había nadie en el habitáculo, se acercó a la puerta e hizo girar el pomo. Siempre había estado a favor de, para empezar, probar lo más evidente y fácil, y seguir desde ahí. El pomo giró, pero la puerta no se abría, así que rodeó la fachada del pequeño edificio hasta que llegó a la parte de atrás, donde había una gran puerta metálica de garaje. La empujó, pero tampoco cedió. Luego abrió la mochila que llevaba colgada en la espalda y sacó un sobre de tamaño DIN A4 que contenía una radiografía con la que cargaba desde hacía poco más de un año, fruto de una lealtad extraña que le impedía deshacerse de ningún objeto que ejemplificara el error fatal que cometió. Pero, en este caso, el objeto le fue útil y le sirvió para abrir la cerradura del portón sin forzarla ni estropearla. En unos segundos, la puerta metálica chirrió y se abrió hacia el techo, e Ignasi Rimbau la cerró tras él y accedió a lo que sería, como mínimo por una noche, su refugio de la tormenta.

16

Una habitación propia

Clàudia

Casa Pinto. Sitges
24 de septiembre de 2025

Aparca el coche que le ha prestado una amiga al inicio de la calle de la Lluna y avanza lentamente por la subida de asfalto con las grandes casas de la urbanización a ambos lados. La mayoría son segundas residencias lujosas y deshabitadas en esta época del año.

Llega dispuesta a esconderse detrás de los arbustos que flanquean la escalera que baja a la playa y esperar pacientemente, teléfono en mano, sin apartar la mirada de la puerta de la Casa Pinto hasta que Rai decida salir. Pero cuando llega a la placita ve que su coche no está. Sabía que acabaría saliendo, pero ha subestimado su impaciencia por huir de la incomodidad que sin duda percibió ayer. Rai es incapaz de pasarse los días en casa esperando a Julie, y Clàudia lo sabe. Probablemente haya ido al casino de la Casa Blava a jugarse el dinero o esté disfrutando de la compañía de su nueva amante por el Passeig Marítim.

No se siente del todo cómoda forzando la entrada, pero no se le ocurre otra forma de encontrar algo que la ayude a descubrir dónde está Julie.

Avanza con precaución observando de forma alterna las ventanas del edificio que tiene delante y las de la señora Altarriba;

no le gustaría que fuera testigo de una actuación irregular que podría costarle más exposición pública. Las dos casas están en silencio, sin movimientos sospechosos en las cortinas ni ruidos delatores.

Antes de ejecutar su plan decide llamar a la puerta para asegurarse de que no hay nadie, ni Rai ni alguna otra persona, la mujer de la limpieza o su nueva aventura.

Silencio.

Espera unos segundos y vuelve a pulsar el timbre.

No hay respuesta.

Introduce la mano en el bolsillo trasero del vaquero negro y ancho tipo *cargo* y saca la ganzúa. Mira a ambos lados y levanta el rostro hacia la ventana de la señora Altarriba antes de introducirla hábilmente en la cerradura. No tarda más de tres minutos en oír el clic que confirma el éxito de su «operación entrada ilegal».

Empuja con suavidad la puerta, que aun así emite un gemido de queja, como si cuestionara la potestad de la intrusa para hacer la visita planeada. Después de cerrarla con un golpe sordo, comprueba que la alarma esté desconectada. Como había supuesto, lo está. Rai puede ser muy paranoico con sus cosas y tiene un sentido de la privacidad muy desarrollado, pero a menudo es incoherente y dejado en las pequeñas acciones que requieren constancia y repetición porque lo aburren. Es de esos tipos que creen que basta con tener alarma para disuadir a los intrusos, que darán por hecho que está conectada.

Lo primero que hace Clàudia es observar con detenimiento su entorno. El biquini rosa ya no está colgado del pomo de la puerta del despacho. Decide empezar la búsqueda, sin saber exactamente lo que busca, por el piso superior; de esta manera, cuanto más tiempo pase y mayores sean las posibilidades de que Rai vuelva, ella estará más cerca de la salida. Así pues, sube la escalera de madera y metal sin barandilla ni fondo que la lleva al piso de arriba, donde hay tres dormitorios y dos cuartos de baño, uno integrado en la habitación principal y el otro para los invitados.

Se dirige en primer lugar a la suite de matrimonio.

La cama está deshecha, y las sábanas blancas, que contrastan con la pared de color azul intenso, revueltas. Hay unas braguitas negras de lencería fina en el suelo. Se acerca, se agacha y las coge con las yemas de los dedos mientras arruga la nariz. Es incapaz de discernir si son de Julie, aunque sería posible, porque la talla coincide. También podrían ser de la portadora del biquini rosa, y Clàudia se descubre enfurruñada mirando la cama y pensando cómo el desgraciado de Rai ha decidido distraerse de la desaparición.

Luego se levanta y abre los armarios. La ropa de su amiga descansa lánguida en las perchas que cuelgan de la barra, al menos la gran mayoría. Distingue sus dos chaquetas preferidas y el vestido verde que siempre se pone en ocasiones especiales. Clàudia está convencida de que si Julie hubiera decidido marcharse, habría cogido al menos sus prendas más preciadas, y el cajón de la ropa interior estaría, como mínimo, la mitad de vacío de lo que está.

Después se dirige a su mesita de noche e inspecciona los dos cajones. En el primero no encuentra nada interesante, solo un paquete de pañuelos de papel y tres gemas de colores diferentes que sabría identificar si hubiera prestado más atención a las explicaciones de su amiga sobre el tema. No es que Clàudia no se sienta atraída por el mundo esotérico de Julie, pero al principio de su amistad se mostraba escéptica, como era de esperar de una persona tan racional y pragmática como ella. Sin duda la suya era una amistad peculiar y extraña, y eso no solo lo pensaba Clàudia, sino que se lo oyó decir a muchas personas, sobre todo a su hermano, al que nunca le gustó que Clàudia fuera incrementando progresivamente el tiempo que pasaba con la que la mayoría de la gente llamaba «la pitonisa». Aun así —y esto lo sabía muy bien, porque Julie le había mencionado algunos nombres, aunque con cierta reticencia—, muchos de los que cuestionaban en público su figura y su trabajo acababan utilizando y pagando sus servicios, y poco a poco iban moderando su tono cuando hablaban de ella, pese a que muchos nunca llegaban a aceptar abiertamente que eran clientes suyos o evitaban hablar del tema.

El caso es que, aunque a Clàudia nunca le terminaron de convencer las teóricas propiedades de determinadas gemas y su efecto energético en las personas, otros aspectos y talentos de Julie acabaron sorprendiéndola, como es el caso de sus tiradas de tarot excepcionalmente exactas, que consiguieron que se ganara su respeto y que incluso le hiciera consultas relacionadas con algunos de los casos que investigaba para el pódcast, con resultados tan inexplicablemente extraños como el que la lanzó a la fama.

Julie también fue capaz de predecir el desenlace de la relación de Clàudia con Mel antes de que esta decidiera marcharse de casa «temporalmente», para siempre, y la apoyó durante el mal trago que supusieron las primeras semanas de la separación. Esto fue sin duda lo que acabó de consolidar su amistad, piensa Clàudia, las charlas por la noche en lo que Julie llamaba su despacho, una casa de madera ubicada en el jardín donde trabajaba rodeada de todos sus cachivaches y diversos objetos procedentes de todo el mundo que a ella le parecían de lo más exóticos. Allí, el tiempo se dilataba eternamente y se quedaba suspendido en una realidad alternativa en la que muchas cosas que Clàudia había dado por imposibles se transformaban solo en improbables.

Y es este recuerdo lo que le hace verlo claro: tiene que entrar en el despacho.

Sabe que ese espacio es el más sagrado para ella, y que ni siquiera Rai tiene acceso a él. Julie siempre lleva colgada del cuello una pequeña llave que abre el candado que protege su santuario y lugar de trabajo. Bajo esta premisa, parece evidente que Clàudia tendría que forzar el candado, pero eso alertaría a Rai de que alguien ha estado metiendo las narices en su propiedad... A no ser que él mismo ya se le haya adelantado, claro.

Clàudia cierra las puertas del armario y los cajones, observa a su alrededor para asegurarse de que todo está como lo ha encontrado, y a continuación baja deprisa por la escalera.

Abre el ventanal de cristal que da al jardín de la parte trasera de la casa, vuelve a ajustarlo al máximo y después desaparece por el camino de losas que bordea la piscina. El agua limpia refleja los últimos rayos débiles de sol, y esta visión le hace pensar en el biquini que vio ayer. Se anota mentalmente que tiene que descubrir la identidad de la chica pelirroja.

Cuando llega a la casita de madera no sabe si sentirse aliviada al ver que el candado sigue en su sitio. Por un lado, quiere decir que Rai no se le ha adelantado; por el otro, que tiene que encontrar una manera de entrar que no la delate. Sin demasiada convicción, recorre el perímetro de la casita —levantando piedras, esculturas decorativas y las macetas de geranios rojos y rosados que custodian la puerta— buscando una copia de la llave. El resultado de la búsqueda le confirma que Julie no es tan ingenua como para dejar una copia de la llave a escasos metros del lugar que siempre ha querido proteger. Pero Clàudia está segura de que tiene que haber una copia de la llave escondida en algún lugar de la casa e intenta ponerse en el lugar de Julie. ¿Dónde ocultaría la llave si fuera ella? Un lugar en el que a Rai nunca se le ocurriera buscar... Por lo tanto, en su despacho no. Probablemente tampoco en el coche. Piensa en la posibilidad de que esté en la cocina, en algún bote de harina o café, pero la descarta por trillada. No, Julie no piensa como casi todo el mundo. Julie es el tipo de persona que escondería la llave en un sitio tan evidente, tan a la vista, que nadie la vería, porque nunca la buscaría allí por improbable.

De repente le viene a la cabeza la imagen del cuadro que preside la pared central de la sala de estar, justo encima del sofá de piel. Se trata de un cuadro abstracto en el que la pintura tiene relieve y al que el artista incorporó elementos en tres dimensiones, pequeños objetos de todo tipo que resulta difícil identificar, mezclados con los tonos azules y marrones que desdibujan —más que dibujan— el perfil de las rocas de un espigón que se funde con el mar antes de que este lo haga con el cielo y todo se convierta en una sola entidad.

Vuelve a entrar en la casa y se dirige a la sala.

Se acerca al cuadro y lo observa con atención mientras recorre delicadamente con el dedo índice los elementos que lo forman. Distingue una batería de un teléfono móvil antiguo, un mechero, tapones de corcho y trozos de botellas de plástico. Y al final, arriba del todo a la derecha, camuflada sobre un trozo de papel de periódico arrugado y pintado de azul, sus ojos empequeñecidos identifican la forma que busca: una llave azul y blanca, que se fusiona con el fondo, que representa el cielo y las nubes.

Sujeta un borde de la llave con delicadeza y utiliza las uñas para despegarla poco a poco de la pintura. Está convencida de que ha encontrado lo que buscaba.

Vuelve corriendo a la casita de madera sin poder evitar la sonrisa que se le dibuja en el rostro e intenta abrir el candado.

La pintura dificulta la entrada y debe forzarla un poco.

Pero al final encaja.

La hace girar y el candado se abre.

Clàudia se introduce en el espacio más sagrado de su amiga, dispuesta a descubrir sus secretos mejor guardados.

17
La nueva realidad
Dèlia

Torre Domènech. La Ferrera. El Prat de Llobregat
27 de septiembre de 2025

Ha pasado todo el día alternando la estupefacción y la incredulidad más absoluta con la agonía y el horror que implica la certeza de que nunca volverá a ver a su mejor amiga. Evadirse con las múltiples distracciones a su alcance ha sido imposible, además de hacerle sentir la peor amiga y persona del mundo. Laura muerta y ella haciendo *dumb scrolling* en Instagram. Ha tenido ganas de compartir el pensamiento absurdo con ella, y eso le ha hecho llorar aún más fuerte. Después ha tenido de repente el impulso de expresar todo eso en un reel, pero se ha avergonzado instantáneamente y ha lanzado el móvil sobre la cama.

Sin el aparato que la distraiga no logra quitarse la imagen de la cabeza, ese cuerpo que tan bien conoce, boca abajo en el cañizal. No le han dejado acercarse. La ha visto desde la ventana cuando ha decidido asomar la cabeza después de oír que Jacint y Dolores despertaban a su padre media hora después de haberla despertado a ella. Aunque lo ha intentado, ya no ha conseguido volver a dormirse. Ha mirado el móvil y ha visto que a la derecha del wasap que le envió a Laura a las cinco de la mañana seguía habiendo un único check de color gris, y que por lo tanto seguía sin haber recibido el mensaje. Le preguntaba si había llegado bien a casa, en un tono más seco del habitual porque no había podido evitar molestarse un poco después de que por primera vez en su vida Laura hubiera decidido separarse de ella a medianoche para quedar con un chico cuya identidad se había mostrado curiosamente evasiva de revelar. Lo que le había molestado no era tanto la separación, porque ya habían quedado en que en un momento u otro se produciría —ella también quería quedar con Oriol—, como que no quisiera decirle de quién se trataba. En ese momento casi se había enfadado, pero de repente entendía que tendría que haber insistido más, ya que por fuerza una cosa tenía que ver con la otra. Era la primera vez que no volvían juntas a la reserva; un inicio de angustia se le ha empezado a instalar en el cuerpo. Ha intentado tranquilizarse pensando que probablemente Laura había dormido en casa de ese chico y se había quedado sin batería en el teléfono, pero eso, junto con los murmullos de Dolores, que en su vida ha hablado en voz baja si no ha sido para criticar a alguien a sus espaldas, mientras bajaba la escalera la han incomodado lo suficiente como para sacar la cabeza por la ventana de su habitación, que da al estanque, y enterarse de adónde demonios iban los tres y qué pasaba.

Y ha sido entonces cuando ha visto la figura en el barro, vestida con esa ropa que ha reconocido al instante, y no ha entendido nada. Ha bajado los escalones de dos en dos —ha habido un momento en el que ha tenido que agarrarse con fuerza a la vieja barandilla de madera porque casi cae escaleras abajo—, ha cruzado la sala y la puerta del porche a toda velocidad y se ha dirigido al muelle, donde su padre le ha cerrado el paso físicamente con su presencia.

—Déjame pasar —le ha implorado.

Él ha negado con la cabeza y le ha colocado una mano en el hombro.

—Es mejor que no vayas.

—¿Es Laura? —le ha preguntado deseando con todas sus fuerzas que la respuesta fuera negativa, con el llanto atrapado en la garganta, amenazando con brotar en cualquier momento—. ¿Es Laura?

Por desgracia, su padre ha asentido.

Ella ha notado que el suelo se hundía bajo sus pies y él la ha estrechado entre sus brazos fuertes, que nunca le han fallado, para acoger las lágrimas de ese dolor intenso e inevitable.

Poco después ha aparecido la policía, y Roure ha subido a hacerle unas preguntas.

De eso ya hace cinco horas, en las que cada vez se ha sentido peor, como si un monstruo gris y pesado le hubiera ocupado el cuerpo y se alimentara exclusivamente de sus ganas de vivir.

Su padre ha asomado la cabeza por la puerta varias veces, una de ellas a las tres de la tarde, para invitarla a bajar a comer algo en la mesa de la cocina —porque hoy parecía ofensivo sentarse a la mesa en el comedor, claro—, pero ha declinado la invitación y, en su lugar, se ha tumbado en la cama y se ha tapado con la manta buscando algún tipo de calidez en el refugio de la oscuridad que pudiera amortiguar el desgarro en el corazón, obviamente sin éxito.

Cuando le ha parecido que no le quedaban más lágrimas, se ha destapado y se ha sentado en la cama con la sensación más extraña que jamás haya experimentado. Ha observado su entorno, como si tuviera que proporcionarle algún tipo de respuesta, hasta que al final sus ojos han aterrizado en el tocador. Después de la visita del policía, su padre ha entrado en la habitación y se le ha ido de la cabeza, pero antes, cuando Roure ha hablado con ella, ha sido sincera en todo excepto en referencia al ordenador de Laura. No sabe por qué, pero cuando el sargento ha echado un vistazo a la habitación y le ha preguntado si el aparato era suyo, sin pensarlo le ha contestado que sí. Después lo ha atribuido a la lealtad que le debe a Laura, a esa intuición de que desde hacía un tiempo le ocultaba algo. Aún no sabe qué es, pero piensa que si se lo ocultaba a ella, a la que se lo contaba todo, debía de ser algo bastante grande, grave o importante. Y no quiere exponerlo al público sin saber lo que es. Así que abre el portátil y teclea la contraseña, que se sabe de memoria. Pero, para su sorpresa, el perfil no se abre. La pantalla le indica que la contraseña es incorrecta. Vuelve a pulsar cada una de las teclas, convencida de que se ha equivocado en alguna letra con las prisas, pero la respuesta es la misma.

Es evidente que Laura ha cambiado la contraseña en las últimas semanas.

Y es evidente también que ella ahora tiene más preguntas que nunca y una necesidad imperiosa de saber qué secretos esconde su mejor amiga entre estos circuitos electrónicos que ahora la desafían.

18

Una amistad inesperada

Clàudia

Casa Belart. La Ferrera. El Prat de Llobregat
23 de junio de 2022

Estacionó el coche en el aparcamiento habilitado para los invitados y salió a la noche estrellada del recién estrenado verano. Una multitud de lucecitas cálidas y el sonido remoto de la música que viajaba entre los pinos le confirmaron el camino que seguir. Unos cincuenta metros más adelante, el torrente de grava se convirtió en una pequeña explanada de tierra, que poco después se transformó en un jardín de césped tupido e impecablemente cortado en el que las sandalias de tacón se hundían como si pisaran una nube blanda. Un chico de su edad, vestido con un vaquero y una camiseta negra, se acercó a recibirla y le preguntó su nombre.

—Clàudia Capdevila —le contestó con una sonrisa tímida.

El chico asintió y se acercó a la cara el portafolio con la lista para buscarla. La encontró enseguida y escribió una P al final de la línea de la lista que le correspondía. Después levantó los ojos del papel y se encontró con los suyos. Fue entonces cuando vio el destello de reconocimiento en su cara.

—Puede pasar, señora Capdevila. —Sonrió y le indicó el caminito de losas grises desigualmente cuadradas que llevaba a la casa—. En la entrada encontrará un guardarropa por si quiere dejar la chaqueta o el bolso —añadió mirando el bolso que se había comprado a propósito para ese evento el día anterior.

—Gracias. —Le devolvió la sonrisa, consciente de que era muy posible que se le hubieran enrojecido las mejillas. No esperaba que la reconocieran, evidentemente, pero ese chico ya era la tercera persona que lo hacía ese día.

Se dirigió al edificio a paso lento, consciente de los nervios que sentía en ese momento y agradecida de que la brisa marina fuera incluso un poco fresca; le daba la energía que necesitaba para socializar con todas esas personas a las que no conocía, cosa que no le apetecía, pero sabía que era del todo necesario para su carrera. No podía permitirse perder el *momentum* que había generado.

Dejó que el aire fresco y salado le llenara los pulmones y entró por fin en la sala llena hasta los topes con la mejor de sus sonrisas. La mantuvo mientras cruzaba el espacio diáfano que llenaban los invitados —algunos hablaban en pequeños grupos o parejas, y otros bailaban al ritmo de la versión de «I Wanna Dance with Somebody», de Whitney Houston, tocada por el grupo de música contratado para la ocasión— con la esperanza de reconocer a alguien, pero no cayó esa breva. En cualquier caso, su plan era beberse una copa de vino para relajarse un poco y buscar a Julie para agradecerle la invitación. Después ya vería lo que haría. Con un poco de suerte, ella le presentaría a alguien, y una cosa llevaría a otra y la noche acabaría con algunos contactos si la cosa iba bien o con ella sin hacer el ridículo, en el peor de los casos.

Un camarero le ofreció una sonrisa y una bandeja con copas de vino y cava cuando había acabado de cruzar la sala y estaba a punto de acceder a una zona adyacente acondicionada con sofás amplios de color crema, mesas bajas, luces más cálidas y música *chill*. Cogió una copa de vino blanco, bajó ligeramente la cabeza en señal de agradecimiento y dio un trago. Después le preguntó:

—Disculpe, ¿sabe dónde está la señora Magnier?

Él asintió.

—Sí, está allí, en ese rincón. —Señaló la esquina que tenía detrás.

Dos mujeres exquisitamente vestidas estaban sentadas al lado de Julie y miraban la mesa baja que tenían delante con atención.

—Gracias.

Dio otro trago de la copa y se dirigió hacia allí con una sonrisa.

Julie levantó los ojos, como si hubiera detectado su presencia en el momento en que había entrado en su radio de visión, y esbozó una sonrisa que le pareció del todo sincera mientras terminaba de colocar con cuidado unas cartas más grandes de lo normal boca abajo en la superficie de madera. Después le guiñó un ojo y con un gesto sutil de cabeza la invitó a sentarse en el sillón de terciopelo blanco situado a su lado. Ella, que acababa de entender que estaba echando las cartas del tarot a alguna de esas mujeres, dudó en intervenir en un momento que consideraba más bien íntimo, pero las dos mujeres se limitaron a lanzarle una mirada impaciente, conscientes de que Julie no revelaría las cartas ni les daría la respuesta que buscaban hasta que la invitada se sentara donde le había indicado. Así que obedeció y dejó caer el culo en ese asiento en forma exagerada de U de la manera más delicada que le fue posible.

—Me alegra verte aquí, querida —le dijo Julie. Y volvió al gesto serio y a centrar la atención en la mesa.

Ese «querida», aunque sabía que era una formalidad y su forma de hablar, la hizo sentirse especial. La presencia de esa mujer tenía una cualidad extraordinaria; contar con ella parecía un regalo en ese entorno, esa elegancia, esa casa y esas personas. Por un momento tuvo la tentación de dejarse llevar por la conciencia de no formar parte de ellas, que emergió traicionera, pero negó a la impostora que sentía dentro, se acabó la copa que sujetaba con la mano y se obligó a regresar a su estado de disfrute y agradecimiento anterior. La impostora no conseguía las cosas que sí conseguía la Clàudia que confiaba en sí misma, lo sabía perfectamente.

Había cinco cartas en la mesa, en forma de cruz.

—Hum, aquí hay un conflicto con alguien —dijo Julie cuando giró la primera carta. La mujer rubia que tenía delante esbozó una media sonrisa. Julie descubrió la carta siguiente—. Y está causándote muchos quebraderos de cabeza. Sientes que debes proteger tu posición, pero eso hace que te sientas mal. En realidad, la situación no es tan complicada como te parece. ¿Ves a la mujer rodeada de las ocho espadas, pero que no está atada y podría deshacerse fácilmente de las cadenas que tiene en las muñecas? Ahora fíjate en la venda que le tapa los ojos y no le permite verlo. Cuando se dé cuenta de que solo tiene que quitársela, entenderá que ha sido libre todo el tiempo, que la cárcel es su mente, el miedo.

La mujer levantó la mirada muy seria y pronunció un «sí» casi imperceptible. A Clàudia lo que acababa de escuchar le resonó con fuerza, y eso la sorprendió.

—Pero cuando te quites la venda —siguió diciéndole Julie—, te darás cuenta de que tienes que soltar algo: una persona, un mal hábito, un pensamiento tóxico... Lo que es solo lo sabes tú. Te da miedo aceptarlo, pero lo sabes. Cuando lo dejes atrás —añadió señalando el ocho de copas con los ojos—, cerrarás un ciclo —dio dos golpecitos con la yema del dedo corazón en la carta del mundo— y empezarás una nueva aventura. —Repitió el gesto en la carta del uno de bastos y levantó de nuevo la mirada—. Surgirá una nueva oportunidad, Irene, pero solo si dejas el miedo atrás y sueltas lo que ya no necesitas. Depende solo de ti.

La mujer apretó los labios y asintió.

—Ostras, Julie, qué poco festivo —dijo la acompañante de la tal Irene—. ¡Qué densidad!

—El tarot no es para bromear y divertirse, Glòria, aunque a ti te lo parezca —declaró—. Me tomo en serio mi trabajo, esté donde esté.

Le resultó evidente que la tal Glòria no esperaba ese tipo de reprimenda en ese entorno.

—Disculpa, no quería ofenderte —le contestó la mujer, quizá más avergonzada que arrepentida de sus palabras.

—Bueno, basta de tarot por esta noche —dijo Julie con una sonrisa auténtica que siempre tenía la capacidad de hacer desaparecer la tensión—. Degustad los aperitivos y disfrutad de la excelente selección musical. Y mezclaos con los demás invitados, que quizá encuentres motivos para soltar lo que tienes que soltar más rápido de lo que crees. —Le guiñó un ojo a Irene.

Las dos mujeres se marcharon cogidas del brazo, y Clàudia y Julie se quedaron solas.

—Qué bien que hayas venido. —Julie le apoyó la mano en la pierna.

—He tenido mis dudas, la verdad. —Miró a su alrededor—. Algunos entornos me cuestan más que otros... y aquí no conozco a nadie.

—Eso se arregla enseguida —le contestó con una sonrisa—. Pero antes hablemos de las cosas importantes. He estado pensando y tengo una propuesta para ti.

Clàudia entornó los ojos mientras inclinaba levemente la cabeza a un lado esperando a que le contara a qué se refería.

—¿Qué te parece si te ayudo con los casos que investigas? —le propuso Julie.

—¿Cómo? Quiero decir, ¿de qué manera querrías ayudarme?

—Se me ocurren varias opciones... —respondió con gesto alegre y enigmático.

Ella asintió complacida.

Y así, con esa propuesta, Julie Magnier entró definitivamente en la vida de Clàudia para no salir jamás.

19

Víspera de Reyes

Blanca

Torre Domènech. La Ferrera. El Prat de Llobregat
5 de enero de 1990

Cerró los ojos y accedió al compartimento que tenía cerrado con llave. Recordó a la perfección el olor que desprendía, cuánto le gustaba acercar la nariz bajo su barbilla e inhalar con fuerza ese aroma que solo era suyo, y después acurrucarse en sus brazos, los dos cuerpos encajados el uno con el otro, como si hubieran sido creados expresamente para encontrarse en esta vida. Recordó, y casi podía sentir, el tacto de sus manos, esa calidez que nunca se desvanecía en su piel, dibujando y recorriendo con la yema de los dedos su contorno, acercándose peligrosamente a su…

—Blanca —pronunció su nombre en un tono tan seco que casi percibió las grietas—, ¿se puede saber qué haces aquí plantada como un pasmarote?

Abrió los ojos y se vio a sí misma desde otro lugar, de pie delante de la ventana de la cocina, inmóvil, seguramente con una sonrisa en los labios, expeliendo el humo del cigarrillo que tenía en los dedos.

—Soñando despierta —respondió casi con despecho.

—Pues podrías encontrar otra manera más productiva de perder el tiempo, con todo el que tienes libre.

Sintió la tentación de replicarle, pero hacía ya mucho tiempo que había perdido el ánimo por completo. Era consciente de que responder solo servía para añadir tensión a una situación que ya era prácticamente insostenible. Y a veces incluso para acabar soportando golpes en el mobiliario, a menudo cerca de ella, o en el peor de los casos recibiendo una bofetada. No; si se lo podía ahorrar, se lo ahorraría.

Lo miró fijamente a los ojos, acomodada en el silencio tenso, solo por un momento. Después apagó el cigarrillo bajo el chorro de agua del grifo del fregadero, lo tiró a la basura del armario inferior y se dirigió hacia la puerta que daba al jardín pasando por su lado sin decir ni una palabra. Él la frenó violentamente sujetándola por la muñeca de la mano en la que llevaba el paquete de Winston, con una fuerza casi desafiante.

—¿Qué te traes entre manos, Bianca?

Le dio rabia que la llamara así, con ese nombre que había utilizado por primera vez tantos años atrás, en la luna de miel en Roma. En el contexto actual le pareció casi cruel.

—Nada. —Apartó el brazo para deshacerse de esa mano que ahora le parecía más bien una garra.

—¿Estás segura? —Le clavó los ojos oscuros en las pupilas.

—Déjame tranquila, Carles. No seas paranoico.

—Y tú no seas estúpida, Blanca. Ya sabes que en esta vida las estupideces suelen pagarse caras. —Seguía sujetándola.

Nunca dejaba de sorprenderle la ligereza con la que era capaz de amenazarla, a ella, la madre de su hijo. Le hablaba como si hablara con cualquiera de los hombres de dudosa honorabilidad, que no reputación, con los que trataba cada día, como si estuviera en una reunión cualquiera de negocios.

—Voy a dar una vuelta por la playa. —Consiguió liberarse de él y mantener la calma mientras atravesaba la puerta, aunque lo que en realidad habría querido era salir corriendo y no volver nunca más. Pero no era posible, al menos en ese momento.

—¡Si está a punto de llover! ¡Y hace un frío que pela! —gritó él desde la cocina.

—Me da igual —respondió, casi más para sí misma que para él, mientras cogía la chaqueta de punto lila que colgaba de la silla del porche y se la ponía con desgana.

Cruzó corriendo el césped de ese jardín en el que ya casi no crecían flores con la necesidad visceral de inhalar la salada brisa marina, de limpiarse toda esa marejada constante que no podía quitarse de encima jamás.

Cuando llegó a la orilla del mar, permitió que dos lágrimas silenciosas le resbalaran por la mejilla. Había llorado tanto que le parecía que ya le quedaban pocas de esas gotas que nacían de una mezcla de frustración y del reconocimiento sereno. En el fondo, sabía que ya era imposible cambiar esa situación. La cuestión era qué pensaba hacer ella, porque la estrategia de dejar pasar el tiempo y pensar que en algún momento la solución perfecta llegaría por intervención divina había ido dilatándose sin éxito, y se sentía cada vez más atrapada, de forma casi visceral, como un animal encerrado en una jaula de la que paradójicamente tenía la llave. Pero no era una llave habitual, y además implicaba un precio bastante alto. Un precio que todavía no estaba dispuesta a pagar. Negó con la cabeza para expulsar ese pensamiento, lo descartó de momento e hizo un esfuerzo consciente por recordar cómo era Carles Domènech cuando se conocieron. Si pensaba en ello, podía evocar perfectamente cómo se sentía ella entonces, aunque le parecía que aquello lo había vivido con otra persona. ¿La había engañado o había cambiado? Aquel Carles la había seducido con su amabilidad, un carisma innegable y aquellos ojos de mar profundo, que, aunque entonces la invitaban a perderse en ellos, ahora le parecían dos icebergs amenazadores. Había sentido que él la veía como ella adoraba verse a sí misma en los días buenos, y que ella lo veía de igual manera, y eso hacía que a su lado hubiera más días buenos que si se separaban. Carles la había cautivado con un sentido del humor mordaz y sofisticado, pero no cruel, como el que había ido desarrollando en los últimos años. Con una inteligencia admirable, pero no encarnizada y manipuladora, como la que mostraba ahora. Ella lo había conocido como una persona cariñosa y afable, preocupada genuinamente por sus intereses, una persona que la escuchaba sin juzgarla y que intentaba ayudarla desde el cariño y la estima, no hundirla aprovechando la primera debilidad que percibiera en un mal día, y últimamente había habido muchos días malos. Y así, Carles había ido pasando de extraño a amigo, a compañero y a pareja, para volver a ser un extraño.

Hacía años que aquella persona, aquel Carles Domènech al que había amado con toda su alma, había desaparecido. Estaba segura de que era imposible que una persona se convirtiera en todo lo contrario de lo que había sido, de que por fuerza su percepción, errónea, debía de tener algo que ver. Además, evidentemente, ella tampoco era la misma Blanca Campmany de la que él se había enamorado. Ella también había cambiado. No podía negarlo, porque ni siquiera ella misma se reconocía en muchas de las cosas que salían de su boca, en lo que sentía e incluso en lo que hacía en algunas situaciones. Sin duda ese proceso de cambio no ayudaba. No recordaba haberse sentido tan perdida y a la vez tan segura de que debía modificar la situación en la que se encontraba. Veía que era casi una cuestión de vida o muerte.

Observó las olas en ese mar gris que amenazaba tormenta mientras el viento le azotaba la cara, admirada de cómo esa masa de agua impresionante se movía, libre, sin constricciones, golpeando furiosa la orilla. Pensó en cómo volcaba barcos cuando había tormenta y en cómo sostenía a los niños en sus colchonetas de colores chillones y formas ridículas cuando estaba calmada. Nadie juzgaba esas aguas por ser y actuar como eran dependiendo de las circunstancias. Las aguas no tenían conciencia. ¿Era eso la libertad pura? ¿La falta de conciencia absoluta? ¿O lo era tenerla y actuar honestamente con lo que uno necesitaba y quería de verdad, aunque las consecuencias fueran indeseables? Sabía cuál era la respuesta correcta, por supuesto, pero desde hacía años su vida era una batalla continua por encontrar un equilibrio imposible entre todos los polos opuestos imaginables, una guerra eterna y agotadora en la que se sentía torpe e inútil.

No pudo evitar pensar en Virginia Woolf.

¿Cómo sería dejarse engullir por esas olas salvajes?, se preguntó. ¿Agónico? ¿Liberador? ¿Cuánto tardarían en encontrarla? ¿Tres semanas, como le ocurrió a Virginia? Sería diferente, tal vez; el Ouse era un río y eso era el mar Mediterráneo. Negó con la cabeza y se obligó a pensar en su hijo. ¿Qué regalo de Reyes sería ese? Se dio cuenta de la crueldad y el egoísmo que implicaría tomar esa decisión. Su hijo, Mateu, ya no era un niño, sino un posadolescente de veintidós años, pero todavía la necesitaba. No quería abandonarlo, y mucho menos que él se sintiera abandonado, que pensara que no había sido un reclamo lo bastante fuerte como para arraigarla a la arena que tenía bajo los pies. O para tomar cualquier decisión antes que esa.

Dio media vuelta con determinación forzada y se obligó a deshacer el camino, ahora con los zapatos llenos de arena, que había recorrido hacía diez minutos para volver a esa casa que seguía pareciéndole una cárcel.

Pero decidió que debía intentarlo. No tenía sentido haber declinado la oferta de Jaume y quedarse en la casa viviendo los días como un fantasma en pena. Si se quedaba, debía intentar encontrar el punto en el que todo se había estropeado y debía intentar arreglarlo. Y, si no funcionaba, ya vería lo que haría. Abrió la puerta de la casa resuelta y subió la escalera con la idea de darse un baño que le quitaría el frío que le humedecía los huesos, porque evidentemente la chaqueta no había sido suficiente para protegerse de la inclemencia del tiempo invernal en la playa.

Antes se dirigió a la habitación con la intención de coger una bata y la novela *Eva Luna*, que la había acompañado en los últimos días y había sido un bálsamo que la había trasladado a un mundo muy lejano y mucho más exótico que el que la rodeaba durante esa Navidad, en la que le parecía que pocas cosas tenían sentido.

Pero cuando pasó por delante de la puerta entrecerrada del despacho, oyó la voz de Carles. Le pareció que refunfuñaba para sí mismo y, curiosa, en su nueva resolución de hacer las cosas de otra manera, se acercó con la intención de decirle que ya había vuelto y que se disponía a darse un baño. Sin embargo, cuando apoyó la mano en el pomo para abrir la puerta se dio cuenta de que no hablaba solo. Un instinto repentino le indicó que se quedara quieta y escuchara en silencio las palabras de Carles. Tuvo que reprimir el chillido que luchaba por salir de su garganta cuando su marido colgó el teléfono. Se llevó la mano a la boca, dio media vuelta y se dirigió de puntillas al cuarto de baño con la bata y con *Eva Luna* bajo el brazo.

Una vez dentro, cerró el pestillo y abrió el grifo para cubrir el grito que surgió impetuoso. Se había equivocado de cabo a rabo. Debería haberse marchado con Jaume y abandonado esa casa en el momento en que tuvo la oportunidad.

Se metió en el agua y dejó que esta le resbalara por la cabeza y por la espalda hasta que la bañera estuvo medio llena. Entonces se tumbó y sumergió todo el cuerpo dentro del agua caliente, casi hirviendo, durante unos segundos. Después sacó la cabeza y miró el techo, con esas decoraciones de yeso que nunca había soportado.

La había cagado, sí, pero no pensaba quedarse de brazos cruzados. No pensaba pasar más tiempo conviviendo con ese hombre sin escrúpulos. Había llegado el momento de actuar.

20

Secretos de familia

Clàudia

Casa Pinto. Sitges
24 de septiembre de 2025

Entra con precaución, y con un poco de culpabilidad también, en el santuario de su mejor amiga: una cabaña adorable instalada en un rincón del jardín, bajo un pino impetuoso y recubierta casi en su totalidad por hiedras que abrazan la madera.

Ha estado aquí varias veces, pero nunca sola. De hecho, aquí es donde tuvieron su primera reunión, después de aquella fiesta de San Juan. Julie la invitó a sentarse en ese diván de madera antigua forrado con una especie de seda roja estampada con personas de colores, le ofreció siete tipos de té diferentes y le propuso colaborar en sus investigaciones utilizando lo que ella llamaba su «don».

—¿Echando las cartas? —le preguntó Clàudia sin maldad ni cinismo, solo con auténtica curiosidad.

—Echar las cartas no es lo único que puedo hacer, y de hecho creo que es lo que menos haría. Pero a veces oigo mensajes y tengo intuiciones de por dónde van las cosas. Pocas veces me han fallado.

Clàudia asintió mientras intentaba procesar lo que le entraba por los oídos.

—¿Por qué quieres ayudarme? —No consideraba que fuera por buscar fama. Al fin y al cabo, Julie tenía un estatus mucho más elevado que el suyo. Ella solo había sido una noticia fortuita, con mucho eco, sí, pero que se diluiría rápidamente en el tiempo: la chica que hacía un pódcast y que había resuelto un asesinato que la policía no había podido resolver. Muchos dijeron que más por pura suerte y obsesión que por su talento. Y después..., bueno, la cagó haciendo el ridículo esa maldita vez que tenía el micrófono de corbata abierto cuando estaba en el baño, al más puro estilo Robert Durst, pero con la diferencia de que ella no se declaró culpable de nada, sino que puso verde a la que entonces era su jefa en la radio y aireó cosas de su vida privada que nadie debía saber, lo que la obligó a buscarse la vida por su cuenta, porque prácticamente la vetaron en todos los medios radiofónicos por el incidente y nadie quería contratarla.

—Quiero que tú también me ayudes a mí —le contestó Julie sacándola de ese recuerdo ridículo y doloroso.

—¿Cómo?

—Investigando un caso concreto que sucedió hace muchos años.

—¿Cuál?

—No hace falta que te dé los detalles ahora. Debemos esperar un poco. Entiendo que no queda muy bien que yo empiece a ayudarte y que nos pongamos a investigar un caso con el que tengo relación. De hecho, no querría que se supiera que esta relación existe.

—¿Por qué?

—Es complicado.

—¿Y yo puedo saber de qué se trata? —insistió Clàudia. Sentía mucha curiosidad, pero también reticencia a aceptar un trato del que no tenía toda la información.

—Cuando llegue el momento, sí, claro.

—¿Es peligroso?

—Depende de cómo lo mires. Pero piensa que yo llevo más de veinte años investigándolo y todavía estoy aquí. —Sonrió con cierta tristeza.

—¿Y la policía? Quiero decir, ¿es un caso abierto?

—No. —Bajó la cabeza.

—Pero no estás de acuerdo con la resolución... —tanteó.

—No hubo resolución. Solo una hipótesis estúpida que dieron por buena y que excluía toda responsabilidad que no fuera la de la víctima —le respondió, con el enfado y la rabia rezumando sutilmente de sus palabras. Después inhaló aire con fuerza y cambió de estado de ánimo—. Pero no hace falta que sigamos hablando de este tema —le dijo con una ligereza incluso inquietante—. Ya hablaremos cuando llegue el momento. Bueno, ¿qué me dices? ¿Me quieres como compañera de investigación o no?

La verdad es que se moría de ganas. ¿Quién no querría tener a su lado a esa mujer magnética, misteriosa y bella? Se sentía atraída por ella de mil maneras diferentes.

—Sí, claro —le contestó con un gesto alegre.

—Fantástico. No te arrepentirás. —Le guiñó un ojo por debajo del flequillo denso y recto de pelo sedoso negro y le mostró su sonrisa genuina.

De eso hacía poco más de tres años, y nunca habían llegado a investigar ese caso. Se habían centrado en otros, con bastante éxito, pero con el paso del tiempo cada vez estaba más segura de que la propuesta de Julie había respondido a un impulso momentáneo y que después había cambiado de opinión, porque cada vez que había intentado proponerle que se dedicaran al caso misterioso, a Julie no le había parecido el momento adecuado o había aducido que otro caso era más urgente o que tenían más posibilidades de resolverlo en ese momento.

Apoya la mano en el respaldo de madera del diván y mira a su alrededor con una angustia latente en el pecho. Tiene que encontrar a su amiga y está segura de que en algún lugar de esa cabaña se esconde la clave de su desaparición.

Todo está ordenado, como cada vez que ha estado aquí.

Se dirige al escritorio de madera de color verde oscuro y se sienta en la silla de color crema con un estampado delicado de flores rojas y patas de madera. Enfrente, un calendario lunar especifica todas las fases de la luna del año 2025. Dos láminas enmarcadas con ilustraciones vegetales lo flanquean. La superficie de la mesa está vacía a excepción de dos velas en el lado izquierdo y dos torres pequeñas de minerales, diría que de cuarzo rosa o cristalino, y dos gemas que, si tuviera que suponer, diría que son una obsidiana, por el color negro brillante, y una ambarina, por el naranja meloso que la caracteriza. A la derecha, al lado de un flexo negro y dorado, hay una libreta muy gruesa, que casi parece un libro, con las tapas de terciopelo azul oscuro y un grabado áureo de una hoja de árbol, quizá de un roble, en la cubierta.

Extiende la mano y la coge. Cuando la abre reconoce enseguida la letra de Julie. Se han pasado muchas notas, algunas a mano, durante estos últimos años en los que han colaborado y no tiene ninguna duda de la autoría. De todos modos, sería extraño que fuera de otra forma tratándose del lugar donde se encuentra. La libreta contiene apuntes e ilustraciones muy diversos; algunas parecen fórmulas para hacer ungüentos e infusiones con todo tipo de plantas, y otras son dibujos de lo que le parecen constelaciones con anotaciones y símbolos al lado que no sabe identificar ni entender. En otras páginas hay también fragmentos que parecen más bien de diario, reflexiones o pensamientos que a menudo tienen que ver con alguna receta nueva que quiere probar, o información que ha adquirido relacionada con la botánica, la astrología, la astronomía o la geología. En definitiva, un batiburrillo de conceptos que le hacen pensar que tiene en las manos algo muy similar a un libro de magia. Admirada, y un poco incómoda por haber traicionado la intimidad de su amiga, vuelve a dejarla donde estaba y abre el único cajón que hay debajo de la mesa. Encuentra tres barajas de tarot de tamaños e imágenes diferentes, una baraja de oráculo, una libreta en blanco y una libreta con una ilustración llena de simbología mágica y astrológica con la imagen de un ojo en el centro, que entiende, cuando la abre, que es una agenda de planificación lunar, es decir, un diario con un espacio dedicado a los aspectos más relevantes relacionados con la astrología que afectan a cada día para tenerlos en cuenta. Sin pensarlo, retrocede un par de páginas y busca las anotaciones correspondientes al día en que Julie fue vista por última vez por Amèlia Altarriba y por Rai, el sábado 20 de septiembre. Al lado de multitud de símbolos que representan los aspectos entre los diferentes planetas de ese día hay escrito «Mente de diamante» y «Se transforma en oro». Ve en todas las fechas este tipo de frases, que son diferentes dependiendo del día. Hojea el principio de la libreta, donde hay un montón de información sobre cómo interpretar los símbolos, y encuentra las descripciones que acompañan a cada frase, que en teoría resumen el efecto de los aspectos de cada día.

> *Mente de diamante: claridad mental, hipercomunicación, cafeína para la curiosidad y gran capacidad de aprendizaje y descubrimiento. Canalización consciente con los dioses a tu lado. (Puede ser un reto para una atención dispersa, fugaz, mala comunicación y para sacar conclusiones precipitadas).
>
> *Se transforma en oro: expansión y suerte, gran crecimiento, alegría y aventura. Es bueno para arriesgarse, utilizar el optimismo como magia, aprender algo nuevo, revelaciones espirituales y hacer cosas con las que realmente disfrutas. (Puede ser un reto para una indulgencia excesiva y para centrarse y amplificar las vibraciones negativas).

En el espacio destinado al día, una pequeña estrella dibujada en un único trazo de bolígrafo. Le hace una fotografía con el móvil, sin saber exactamente por qué, y sigue con su inspección de la habitación con el objetivo de encontrar algo que dé sentido a lo que acaba de ver. De todas formas, parece evidente que Julie pensó que el día que desapareció era un buen día para hacer algo… ¿Era ese algo desaparecer? Es posible que Rai no haya mentido y que ella haya decidido dejarlo todo atrás. ¿Por qué? Y si así fuera, ¿no se habría llevado todas estas cosas?

Recorre rápidamente la estancia con los ojos hasta que estos se detienen en la librería de madera que cubre una de las cuatro paredes que la conforman. Se acerca y pasa suavemente el dedo índice por el lomo de cada uno de los libros de todos los estantes con la esperanza de que la intuición haga su trabajo. Las baldas están organizadas por temática. La sección de botánica ocupa dos. Hay una de psicología, otra de astrología y otra de yoga y meditación. También hay una de lectura del tarot y otra de magia, en la que sorprendentemente nunca se había fijado. Sabía que Julie era una persona particular y mística, pero hasta ahora, tras haber encontrado estos objetos y estas lecturas, no se había planteado que posiblemente era una bruja contemporánea. Esto la fascina y la asusta a la vez. ¿Y si mientras la busca se mete en un mundo que no entiende ni controla? ¿Un mundo de alguna manera peligroso? Sigue recorriendo los títulos con la mirada y se da cuenta de que en la parte inferior de la estantería hay otra sección que también le había pasado del todo inadvertida y que contiene libros sobre leyes, el sistema judicial español y un par sobre ciencia forense. Se agacha para leer los títulos con atención y los ojea por encima. La mayoría tienen pósits que marcan páginas concretas y varios párrafos subrayados a lápiz. Cuando se dispone a volver a dejar en su sitio el libro que tiene en las manos se da cuenta de que en el fondo del estante hay algo de papel. Extiende la mano y lo toca. Parece un sobre de tamaño DIN A4 colocado en horizontal. Saca los demás libros que lo sujetan hasta que por fin puede cogerlo y sacarlo sin arrugarlo. En el anverso no pone nada, solo hay otra estrella pequeña como la que ha encontrado en la agenda astrológica. Lo gira para ver si está abierto. No lo está, pero instantáneamente se da cuenta de que eso no tiene importancia. En un pósit grande de color rosa fosforescente lee de nuevo la letra de Julie:

Hola, querida:

Sabía que no me fallarías. Si has encontrado esto sin que te lo haya dado yo, significa que las cosas no han salido como esperaba.

La clave de todo está en la Ferrera, siempre.

Quizá tú puedas hacer la justicia que yo no he sido capaz de hacer.

Te veré al otro lado (esperemos que dentro de mucho tiempo).

Te quiero, guapa.

JULIE

Y con una sonrisa y lágrimas en los ojos, procede a descubrir los secretos más ocultos de su mejor amiga.

21

Contraseña

Dèlia

Torre Domènech. La Ferrera. El Prat de Llobregat
27 de septiembre de 2025

Empieza a teclear de nuevo lo primero que le viene a la cabeza por tercera vez, pero antes de pulsar el Enter se detiene. Sabe que si se equivoca, la máquina le impondrá una espera que irá creciendo progresivamente, y que cuando llegue a diez intentos, la cuenta de Mac se bloqueará. No sabe cómo lo tenía configurado Laura, pero no quiere que empiecen a llegar mensajes a su móvil, que no sabe si lo tiene la policía o quien la haya matado. En cualquier caso, nadie debe saber que ella tiene el ordenador, al menos de momento, así que se mentaliza de que solo tiene, como máximo, ocho intentos más y de que debe pensar bien lo que hace. Piensa que le iría muy bien ir a la Torre Vella y entrar en la habitación de Laura. Quizá allí encontraría algo que la ayudara a adivinar la contraseña y en general a entender lo que ha pasado. Sabe que es imposible que su padre la deje salir sola de su casa hoy mismo, pero quizá si le pide que la acompañe porque quiere ver a Teresa y darle el pésame... Cuando esté allí, puede aducir que se dejó algo en la habitación de Laura el martes pasado, cuando estuvieron allí juntas. ¿O quizá la policía ya está registrándola y no le dejarán pasar? Se da cuenta de que en su situación, encerrada en su cuarto, no podrá reunir más información.

Cuando coge el móvil para llamar a su padre y llevar a cabo el plan que se le acaba de ocurrir, ve un mensaje de WhatsApp de Oriol en la pantalla.

«Ostras, es verdad. Habíamos quedado este mediodía en la playa y no me he presentado. Ni siquiera me he acordado», piensa.

Lo busca en la lista de favoritos y lo llama. Él responde después de cuatro tonos, cuando ya cree que no va a coger la llamada.

—Hola. —La forzada casualidad en su voz no consigue ocultar que se ha cabreado.

—Perdona, Uri, se me ha olvidado totalmente que habíamos quedado.

—*No shit!* —exclama él, sarcástico.

—No, no lo entiendes. Han encontrado a Laura muerta en el estanque, en el muelle de mi casa. —Se le escapa el llanto al finalizar la frase, pero intenta mantener cierta serenidad.

—¡¿Qué dices?!

—Sí, Uri, estoy fatal. No entiendo nada.

—Pero ¿qué ha pasado? ¿Ha cogido la barca y ha tenido un accidente? ¿Iba borracha?

—No lo sé, pero ayer no tendría que haberla dejado marcharse sola, aunque ya nos fuera bien. Es culpa mía. No tendría que haberle pedido que…

—No sé lo que ha pasado, Dèlia, pero por nada del mundo es culpa tuya —la interrumpe.

Dèlia se queda en silencio un largo segundo.

—Lo que quiero decir es que solo tiene la culpa quien haya sido el responsable directo, si es que este es el caso —aclara—. Tú no puedes predecir lo que va a pasar, y por lo tanto no puedes evitarlo. Lo entiendes, ¿verdad?

—De todas formas —le dice ella en un tono más frío—, será difícil que podamos vernos en un tiempo, Uri. De momento no me dejan salir de casa.

—¿Por qué? —Ahora controla muy bien el tono, no quiere volver a cagarla.

—Creen que puedo estar en peligro.

—Pero si hubieran querido hacerte daño, podrían habértelo hecho en cualquier momento.

—Llevaba mi ropa —lo interrumpe—. Laura iba vestida con ropa mía. Y llevaba una peluca castaña.

Se hace el silencio al otro lado.

—¿Por qué? —le pregunta confundido.

—No quería que mi padre viera que llegaba a las tantas de la madrugada porque estaba contigo; ya sabes cómo es y quería ahorrarme el sermón. Ella se ofreció, me dijo que nadie vigilaba si ella llegaba tarde o temprano y que no la buscarían en las grabaciones, y ella no tenía intención de volver tarde, así que podía hacerse pasar por mí. La ropa se la dejé yo, y la peluca la cogió ella de su casa antes de salir.

—Hostia, no, Dèlia...

—Pues eso, que mi padre no me deja salir hasta que sepamos lo que ha pasado.

—Y entonces ¿ha ido la poli?

—Sí, claro.

—Qué fuerte, Deli. ¿Cómo estás? Debes de estar fatal... Lo siento, me gustaría estar contigo y hacerte compañía... ¿Y si voy? Seguro que puedes colarme de alguna manera.

—No creo que sea el momento de hacer experimentos —le contesta en tono seco.

—¿Seguro? Bueno, puede que tengas razón... —murmura casi para sí mismo.

Dos toques suaves en la puerta interrumpen la conversación.

—Te llamo luego —le susurra ella, y cuelga el teléfono—. ¿Quién es? —pregunta mirando hacia la puerta.

Cuando se entreabre, aparece su padre asomando la cabeza.

—Ha venido un detective que quiere hacerte algunas preguntas. Se llama Robert Levy. Lo hemos contratado para que investigue qué le ha pasado a Laura.

—Ya he respondido a las preguntas de los mossos, papá. ¿No pueden pasarse los informes o lo que sea entre ellos? —Inconscientemente apoya la mano derecha en la tapa del portátil cerrado, que está en la cama, a su lado.

—Dèlia. —Por el tono en que lo ha dicho no es necesario que añada nada más.

—Sí, sí, claro. Perdón, es que…

—No te preocupes, serán solo cinco minutos —interviene Levy.

Ella asiente y el detective entra en la habitación.

—¿Puedo hablarte de tú?

La pregunta le parece rara. No recuerda que ningún hombre mayor que ella se lo haya preguntado alguna vez. Asiente.

—Si no te importa, me sentaré aquí. —Señala la silla de madera decapada de color verde turquesa a juego con el tocador.

—No, claro, adelante.

Él la coge con un movimiento rápido, la coloca frente a la cama y se sienta ágilmente.

—En primer lugar, siento lo que ha pasado. Es duro perder a una persona a la que quieres. Entiendo que Laura y tú erais muy amigas.

—Sí, crecimos juntas. Las dos nacimos aquí, en la finca. Es como una hermana para mí.

Levy asiente.

—Tu padre me ha dicho que ayer os vestisteis aquí, en esta habitación, y que después salisteis para ir a la Fiesta Mayor.

Ella asiente.

—¿Qué ropa llevaba cuando salisteis?

—La ropa con la que la han encontrado.

Levy hace un gesto muy sutil de sorpresa.

—Entonces ¿tú también la has visto?

—Solo desde aquí. —Señala la ventana que tiene a la izquierda con la barbilla—. Cuando he bajado, mi padre no me ha dejado pasar.

El detective se levanta de la silla, se acerca a la ventana de poniente, que da al estanque, y echa un vistazo a través de los cristales.

—Ha hecho bien.

—¿Cómo ha muerto?

—¿No te han dicho nada?

Dèlia niega con la cabeza, con la mirada apuntando al suelo de parquet marrón.

—Quizá es mejor así —le dice Levy sin apartar los ojos de la ventana.

—No.

—¿No? —Ahora vuelve la cabeza y la mira.

—No. Llevo horas pensando en todas las maneras espantosas en las que ha podido morir. Me la he imaginado sufriendo en todo tipo de situaciones. Es horrible, de verdad. Espero y deseo que haya sido algo casual, como ahogarse porque iba borracha, pero supongo que en ese caso usted no estaría aquí haciéndome preguntas.

—Háblame de tú. Va en ambas direcciones —le dice mientras vuelve a la silla.

—¿Y entonces?

—No es una información que deba darte yo, Dèlia. Y, de hecho, me faltan datos para estar seguro de lo que pasó. Ahora mismo no me atrevería a afirmar nada.

—¿Sufrió?

—Ya te he dicho que me faltan da...

—Entonces no pienso contestarte a nada más, detective —lo interrumpe—. Como has dicho, va en ambas direcciones.

Levy esboza una media sonrisa triste.

—No es del todo así, aunque entiendo lo que dices, de verdad, pero ¿en qué te ayudará saber cómo ha muerto?

—Dejaré de imaginarme todo lo demás.

—¿E imaginarás lo que sea una y otra vez?

Dèlia inclina levemente la cabeza y tuerce los labios, cerrados, considerando por un instante el punto de vista que acaba de exponerle.

—De todas formas, no sé por qué te lo pregunto a ti. Creo que la has visto aún menos que yo —le contesta de mal humor.

Él la mira sin decir nada, con expresión tranquila, y deja que el silencio planee por la habitación.

—¿Has visto muchos cuerpos en tu vida? De muertos, quiero decir —le pregunta ella, ahora en un tono mucho más reflexivo.

—Unos cuantos.

—¿Y no avisan a la poli antes? ¿Por qué?

—No siempre he trabajado como ahora.

—Ah, ¿no? Entonces antes sí eras...

—Eso no tiene importancia ahora mismo —la interrumpe.

—No entiendo cómo algunas personas podéis dedicaros a estas cosas y hacer como si nada... —Parece casi un reproche.

—Nunca es como si nada. Todo el mundo tiene un límite en el que ya no puede ni quiere ver ni un solo cadáver más; cada cual tiene su número de cuerpos. Es diferente según quién, pero siempre llega un momento en el que ya has tenido suficiente.

Ella asiente y se queda un instante en silencio. Después levanta la cabeza y le pregunta:

—¿Por qué te ha contratado mi padre? ¿Es que no se fía de la poli? ¿Ni siquiera de Roure?

—No sabría decírtelo. Oye, lo de la peluca... y que fuera vestida igual que tú...

—No tengo ni idea. —Le ha respondido sin pensarlo; de hecho, ella misma se sorprende mientras oye las palabras que salen de su boca, pero ahora no puede volver atrás—. Quiero decir que lo de la ropa es normal, muy a menudo nos ponemos ropa la una de la otra. —Intenta buscar la verdad en la mentira.

—¿Tú también la suya?

—Sí, ¿por qué?

—Solo confirmo. ¿Y la peluca?

—De la peluca no sé nada. Cuando nos marchamos juntas no la llevaba.

—¿Ni en el bolso?

—No le miré el bolso.

—Pero llevaba bolso.

—¿Estás tomándome el pelo?

—No. ¿Cómo era el bolso?

—Una mochila de piel negra. Siempre llevaba la misma. No la he visto junto al cuerpo desde la ventana. ¿Estaba allí?

—No.

—¿Y el móvil tampoco?

Él niega con la cabeza.

—¿Lo de disfrazarse como si fuera tú lo había hecho otras veces?

—No. Bueno, solo una vez, que nos disfrazamos la una de la otra. Hace dos años, en carnaval. Fue solo un día.

Levy asiente.

—¿Se te ocurre algún motivo por el que quisiera hacerse pasar por ti?

Dèlia intenta reunir todo el coraje que tiene en su interior, pero no le parece suficiente.

—No, pero de todas formas no tiene sentido. Cualquiera que me conociera vería que no es mi cara ni mi voz. No cuela. —Intenta autoconvencerse de que ese no puede ser el motivo por el que está muerta.

—Solo si la viera de cerca.

Los dos se quedan en silencio.

—¿Puedes contarme qué hicisteis desde que salisteis hasta que la viste por última vez?

Dèlia suelta un suspiro resignado.

—Jacint nos llevó al centro. Sabíamos que beberíamos y no cogimos la moto. Allí habíamos quedado con... —duda un momento— unos amigos para cenar y después dar una vuelta por la feria para reírnos un rato.

—¿Cuántos amigos estabais?

—Laura, yo y otras tres personas.

—¿Estas tres personas tienen nombre?

—¿Irás a hablar con ellas?

—Es muy posible. ¿Por qué? ¿Es un problema?

—No, no, es solo que me parece extraño estar aquí encerrada, sin poder verlos ni hablar con ellos en persona, y dar sus nombres. No sé, se me hace raro.

—¿Y cómo se llaman?

—Judit Hernández, Ivan Gil y Oriol Valls.

—¿Puedes anotarme sus teléfonos?

—Sí, claro. —Extiende la mano para que Levy le pase su móvil, pero se sorprende cuando este le tiende la pequeña libreta y el bolígrafo que lleva en el bolsillo de la americana.

—Qué analógico —murmura. Él no dice nada, pero asiente con la cabeza—. ¡No esperarás que me los sepa de memoria! —le dice ella mientras extiende la mano hacia el teléfono móvil, que reposa en la cama, a su lado. Luego mueve los dedos ágilmente por la pantalla y traslada los números al papel.

—¿Sois amigos de hace tiempo? —le pregunta él.

—Del insti. Todavía nos vemos bastante.

—¿Todos?

—Sí —miente.

—¿Dónde cenasteis?

—Nos comimos unas *burgers* en La Santa. Estaba petada.

—¿Pasó algo raro allí? ¿Se os acercó alguien a quien no conocierais, algo fuera de lo normal?

—No. Nada raro. Cenamos y después fuimos a L'Artesà a tomar unas birras antes de ir a la feria. —Lo mira y se adelanta—: Y no, allí tampoco pasó nada raro. Nos encontramos con mi primo y sus colegas y nos fuimos de fiesta un rato. Después fuimos a la feria todos juntos.

—¿Tu primo? ¿Ferran Belart?

—Sí, el que vive en la casa de madera del otro lado del estanque. —Señala la ventana de poniente por la que el detective ha mirado hace unos minutos.

Él asiente.

—¿Y qué pasó en la feria?

—Nada. Subimos a unas cuantas atracciones hasta que en los coches de choque uno de los amigos de Ferran se pasó y nos dio una buena hostia. Laura se hizo un poco de daño en el cuello, un tirón. Nos cabreamos y nos separamos del grupo. Cuando beben y se ponen en plan *bros* son insoportables. Aunque sean mayores que nosotras, a veces se comportan como unos malcriados.

—¿Y después?

—Después mi primo vino con dos margaritas, en son de paz, a disculparse, y estuvimos un rato dando vueltas por la feria. Hacia las dos yo ya tuve suficiente y quise marcharme. Laura dijo que quería quedarse un rato más, y Ferran me prometió que se ocuparía de que llegara bien a casa, ya que los dos tenían que entrar en la finca. Intenté hacerla cambiar de opinión, pero insistió en que quería quedarse, así que me fui.

—¿Sola?

—Me trajo uno de mis amigos.

—¿Quién?

—Oriol, en moto.

—Y supongo que este amigo entró en la finca para dejarte en casa.

—No, me dejó en la Torre Vella, en la puerta —vuelve a mentir.

—¿Por qué?

—No quería que mi padre lo viera entrar si miraba las grabaciones de la cámara. A veces se mete demasiado en lo que hago, aunque ya sea mayor de edad.

Levy apunta algo en la libreta.

—No hace falta que apuntes nada. Oriol no ha tenido nada que ver en esto —le dice molesta—. Quizá deberías hacer preguntas a otras personas. Por ejemplo, ¿ya has hablado con Ferran? Se suponía que Laura iba a volver con él.

—¿Crees que ha tenido algo que ver?

—No, no. Ferran es un trozo de pan. Pero alguno de sus amigos... Esos ya no molan tanto. Siempre hace fiestas en su casa, de madrugada todavía se oía la música desde aquí. No ha respondido a mis mensajes y cuando lo llamo me salta el buzón de voz.

Levy asiente.

—Bien, de momento te dejo tranquila. Solo una última cosa: ¿sabes dónde está el ordenador de Laura? Porque tenía uno, ¿verdad?

—Sí, estará en su habitación, en la Torre Vella, supongo. —Pero no ha podido evitar bajar la mirada.

—¿Cómo es? ¿Como este? —Levy señala el ordenador que está en la cama al lado de Dèlia.

—Sí, igual —le responde ella—. Se lo regaló mi padre la Navidad pasada.

—¿No lo trajo ayer aquí? —insiste mirándola a los ojos.

—No, no lo trajo. Habíamos quedado para irnos de fiesta, no para hacer un trabajo en grupo —le contesta con sarcasmo.

El detective asiente y se levanta de la silla.

—Pues iré a echar un vistazo —le dice con una media sonrisa enigmática—. Gracias por tu tiempo, Dèlia. Supongo que seguiremos en contacto.

Ella asiente.

Cuando el detective ya está en la puerta, se decide por fin a hacerle la pregunta que le da vueltas en la cabeza.

—Levy..., ¿crees que estoy en peligro? ¿Que querían matarme a mí?

—Es muy pronto para afirmarlo —le contesta él girando el rostro hacia ella—. Pero, de todas formas, yo no correría el riesgo de comprobarlo.

—Entonces ¿tengo que quedarme aquí encerrada todos los días? —Tiñe sus palabras de desesperación—. ¿Hasta cuándo?

—No lo sé. Espero que no mucho tiempo. Pondré todo de mi parte para descubrir qué le ha pasado a Laura lo antes posible, pero para eso necesito que me digas la verdad. Siempre.

—¿Qué quieres decir? —exclama ofendida—. Te he dicho toda la...

—No es necesario que lo arreglemos hoy —la interrumpe—. Ya hablaremos otro día. Buenas tardes, Dèlia.

Y Levy cierra la puerta dejándola sola y sumida en un silencio que la agobia al instante.

De repente mira el ordenador y decide ponerse manos a la obra. No tiene mucho tiempo para descubrir los secretos que ocultaba Laura, y está convencida de que, sean los que sean, están grabados en los circuitos de la caja metálica que tiene en las manos.

22

Una torre de recuerdos

Levy

Torre Domènech. La Ferrera. El Prat de Llobregat
27 de septiembre de 2025

El sol ya es débil cuando baja por la escalera de la Torre Domènech, y unos cumulonimbos grises amenazan con taparlo en cualquier momento. Le gustaría mucho salir de este mundo y no volver hasta mañana, pero no quiere aplazar la visita que todavía tiene pendiente. Es imprescindible que hable hoy mismo con la familia Sabater.

Sube al Jeep negro, que lo espera en el aparcamiento de grava cercano a la entrada, y conduce por el camino de tierra que rodea el estanque, acompañado del pinar al otro lado, hasta que llega a la Torre Vella.

Un viento cada vez más impetuoso lo recibe cuando baja del vehículo y se dirige a la puerta de arco de medio punto del edificio de tres pisos, con una torre de planta cuadrada en la fachada de levante, con luz solo en dos de las muchas ventanas rectangulares y contraventanas pintadas de color azul que puede ver desde el exterior.

La puerta se abre antes de que Levy haya podido llamar al timbre.

Una mujer con una bata de cuadros de manga corta y los ojos hinchados aparece al otro lado.

—Usted debe de ser el detective al que ha contratado el señor Domènech —musita con la grisura instalada en la piel y las facciones congeladas.

Él asiente.

—Sí, Robert Levy. —Le tiende la mano. La mujer tarda un momento en procesar qué se supone que debe hacer, y al final se la estrecha débilmente—. Quisiera hablar con David Sabater y Teresa Vidal. ¿Usted no será...?

—No, soy su hermana, Caterina. Voy a buscarlos. —Lo invita a pasar y empieza a caminar hacia la escalera recubierta de baldosa catalana, iluminada con una luz muy tenue. Cuando ha subido dos escalones, se detiene y gira medio cuerpo para añadir—: Pero no los maree mucho, por favor. Es un golpe muy duro, como podrá imaginarse. El médico nos ha dado unas pastillas para calmarnos, y no me pregunte lo que son, pero funcionan. Así que sea consciente, por favor, de que no estamos en las mejores condiciones.

—Intentaré ser lo más breve posible. Se lo prometo —la tranquiliza.

Ella asiente y sigue ascendiendo por la escalera. Una vez en el rellano, lo guía hacia una gran sala de estar que se abre detrás de otro arco de medio punto, a la derecha.

Las cortinas están retiradas, pero la luz fuera es escasa y la que entra a través del ventanal que da al balcón, con la barandilla pintada de color azul oscuro, es prácticamente inexistente. Solo hay una lámpara encendida, que reposa en la mesita que hace esquina con los dos sofás de tela de cuadros, uno de ellos ocupado por las dos personas a las que busca.

—Este es el detective —se adelanta Caterina señalándolo.

—Los acompaño en el sentimiento —les dice él acercándose primero a la mujer. Le tiende la mano, y cuando esta se la estrecha, coloca la otra encima.

—Ninguna madre debería sobrevivir a sus hijos —le dice ella, que estalla en lágrimas antes de terminar la frase.

Su marido se acerca más a ella y le coloca la mano en el hombro sin saber cómo ayudarla.

—Absolutamente de acuerdo —le dice Levy, todavía de pie—. Por supuesto.

—Siéntese, por favor. —David Sabater señala el sillón adyacente al otro lado con la mano que le queda libre.

—No les ocuparé mucho tiempo. Sé que necesitan descansar —les asegura, y se sienta en el sillón con el cuerpo inclinado hacia delante y los codos apoyados en las rodillas.

—Queremos que quien ha matado a Laura pague por lo que ha hecho. Quédese el tiempo que necesite —le contesta Sabater mirándolo a los ojos.

Levy asiente.

—Discúlpenme si algunas preguntas les parecen repetitivas —se excusa por anticipado—. ¿Cuándo fue la última vez que vieron a Laura ayer?

—Cuando se marchó a casa de Dèlia para arreglarse para ir a la Fiesta Mayor. Debían de ser sobre las siete de la tarde —le responde el señor Sabater.

—¿Se fue andando?

—No, cogió la bici.

—¿Salió con alguna bolsa más, aparte de la mochila de piel negra que llevaba siempre?

—No me fijé, pero creo que no. —Mira a su mujer buscando que corrobore la afirmación.

—No, no llevaba ninguna más —le contesta Teresa, convencida.

—La peluca con la que la han encontrado… —empieza Levy.

—Tampoco la llevaba puesta —se adelanta Teresa.

—Pero ¿la habían visto antes?

—Diría que la compró hace un par de años, para disfrazarse en una Castañada de esas en las que se hacen este tipo de americanadas, o quizá fue para carnaval… No estoy segura.

—O sea, la tenía aquí.

—Supongo, si la guardó. Diría que sí, pero no se lo puedo confirmar. No miro sus armarios. Se coloca la ropa ella.

—¿Por qué creen que llevaba la peluca?

—No tengo ni idea. Quizá quería hacerle una broma a Dèlia. O hacerse pasar por ella... —le responde Teresa.

—¿Por qué querría hacerse pasar por ella?

—No lo sé. Lo he dicho así, sin pensar —dice casi para ella misma, con la mirada perdida en la alfombra de filigranas que tiene a los pies.

—¿Habían notado algo diferente en el comportamiento de Laura estos últimos días?

—No —le contesta David Sabater.

Su mujer le dirige una mirada que roza el enfado y lo interrumpe:

—Sí que estaba diferente. Estaba más nerviosa, más irritable.

—Quería decir que no era nada fuera de lo normal —aclara David—. Le pasa a veces... Le pasaba —se corrige—, lo de estar más nerviosa. Por la edad y las hormonas, digo yo.

—Le pasaba algo —dice la mujer moviendo la cabeza de un lado a otro para negar las teorías de su marido—. Desde hace una semana estaba como... —busca la palabra adecuada— preocupada. Preocupada, sí, y más callada de lo normal. Ella siempre lo ha contado todo, no tiene problemas en decir las cosas como las piensa, pero esta semana estaba mucho más parca en palabras. —Mueve la cabeza arriba y abajo, reafirmando la declaración.

David Sabater hace una mueca que dura solo un instante, pero no dice nada.

—Pero ¿no les contó nada? —les pregunta Levy.

—No —le contestan los dos a la vez.

—¿Laura tiene pareja? ¿Salía con alguien?

—No —le responde David.

—No que nosotros sepamos —le dice la madre—. Pero puede que sí. Creo que estaba enamorada.

David Sabater la mira sorprendido.

—Las madres sabemos estas cosas —añade—. Estas y casi todas. —Gira el rostro hacia su marido y le dirige una mirada que Levy no termina de entender, pero en la que detecta algún tipo de reproche.

—¿Habían discutido por algo los últimos días? —pregunta.

—No estará insinuando que nosotros... —empieza a decir David Sabater, indignado.

Su mujer le coloca la mano en el muslo y vuelve a dirigirle la misma mirada que hace unos segundos.

—David, por favor.

—Solo estoy intentando entender cómo estaba Laura —les explica Levy—, qué le preocupaba y qué tenía en la cabeza. A veces, estas cosas ayudan a hacerse una idea de lo que puede haber pasado.

—Sí que tuvimos una discusión —le contesta Teresa—, durante la cena de anteayer. Pero no puede tener nada que ver, porque en realidad no es tan importante. Verá, Laura...

—Laura quería una moto, y yo le dije que de ninguna manera —la interrumpe David Sabater—. Que Dèlia tenga una no quiere decir que ella deba tener otra.

Teresa asiente.

—Laura tiene un ordenador, ¿verdad?

—Sí, se lo regaló el señor Domènech por su cumpleaños.

—¿Saben dónde está?

—Supongo que en su habitación —le responde encogiéndose de hombros e inclinando la cabeza—. La verdad es que no me he atrevido a entrar desde que... —Las lágrimas, esta vez más silenciosas, vuelven a brotarle de los ojos dolidos.

—¿Les importa que eche un vistazo?

—No, no, claro. Cati —le dice Teresa a su hermana, que no se ha movido del otro sofá desde que ha acompañado al detective—, ¿te importa acompañarlo a la habitación de Laura?

Esta asiente.

—Sígame —le pide a Levy, y lo guía hacia el espacio más privado de Laura Sabater.

23

Inquietud

Julie

El Prat de Llobregat
24 de junio de 1999

El paso del tiempo nunca había sido tan agónico como en las horas siguientes a la desaparición de Gemma.

Lo primero que hizo fue llamar a casa de Mireia para ver si había dormido allí, aunque sabía perfectamente que si hubiera sido así, no tendría esa sensación de inquietud que se la comía por dentro. La voz de la amiga de la infancia de su hermana se lo confirmó: no, no habían dormido juntas.

—¿La dejaste sola? ¿Con esos dos? —le preguntó airada.

—Yo no la dejé en ninguna parte —le contestó Mireia, claramente ofendida—. Anoche no nos vimos. A mí no me habían invitado a la fiesta.

Esta fue la primera bofetada.

—¿Fue sola?

—Supongo. Le dije que no era buena idea, pero está supercolada por Roger... Cuando está así, no se puede razonar con ella, ya lo sabes. ¿Qué pasa? ¿No ha vuelto a casa? —La preocupación parecía auténtica.

—No.

—Quizá todavía está allí. ¿Habéis llamado a casa de los Belart?

—Ahora mismo lo hago. —Y colgó el teléfono.

Rebuscó en los cajones del escritorio de su hermana y encontró la libreta que utilizaba como diario. Sabía que allí había apuntado el número de teléfono de la casa de los Belart porque más de una vez había visto a escondidas que llamaba desde el teléfono que tenían en la habitación esperando que fuera la voz de Roger la que apareciera al otro lado, y que colgaba sin decir nada.

Marcó el número cuatro veces, pero nadie cogió el teléfono. La desazón iba creciendo mientras su padre la miraba en silencio, con las cejas grises y espesas fruncidas de preocupación, desde la puerta de la habitación.

—Vamos a buscarla —le dijo cuando colgó definitivamente el teléfono.

Condujeron los diez minutos que el Renault Laguna de color verdinegro tardó en recorrer el camino hasta la entrada de la Ferrera en completo silencio. Ninguno de los dos se atrevía a verbalizar sus miedos, no fuera que de alguna manera ayudaran a materializarlos.

Detuvieron el coche delante de la valla verde que cerraba el paso al camino que se adentraba en el pinar y pulsaron el interfono.

La respuesta no llegó hasta cuarenta segundos después, cuando el padre de Julie ya estaba levantando el dedo para pulsar el botón de nuevo.

—Diga —dijo una voz seca y hostil.

—Buenos días. Necesitamos hablar con el señor Belart, por favor —respondió Julie.

—El señor Belart no está disponible.

—Es importante. Estamos buscando a mi hija, Gemma —insistió su padre acercando la boca al aparato.

—¿A quién? —Por el tono, pareció más bien una pregunta retórica.

—A Gemma Guitart —contestó Julie conteniendo la rabia por ese desprecio—. Va a clase con los gemelos y vino anoche a una fiesta.

—Dudo mucho que viniera ayer a la fiesta de la Casa Belart, créanme. Era una fiesta para adultos. Los gemelos tampoco estaban.

—¿Puede abrirnos la puerta, por favor? ¿Podemos hablar cara a cara? Estamos preocupados por Gemma.

—Lo entiendo perfectamente, pero me temo que no podemos ayudarlos. Parece evidente que la chica dijo que venía aquí y fue a otro sitio.

Julie negó con la cabeza.

—No, estuvo ahí. Quizá no era en la Casa Belart, pero fue a una fiesta que organizaron los gemelos.

—No tenemos conocimiento de esa fiesta.

—Eso no significa que no se hiciera. ¿Puede avisar a los gemelos, por favor? ¿Podemos hablar con ellos? Seguro que ellos saben dónde está Gemma.

—Están durmiendo. Se lo preguntaremos cuando se despierten, y si nos enteramos de algo, se lo haremos saber.

—¿Cómo?

—Que si nos enteramos de al...

—Le pregunto que cómo nos lo harán saber —lo interrumpió secamente Julie.

—Anoten su teléfono en un papel y déjenlo en el buzón que está al lado del interfono. Los llamaremos si averiguamos algo.

—Pero... —empezó a decir Julie.

—Siento no poder ayudarlos más. Creo que están buscando en el lugar equivocado, sinceramente. —Y oyeron el sonido de un auricular que colgaba.

Julie levantó el dedo con la intención de volver a pulsar el botón, pero su padre la detuvo a medio camino y, negando con la cabeza, le dijo:

—Vamos a la policía. —Y dio media vuelta hacia el coche.

La acogida en la comisaría no fue mucho más alentadora que la que habían recibido poco más de veinte minutos antes.

Les contaron en tono monótono la mentira de que debían esperar veinticuatro horas antes de poner una denuncia por desaparición e intentaron convencerlos de que probablemente Gemma estaba durmiendo la mona en casa de alguna amiga y que aparecería esa misma tarde o al día siguiente.

—Ha pasado muchas veces, créanme —les aseguraron, como si eso fuera a tranquilizarlos de alguna manera.

—Gemma no es así. Nunca lo ha hecho —dijo su padre, convencido.

—Bueno, los adolescentes son adolescentes. Y para todo hay siempre una primera vez, ¿verdad? —respondió el policía que estaba sentado al otro lado de la vieja mesa contrachapada y pintada de un color gris feo y desgastado.

—¿Pueden ir a mirar a la casa de los Belart, aunque solo sea un momento, por favor? —presionó Julie.

—No podemos entrar en una casa porque sí. Además, ¿no dicen que ya han ido ustedes?

—Sí, pero no nos han atendido —le contestó el padre.

—¿No dice que han hablado con alguien? ¿Que les han dicho que la chica no estaba?

—No han mirado si estaba —replicó airada Julie—. Y no nos han dejado entrar. ¿No le parece sospechoso?

—Sospechoso me parecería que alguien quisiera entrar en mi casa diciendo que busca a una persona que ha venido a una fiesta que no he hecho, ¿no le parece? Da la impresión de que quizá su hermana no les dijo la verdad sobre adónde fue anoche y que están buscándola en el lugar equivocado.

—¡Le digo que no ha vuelto y que quedó con los Belart! —gritó Julie—. ¿Pueden hacer el favor de hacer su trabajo de una puñetera vez?

—Ya hacemos nuestro trabajo, señorita —le respondió el hombre manteniendo la calma de una manera que casi la ofendió—. Como ya les he indicado antes, si mañana no ha vuelto a casa, vengan a poner la denuncia.

—Es inútil —murmuró su padre, lleno de frustración—. ¡Vámonos! —Y cogió a Julie del brazo para levantarla de la silla.

—¿Y ahora qué? —le preguntó Julie cuando abrió la puerta del copiloto del Laguna.

—No lo sé, hija. Llamemos a todas sus amigas y miremos por los alrededores de la Ferrera. Hagamos todas estas cosas mientras esperamos a que vuelva. Quizá el policía tenga razón y...

Julie negó con la cabeza, con la mirada perdida en el asfalto caliente y sucio. Después miró un instante al cielo, entró en el coche y cerró la puerta con un golpe fuerte que no atenuó lo más mínimo su frustración.

Su padre no se atrevió a decir nada porque, aunque no había hablado explícitamente con ella de sus intuiciones, sabía que, como le ocurría a su madre, cuando Julie tenía una, había muchas probabilidades de que no se equivocara. Deseó con todas sus fuerzas que esa fuera la primera vez que ocurría y prometió a un hipotético ser superior al que no terminaba de saber cómo imaginarse que si era así, haría lo que fuera para agradecérselo.

Aun así, un escalofrío incómodo le recorrió la columna vertebral, y la inquietud acabó de instalársele en el pecho.

24

Una sombra invisible

Ignasi

Playa de la Ferrera. El Prat de Llobregat
9 de agosto de 2025

Observó cómo el Tesla de Rai desaparecía por el camino de tierra. Después de la comida del día anterior, Julie y él se habían quedado en la casa para supervisar que todo estuviera recogido antes de marcharse, pero ahora por fin la casa volvía a quedarse vacía y podría dejar las incomodidades de la Casa Masferrer para disfrutar de los lujos de la Casa Belart. Correr el riesgo de entrar en la casa poco después de llegar a la reserva le había salido a cuenta y había conseguido una de las diversas copias de las llaves de la casita de invitados cuando tenían la casa abierta, así que podía acceder con facilidad cuando no estaban. De esta forma, ya llevaba cinco meses siendo un habitante más de la Ferrera sin que nadie se hubiera dado cuenta de su presencia. Al fin y al cabo, su carrera se había basado en la sutileza, sabía perfectamente cómo integrarse en el paisaje y formar parte de él sin llamar la atención, mimetizándose con los árboles o con el mobiliario y convirtiéndose en ellos por momentos.

Así, a fuerza de observar a los habitantes de la reserva y de escuchar sus conversaciones, Ignasi había ido dibujando en su cabeza un mapa emocional de los conflictos que poblaban el territorio y había desarrollado sus preferencias en relación con los diversos personajes que tenían la capacidad de abstraerlo de sus quebraderos de cabeza y dramas personales con ese teatro de la realidad que representaban para él cada día sin saberlo. Sin esperárselo, resultaba que ese voyerismo se había convertido en un modo de (sobre)vivir y había creado un efecto balsámico en él, hasta el punto de que sus pensamientos suicidas casi habían desaparecido del todo. De alguna manera, los problemas de los demás lo habían arraigado a la reserva y a la tierra que lo rodeaba. Por otra parte, vivir junto al mar, rodeado de pinos, le aportaba una serenidad que hacía tiempo que no experimentaba. Entre una cosa y la otra, le parecía que había encontrado un lugar al que, aunque de una manera peculiar, podía llamar hogar.

Volvió atrás por el camino que llevaba a la Casa Masferrer para recoger las cuatro cosas que llevaba de un lado al otro en la mochila; así podría lavar la ropa en la lavadora y llenarla con lo que necesitara la próxima vez que la visitaran. Como los Belart solo contrataban al servicio el mismo día que llegaban a la casa, había perfeccionado su protocolo de huida inmediata, de modo que lo tenía todo escondido en el armario de la despensa y cuando el aparato que controlaba la puerta de acceso a la reserva por la entrada de la Casa Belart se activaba, lo cogía todo y se dirigía a la Casa Masferrer, donde, como estaba abandonada, nunca había nadie. Los días siguientes se acercaba sigilosamente a la Casa Belart durante sus paseos hasta que veía que volvía a estar vacía, y entonces regresaba.

Hacía calor y el sol picaba con fuerza, así que decidió coger el desvío del sendero que transcurría bajo los pinos —aunque fuera un poco más largo— para caminar por la sombra. En mitad del trayecto reconoció la voz de Laura detrás de esos árboles que se contorsionaban a merced de los vientos marítimos, y la curiosidad lo guio hasta un claro cercano al estanque, donde la vio sentada en una manta de pícnic a la sombra de un pino con Ferran a su lado.

—¡Si hubieras oído cómo hablaba de ti, Ferran! Te desprecia muchísimo —le dijo ella.

—Rai es así, siempre ha sido el mayor de los hermanos y, desde que es el único que queda de los Belart, se siente el dueño de todo.

—Tú también eres un Belart, Ferran.

—Solo de forma accidental, pero no creas que me afecta mucho.

—¡Da igual! ¿Cómo puede ser que Rai decida por ti? Tú también tienes una parte de la propiedad, ¿no?

—Sí, pero menor. Él tiene la de su madre, una parte de su padre y además la que les correspondía a los gemelos. Toda la oposición de la familia directa que podía tener desapareció cuando se hundió esa barca, así que no vale la pena discutir con él. De todas formas, Mateu morirá antes de vender su parte, y solo con la propiedad de los Belart no les basta para hacer la ampliación del aeropuerto. Necesitan las dos. Y aunque le pasara algo a Mateu, Dèlia lucharía por la Ferrera, como han hecho siempre los Domènech. Ellos son los propietarios originales y llevan en la sangre defender la tierra.

—Eso es lo que le dijo Mateu. —Se quedó un instante en silencio y después añadió, de nuevo indignada—: Es que no entiendo que no sienta ningún vínculo con este lugar, que no quiera mantenerlo. ¡Es lo único que le queda de su familia más directa! Y de tu padre, que ya sé que quizá tampoco te importa tanto, pero…

Ferran se mantuvo en silencio.

—Perdona, no quería ponerte triste, no quería hacerte pensar en estas cosas.

—No, tranquila, las pienso siempre, de una forma o de otra. Sabía que pasaría cuando acepté la casa de la playa, pero habría sido absurdo renunciar a ella, ¿no? Mi madre me dijo que era estúpido no hacerlo. Y mira, después de que muriera, es el único lugar al que he podido llamar mi casa; si no, me habría quedado con una mano delante y otra detrás.

—¿Te sientes un extraño?

—A veces. Aunque la verdad es que nunca me han tratado mal, ni siquiera Rai, siendo como es. Y Mateu ha sido casi una figura paterna para mí. Todavía lo es. Y mira que a él ni le iba ni le venía.

—Hombre, eres su primo. El único decente que tiene, contando con que el otro es Rai. —Sonrió.

—Primastro —la corrigió—, si es que esa palabra existe.

—Ya te entiendo. Lo que pasó es muy bestia, pero... Es impensable perder tanta familia de golpe... —murmuró casi para sí misma.

—Lo más irónico —dijo Ferran mirando hacia el horizonte de pinos que los separaba de la playa— es que parece que a Joan Manel Belart nunca le había gustado navegar, que era una de las veces contadas que había aceptado subir a la barca, porque los gemelos celebraban su cumpleaños y querían ir a la cala Fonda para estrenarla en familia, porque era lo que les había regalado por cumplir veinticinco años. ¿No conoces esta historia?

—Muy por encima. Dèlia tenía dos años cuando pasó, y yo, uno. Lo sé por mi madre, pero, de todas formas, a ver quién no conoce la gran tragedia de los Belart. Todos muertos y el único superviviente casi se niega a vivir en la Ferrera. A duras penas visita la casa tres veces al año. Seguro que habrá un montón de artículos y noticias sobre el tema. Pero, vaya, que tampoco he querido preguntar demasiado. —Después de un breve silencio añadió—: Perdona, tú y yo nunca habíamos hablado de esto. Espero no haberte hecho sentir incómodo.

—No, no. Me gusta compartirlo contigo. Y piensa que yo no tenía ninguna relación con Joan Manel Belart. Ni siquiera sabía que era mi padre.

—Qué gente, tío. Los Belart, quiero decir, no tú, ¿eh?

—A ver, yo soy un poco Belart...

—Solo te ha llegado lo más positivo. —Le guiñó un ojo y se acercó a su rostro.

Se miraron tiernamente y se fundieron en un beso. Después ella apoyó la cabeza en su hombro, y él la rodeó con el brazo derecho.

—¿Por qué no vienes a vivir conmigo a la casa de madera?

—Ferran...

—Lo digo en serio.

—Es muy pronto. No llevamos ni un año saliendo, y ni siquiera lo sabe nadie todavía.

—No será porque yo te haya dicho que no lo digas. A mí me encantaría cantarlo a los cuatro vientos, ya lo sabes.

—Ya, pero no es tan fácil... Mis padres... No lo entiendes, Ferran. Son mundos muy diferentes.

—¿Por qué? ¿Porque son los que cuidan la finca? ¡No estamos en la época medieval, Laura! ¿A quién le importa? Y, en todo caso, yo no tengo padres que se opongan a que salga con la criada de turno. De hecho, si mi madre siguiera viva, estaría encantada de que tú y yo... —Aún no había terminado de formular la frase cuando se dio cuenta de que había metido la pata. Laura levantó la cabeza de su hombro y le lanzó una mirada enfadada—. Perdona, no...

—No pasa nada —le contestó en tono seco—. Ya sabía que no lo entenderías, que nunca has llegado a plantearte que quizá los que tendrían un problema con ello serían mis padres. Claro, en tu mundo es impensable, porque es evidente que eres tú el que está en una posición superior, ¿verdad? En todo caso, ellos deberían estar agradecidos de que yo acabara con un Belart, ¿no?

—No, Laura. No quería decir eso. Sabes perfectamente que no soy así. ¡Si además soy hijo ilegítimo! Algo sé sobre no encajar en según qué sitios, pero, bueno, tampoco sabía que los Belart somos la peste... Ni que, por esa misma regla de tres, también lo son los Domènech. ¿Por eso no le has dicho nada a Dèlia? —la acusó, convencido de haber descubierto algo nuevo—. ¿Te avergüenzas de haber traicionado tus orígenes humildes y decentes con uno de los herederos de los Belart y de que tu mejor amiga sea la hija de los Domènech?

—¡Yo no me avergüenzo de nada! —exclamó—. Pero no quiero que mis relaciones cambien dependiendo de con quién salgo, y tu familia me inspira respeto, Ferran. Los conozco de cerca desde hace muchos años, y no es un entorno fácil.

—Todas las familias tienen sus cosas. Y mira, que despotriques de Rai me parece incluso medio normal, pero de los Domènech, que siempre te han tratado como si fueras de la familia...

Laura bajó la cabeza.

—Me impone bastante, Ferran. Eso es todo. Necesito un poco más de tiempo.

Pero incluso Ignasi pudo notar, unos metros más allá, escondido detrás de los pinos, el malestar que se había instalado entre ellos, como una presencia física y palpable que se negaba a desaparecer.

—Bueno, me voy a mi casa —dijo Ferran mientras se levantaba de la manta de cuadros azules—. Ya vendrás cuando la consideres digna de tus estándares morales.

—Ferran... —lo llamó, pero no se puso en pie. Se quedó en silencio mientras observaba cómo desaparecía por el caminito que lleva a la casa de madera.

Por un momento le pareció percibir un movimiento ágil y rápido detrás de los arbustos, en esa dirección. Observó en silencio y atenta a cualquier otro tipo de actividad, y al final interpretó que había sido un pájaro u otro animal de la reserva.

Evidentemente, era imposible que su cerebro concibiera la posibilidad de que un famoso mago que había desaparecido del mapa hacía tres años acabara de presenciar su primer enfado con Ferran. Una lágrima le resbaló por la mejilla izquierda.

A menos de veinte metros, Ignasi tuvo que hacer un esfuerzo notable por reprimir el instinto de consolarla y se limitó a observar desde la distancia esa tristeza que le era tan familiar.

25

Ca la Lola

Levy

Ca la Lola. La Ferrera. El Prat de Llobregat
28 de septiembre de 2025

—No es muy grande, pero estará cómodo —le dice Mateu mientras abre la puerta de madera y lo invita a entrar.

—No acabo de tener claro que sea buena idea —le contesta Levy, aunque le sorprende darse cuenta de que la casa tiene algo que, al menos en un principio, hace que se sienta bastante bien en su interior. No sabría decir si es el ambiente relajado de la decoración, medio marítimo, medio natural, o la luz gloriosa que se intuye detrás de las contraventanas que dan a la sala.

—¡Claro que lo es! No tiene ningún sentido que venga cada día y tenga que volver a... Girona. Es donde vive, ¿verdad? —Retira las cortinas, que descubren el ventanal que da a un pequeño jardín que termina donde empieza la orilla del estanque, de pequeñas ondas irisadas, y la claridad optimista de la mañana inunda la sala de estar multiplicando la luz de las paredes blancas y potenciando el azul profundo del fondo.

Levy asiente.

—Girona, sí.

—Es tiempo y kilómetros perdidos. Y esta es una situación excepcional que requiere medidas excepcionales. Cuanto más tiempo esté aquí, antes podrá descubrir lo que ha pasado, que es lo primordial y por lo que ha venido. Además, si pasa cualquier otra cosa, que esperemos que no, solo está a tres minutos de nuestra casa. ¿Lo ve? —Señala una de las ventanas—. Si mira a través de los pinos, aquella es la Torre Domènech.

Levy asiente, pero en otras circunstancias de ninguna manera habría aceptado la invitación. Le gusta su libertad. Mucho. No quiere que nadie le diga dónde debe dormir ni cómo debe hacer las cosas, y menos que quien se lo diga sea un cliente. Pero es cierto que no es del todo mala idea y que quedarse le da acceso a lugares e información en horas en las que normalmente no lo tendría, y eso le interesa.

—Bueno, probemos unos días a ver cómo va.

—Ya verá como estará la mar de bien aquí. Y es lo más práctico. La nevera está llena de cosas básicas. Algunas hemos tenido que suponerlas, claro; si no son de su agrado o necesita otras, simplemente déjelas escritas en esta hoja. —Señala el papel pegado en la nevera que forma parte del mobiliario de la cocina abierta, situada en una esquina de la sala—. Dolores se las traerá al día siguiente, cuando venga a hacer la limpieza.

—No necesito que limpien todos los días.

—No es ningún problema. —Mateu niega con la cabeza. Después cruza la sala y se dirige a una de las tres puertas del fondo—. Aquí está la habitación. La cama está hecha. Si precisa más edredones o almohadas, los encontrará en el armario. Si necesita cualquier otra cosa, háganoslo saber.

Tiene la sensación de que está en un hotel, y todo le resulta muy extraño. Por un instante la duda resurge y se pregunta si no está cometiendo un error. ¿No estará metiéndose en una trampa? Demasiadas cosas están fuera de los protocolos normales de actuación...

—Aquí —sigue diciendo Mateu, ajeno a los pensamientos del detective, mientras señala la segunda puerta— hay otra habitación, que puede utilizar como despacho. Y aquí —señala la otra—, el baño, con ducha. Antes había una bañera, pero mi madre tuvo un accidente y la cambiamos enseguida. Aunque en realidad tampoco ha podido llegar a utilizarla... —Mueve la cabeza y vuelve al presente—. Encontrará todo lo necesario. Si hay algo que...

—Se lo haré saber —termina Levy.

—Exacto. Por otra parte, he llamado a Jacint y le he dicho que pase por aquí esta mañana sin falta, antes de comer, para hablar con usted.

—De acuerdo.

—Pues lo dejo tranquilo un rato para que se sitúe. Cualquier cosa...

—Se lo hago saber. —Asiente de nuevo resignado intentando mantener un tono de voz neutro mientras observa impaciente cómo Mateu camina por el corto pasillo, cruza la sala y por fin cierra la puerta tras de sí.

Resopla ante la incomodidad que le provoca el hecho de estar en un espacio que no tiene controlado y pone el foco en la tranquilidad y la apreciada soledad que acaba de conseguir en estos instantes. Deja la bolsa que ha hecho esta mañana encima de la cama y durante un par de minutos disfruta del silencio que subraya el canto de los pájaros amortiguado por el cristal de la ventana. Después coge el Nokia de la bolsa y pulsa el número dos de las llamadas automáticas.

—Espera un momento —le contesta Roure al otro lado. Treinta segundos después habla de nuevo—: Hola. ¿Cómo estás?

—Esperando a que me cuentes de qué va todo esto. Podrías haberme avisado antes de complicarme la vida, ¿no?

—No tuve la ocasión. Perdona —se disculpa medio socarrón.

—Ya. Mejor pedir perdón que permiso, ¿verdad?

Su interlocutor suelta una carcajada breve.

—A ver, cuéntame. ¿Qué pasa? ¿Por qué me has metido en este follón? —le pregunta Levy.

—Sospecho que puede haber interferencias desde dentro.

—¿De arriba?

—No lo tengo claro, pero prefiero curarme en salud. Además, yo no puedo meter demasiado la mano en la investigación. Soy el padrino de Dèlia. Si hay alguien implicado de una forma u otra, lo utilizarán para quitarme de en medio.

—Aaah, aquí lo tenemos.

—De momento se lo he asignado a García, que no creo que le ponga mucho interés si sigue con su dinámica habitual. Esto debería facilitarte las cosas, al menos durante un tiempo. A ver si podemos conseguir que decreten el secreto de sumario.

—¿De quién sospechas?

—Por ahora prefiero no darte ningún nombre. No sé nada seguro. Es más bien una intuición. Tú haz tu trabajo, que se te da muy bien, y a ver si llegamos o no a la misma conclusión.

—Necesitaré que me pases información. Si no, es imposible.

—Te haré llegar el informe de la autopsia en cuanto lo tenga.

—De acuerdo. ¿Habéis visto ya las imágenes de seguridad?

—La cámara dejó de funcionar de la 1:15 a las 3:45 de la madrugada.

—Vaya, qué casualidad. ¿Y antes? ¿Algo de interés?

—Jacint conduciendo el coche con Dèlia Domènech y Laura Sabater en el interior.

—Sin peluca, evidentemente.

—Evidentemente.

—¿Y después? ¿A partir de las 3:45?

—Nada. Ninguna entrada ni salida.

—No puedo decir que me sorprenda. ¿Quién tiene acceso al sistema? ¿Todos los que viven en la reserva?

—Casi todos los que viven en la finca: los que la cuidan, la familia Domènech y los Belart. Pregúntaselo cuando hables con ellos. Cuando los interrogamos no sabíamos lo del corte del sistema. A ver cómo reacciona cada uno.

—Pero ¿no decías que te parecía que podía ser de fuera?

—Puede ser de fuera y de dentro. Supongo que ya lo sabes, pero los Domènech y los Belart tienen varios enemigos. Por otra parte, tampoco es que sea una familia superunida. Han pasado muchas cosas en los últimos años, muchas tragedias.

—Algo he oído, sí...

—Y lo que no, ya lo irás descubriendo. Si algo te chirría, pregunta, y ya te lo contaré yo, si es necesario. Además, está el tema del aeropuerto: son unos terrenos disputados y las familias no se ponen de acuerdo sobre si vender o no. Así que lo que te digo: hay presiones de dentro y de fuera.

—¿Los Domènech no quieren vender y los Belart sí?

—Más o menos. El tema es descubrir si quien ha matado a Laura Sabater sabía que era ella o la confundió con Dèlia Domènech. Es prioritario para buscar los motivos, y, por lo tanto, al culpable.

—Y para saber si tu ahijada está en peligro.

—También.

—Entendido. Si tú ves algo sospechoso, avisa.

—Claro.

—Y que te quede claro que esto me lo cobraré de una forma o de otra. Sabes perfectamente que si me buscan las cosquillas pueden quitarme la licencia si no dices nada.

—Si es necesario, daré la cara por ti. No lo dudes. Sabes que no sería la primera vez.

—Por cierto, me he quedado en una casa que se llama Ca la Lola, aquí, en la finca. Domènech ha insistido y yo al final he cedido.

Roure se ríe al otro lado.

—Ay, Levy, que te me estás ablandando... No, en serio, te irá bien para hacerte una idea de las dinámicas y del espacio. La reserva es un mundo aparte. Hay que vivir allí o conocerla bien para entenderlo. Seguro que beneficia a la investigación.

—Eso espero.

—Buena suerte, aunque los que tenéis talento no la necesitáis.

—No hace falta que me hagas la pelota. Ahora ya me tienes donde querías.

Roure sonríe al otro lado.

—Cuídate, Levy.

—Igualmente.

El detective cuelga el teléfono que usa solo para ciertas llamadas mientras piensa que es imprescindible que dedique un rato a informarse de los hechos más relevantes de la historia reciente de las familias que habitan la Ferrera. Así que se dirige a la mesa de la habitación que hace de despacho, enciende el portátil, conecta el wifi de su otro móvil, el que utiliza normalmente, y teclea el nombre de la reserva natural.

Una lista enorme de entradas aparece en la pantalla, pero de entre todas ellas los ojos se le fijan inevitablemente en una: «La maldición de los Belart: la tragedia asedia de nuevo a la familia de la Ferrera».

26

Escapada

Blanca

Torre Domènech. La Ferrera. El Prat de Llobregat
7 de enero de 1990

Esperó a que el Mercedes girara la curva a toda velocidad para marcar el número de teléfono, por quinta vez en los últimos dos días.

Escuchó impaciente un tono, dos, tres, cuatro, cinco, seis, siete... Ya estaba a punto de colgar cuando al fin oyó su voz.

—Diga.

—Jaume, soy Blanca.

Se hizo un breve silencio.

—Jaume.

—No puedes imaginarte lo feliz que me hace oírte, Blanche —terminó diciendo con un punto de luz en la voz.

—Quiero hacerlo, quiero marcharme —le anunció ella, decidida.

—¿De verdad? Tienes que estar convencida. Lo he pasado muy mal estos días. Si no estás segura, te pido por favor que...

—No, no —lo interrumpió—. Estoy segura. Segurísima, de verdad. Pero tenemos que planearlo bien, eso sí. Si se huele algo..., no quiero pensar qué sería capaz de hacer.

—Cuanto antes salgas de esa casa, mejor. Hagámoslo ya. Puedo ir a buscarte hoy mismo.

—Mejor mañana. Sé que tiene una reunión de negocios importante en Barcelona y tendré más margen. Hoy puede aparecer en cualquier momento.

—Está bien, como quieras.

—Espérame mañana a las doce del mediodía en la rotonda que está después del camino a la Torre Vella. No quiero que me esperes en la puerta y que la cámara de seguridad nos grabe.

—De acuerdo.

—No te preocupes por la ropa. Coge solo lo más básico. Tu documentación y cuatro cosas. Empezaremos de nuevo.

Sonrió, pero tuvo la sensación de que iba de bajada en una montaña rusa. Nadie había dicho que ser valiente fuera a hacerla sentir bien. Era normal que estuviera nerviosa, especialmente conociendo a Carles.

—Estarás allí, ¿verdad? —le preguntó buscando la reafirmación del compromiso extremo que acababa de adquirir.

—Claro. Siempre estaré para ti —le respondió él.

—Me da miedo que Carles...

—Conozco a una persona que puede facilitarnos una nueva identidad, si es necesario. Dentro de veinticuatro horas todo esto habrá terminado. Confía en mí, Blanche. ¿Sí?

—Sí —le contestó de todo corazón—. Hasta mañana. Te quiero, Jaume.

—Hasta mañana, amor. Te quiero —le dijo él antes de colgar.

Dejó el auricular del teléfono blanco en la base y se quedó absorta mirando la ventana por la que había visto desaparecer el Mercedes. No supo identificar si su ansiedad era un mal presentimiento o la inquietud normal que experimenta quien está a punto de dar un salto al vacío sin sentirse del todo preparado. Como había dejado de escuchar a su cuerpo y a su intuición hacía años, lo percibió como la segunda opción. Sacudió la cabeza y pensó que tenía muchas cosas que hacer en esas últimas horas.

Al día siguiente caminaría por ese camino de tierra y diría adiós para siempre a ese lugar que no podría ser verdaderamente su casa mientras eso implicara compartirla con la persona en la que se había convertido Carles.

27

Recortes de una vida

Clàudia

Casa Pinto. Sitges
24 de septiembre de 2025

Se sienta en el diván de madera con el sobre DIN A4 en las manos y empieza a abrirlo. Cuando introduce delicadamente la mano para sacar lo que hay en el interior, encuentra un montón de papeles agrupados con clips. Encima, otro pósit de color rosa en el que pone «Prensa».

El primer grupo son recortes de periódico, por lo que puede ver en el primero, de junio de 1999.

EL PRATENC 30 DE JUNIO DE 1999

CONTINÚA LA BÚSQUEDA DE LA CHICA DESAPARECIDA LA NOCHE DE SAN JUAN EN EL PRAT DE LLOBREGAT

Las autoridades locales han ampliado hoy el radio de búsqueda de Gemma Guitart, vecina de El Prat de Llobregat, de dieciocho años, que desapareció hace una semana durante la noche de San Juan.

Según su padre y su hermana, que vivían con ella en el casco antiguo del municipio, Gemma Guitart se marchó con su motocicleta —una Honda Scoopy de color azul oscuro— la noche del 23 de junio a una fiesta particular a la que la habían invitado en una casa ubicada en la reserva de la Ferrera, espacio protegido en la playa de la misma localidad.

Cuando al día siguiente la familia vio que la chica no había vuelto a casa, fue a denunciar su desaparición a la comisaría de la ciudad, aunque, como han declarado abiertamente en más de una ocasión, no sintieron que tuvieran el apoyo las autoridades, que, al tratarse de una chica mayor de edad y teniendo en cuenta que los hechos habían sucedido durante una noche festiva, supusieron que la joven había salido de fiesta y que había ido a dormir a casa de alguna amiga. Sin embargo, los días han ido pasando y la joven aún no ha aparecido.

Según han comentado los encargados de la investigación, la familia Belart —que no ha querido hacer declaraciones a este diario— asegura que Gemma Guitart se presentó en la fiesta privada hacia las 21:30 horas y que se marchó con su motocicleta un par de horas después, entre las 23:30 y las 23:45, porque había quedado con alguien en la feria del pueblo. La policía no ha podido corroborar las horas de entrada y salida de los invitados a la fiesta esa noche debido a que, aunque la propiedad dispone de un nuevo sistema de seguridad, las cámaras no captaron ninguna imagen de los invitados porque los anfitriones los hicieron acceder por otra entrada que no estaba vigilada para evitar que sus progenitores los descubrieran. Aun así, las autoridades dicen que no tienen motivos para desconfiar de la familia propietaria de la reserva de la Ferrera, que ha respondido a todas sus preguntas y les ha permitido peinar la zona sin restricciones y sin que hayan tenido que pedir una orden para hacerlo.

Con esta ampliación de la búsqueda, las autoridades pretenden dar respuesta a las peticiones de la familia —que no considera que esté haciéndose lo suficiente para encontrar a la desaparecida—, con la intención de descartar que esta hubiera tenido un accidente con la motocicleta y hubiera acabado en algún brazo del estanque que bordea la carretera que se dirige al pueblo. Si esto es así, dicen, se confirmarían las sospechas de que la chica podría haber huido sin comunicárselo a su familia.

Si reconocéis a la chica de la fotografía, os rogamos que os pongáis en contacto con las autoridades locales encargadas de la investigación.

Observa con atención la imagen que acompaña al artículo. A pesar de la diferencia de edad, es imposible no encontrarle cierta similitud con Julie. Aun así, no tiene del todo claro que sea ella.

Es en este momento cuando entiende que lo que tiene en las manos es, ni más ni menos, el caso que Julie le pidió que la ayudara a resolver el día que se conocieron. Y es ahora también cuando se da cuenta de hasta qué punto no conoce la vida pasada de la que considera una de sus mejores amigas, e incluso de que quizá no se llama realmente Julie Magnier.

Mira a su alrededor, confundida. De repente entiende que no puede seguir aquí, en el estudio de Julie, leyendo toda esta documentación, ya que corre el riesgo de que Rai llegue en cualquier momento y la pille in fraganti. Por lo que intuye, sería muy posible que él o su familia tuvieran algo que ver con la desaparición de su amiga, si resulta que la respuesta del caso que estaba investigando, en principio y según le ha dejado escrito en la nota dirigida a ella, tiene una relación directa con la Ferrera.

Mete los papeles que tiene en la mano dentro del sobre y lo introduce en la mochila negra, que a continuación se cuelga en la espalda.

Antes de marcharse echa un último vistazo a su alrededor. Teme haber pasado por alto algo imprescindible, y también, aunque no quiere formularlo nítidamente en su cabeza, la posibilidad de que le haya pasado algo a Julie, que sea la última vez que pisa este estudio y que esta sea la única manera de estar cerca de ella a partir de ahora. Los ojos se le desplazan por encima de la mesa baja, a una caja de madera antigua con grabados de elementos naturales; parecen unas hojas que podrían ser olas. Se acerca, la abre y encuentra gemas minerales en el interior. Sin pensarlo, las coge y se las coloca en una mano. Un arcoíris brillante le acaricia la piel. Pero hay una, de color naranja, que le atrae más que las demás. No sabe lo que es ni cómo se llama, pero la coge y se la mete en el bolsillo. Ahora siente que de alguna manera su amiga la acompaña en su aventura. Y si no puede volver nunca más aquí, Dios no lo quiera, siempre tendrá este recuerdo de ella.

Deja de lado la duda y la agonía definitivamente y decide centrar todos sus esfuerzos en la resolución del caso de la desaparición de Gemma Guitart, convencida de que es el único camino que la llevará a la verdad y sobre todo al lugar donde está Julie.

28

Google

Levy

Ca la Lola. La Ferrera. El Prat de Llobregat
28 de septiembre de 2025

EL PRATENC — 28 DE SEPTIEMBRE DE 2025

LA MALDICIÓN DE LOS BELART:
LA TRAGEDIA ASEDIA OTRA VEZ LA FERRERA

La ciudad de El Prat de Llobregat se levantó ayer por la mañana conmocionada al conocer la muerte de una joven de veintiún años en la reserva natural de la Ferrera. Lo que debía ser una mañana de sábado de Fiesta Mayor en un entorno idílico se convirtió en una pesadilla cuando, en torno a las diez de la mañana, un trabajador de una de las familias que viven en la reserva encontró el cuerpo sin vida de la joven junto al estanque que da nombre al espacio natural.

Aunque de momento no han salido a la luz los detalles de la muerte y se ha declarado el secreto de sumario, se sabe que el caso lo gestiona la unidad de homicidios de los Mossos d'Esquadra, lo que apunta a que hay indicios de criminalidad.

No es la primera vez que la Ferrera es protagonista de una tragedia. Hace poco más de veinte años, cuatro miembros de la familia Belart-Domènech murieron cuando una embarcación recreativa de tamaño superior al yate en el que viajaban los embistió a gran velocidad mientras navegaban por las costas del Garraf. El impacto produjo traumatismos mortales a dos de las víctimas, Sílvia Domènech y Joan Manel Belart, y dejó inconscientes a sus dos hijos, Roger y Rafel Belart, que murieron ahogados. El autor de los hechos nunca fue identificado ni llevado ante la justicia, aunque en la zona corrían rumores de que se trataba de un hombre de procedencia germánica que tenía su embarcación en Port Ginesta, cuyos trabajadores ya habían alertado a las autoridades en ocasiones anteriores de su conducción agresiva y de la excesiva velocidad tras haber consumido grandes cantidades de alcohol. Esta teoría nunca pudo corroborarse porque el hombre en cuestión no volvió a aparecer por la zona, y ni él ni su embarcación han sido localizados desde el día del fatídico accidente.

Con esta nueva muerte, más de veinte años después, la familia que habita la reserva se ve obligada a afrontar otra tragedia mientras las tensiones por una nueva ampliación del aeropuerto incrementan la presión que soportan desde hace años, en los que ha trascendido que no todos los miembros de la familia ven la propuesta con malos ojos.

Acompaña al artículo digital una fotografía de la entrada de la Torre Vella, de la que sale un coche y una furgoneta de los Mossos.

Que Roure haya conseguido que el juez dictamine el secreto de sumario les da un margen si la persona que su amigo supone que está implicada no trabaja directamente en la investigación, pero evidentemente no es garantía de nada. Debe actuar con rapidez. Está a punto de clicar otra entrada sobre los Domènech que le ha llamado la atención cuando dos toques en la puerta lo interrumpen.

Se levanta para ir a abrir con una sensación extraña, como si fuera un impostor al que no le corresponde decidir quién entra o no en esa casa. Al otro lado encuentra a un hombre con barba corta, pelo blanquecino y ojos de color marrón claro.

—Hola. Soy Jacint. El señor Domènech me ha dicho que quería hablar conmigo.

—Ah, sí. Hola, Jacint. Adelante. —Da un paso atrás y lo invita a entrar con un gesto de la mano, que después le tiende—. Yo soy Levy.

Jacint le estrecha la mano.

—Mucho gusto.

—Sentémonos aquí, si le va bien. —El detective señala la mesa de madera blanca de la sala.

—Sí, claro. —Se sienta y observa por un momento su entorno—. Me ha dicho el señor Domènech que se quedará aquí durante la investigación. Supongo que ya se lo ha dicho, pero si necesita algo, solo tiene que hacérmelo saber.

Levy asiente.

—Gracias. Sí, me lo ha dicho. De hecho, me iría muy bien tener su número de teléfono, por si tuviera que ponerme en contacto con usted en algún momento. Porque usted duerme aquí, en la reserva, ¿verdad?

—Sí, desde siempre. Mi padre ya trabajaba para los Domènech cuando era joven, se ocupaba de la casa y sobre todo de los campos de alcachofas. Yo nací aquí, la Ferrera siempre ha sido mi casa. De joven empecé a hacer de manitas y arreglaba muchas de las cosas que se estropeaban en la propiedad, y más adelante, con el tiempo, acabé siendo un poco el hombre de confianza de su hijo, Mateu Domènech.

Levy asiente.

—Cuando mi padre murió —continúa Jacint—, en el noventa y seis, mi madre ya estaba bastante enferma y no podíamos gestionar el cuidado de la finca, así que contrataron a los Sabater para que ocuparan la Torre Vella, y la señora Campmany nos ofreció mudarnos a la Torre Domènech. Mi madre falleció poco después. Desde entonces es donde vivo.

—Así que podría decirse que los Domènech son su familia…

—Más o menos, sí, aunque nunca se puede ser del todo familia de las personas para las que se trabaja, ¿no le parece? —Sonríe brevemente—. Pero sí, siempre he estado muy unido a los Domènech.

—Debió de darse un susto considerable ayer por la mañana, cuando encontró el cuerpo y creyó que era Dèlia.

Jacint se pasa la mano izquierda por la barba blanquecina y cierra los ojos en un gesto contenido de dolor.

—Primero no entendí qué era, si le digo la verdad. Pero cuando me acerqué... Fue una suerte que Dolores me interceptara en la escalera, la verdad. Y después vi que no era Dèlia, que no podía serlo, porque estaba en su habitación... —Se queda un momento en silencio y mueve la cabeza de un lado a otro—. Tampoco crea que es mejor que haya sido Laura. He visto crecer a esa chica, como a Dèlia, desde que nació... —Vuelve a quedarse en silencio, con los ojos perdidos más allá del hombro de su interlocutor—. No me lo explico, no entiendo que pase algo así. Y aún menos aquí, un lugar que considerábamos tan seguro.

Levy asiente levemente y saca la libreta del bolsillo de la americana.

—¿Recuerda si había algo junto al cuerpo cuando lo descubrió?

—No, diría que no había nada. Pero está lleno de cañas. Sería fácil que se hubiera quedado escondido. No sé si la policía encontró algo después.

—Por eso no se preocupe, me interesa la escena inicial. ¿Conoce algún motivo que explique por qué Laura iba vestida como Dèlia, incluso con una peluca?

—No. —Se toma un momento para considerar las posibilidades—. ¿Quizá era una broma entre ellas? —Niega con la cabeza, nada convencido—. No sé, la verdad.

—¿Se le ocurre alguna razón por la que podrían querer matar a Dèlia?

—¿Matarla? No, no. El señor Domènech siempre ha querido protegerla mucho, pero creo que le preocupa más la posibilidad de un secuestro que el que alguien quisiera matarla. Claro que el mundo está lleno de perturbados, pero...

—¿Un secuestro?

—Siempre ha recibido presiones para vender la Ferrera. Pero desde que varios medios informaron de la intención de Aena de ampliar la tercera pista del aeropuerto y cargarse el consenso del acuerdo que se firmó en el Plan Delta de 1994, esas presiones fueron incrementándose progresivamente. Algunas personas presionan dentro de las reglas del juego, pero otras han perdido el contacto con la realidad y se saltan todas las líneas rojas de lo que es aceptable. Dedicándose a lo que se dedica, ya lo sabrá. Hay gente peligrosa en todos los sectores, y en el de la construcción y la política, aún más, me atrevería a decir.

Levy asiente.

—¿Qué significa exactamente que usted sea el hombre de confianza de Domènech?

—¿Me pregunta en qué consiste mi trabajo? —Sonríe—. Soluciono problemas de todo tipo, dentro y fuera de la familia. A veces son logísticos, que tienen que ver con los negocios del señor Mateu. Ya sabrá que se dedica a la agricultura, con los campos que tenemos cultivados, pero también tiene una empresa de energías renovables y es socio de una empresa textil. También gestiono algunos desplazamientos de Dèlia, si se marcha fuera, y la acompaño a veces en sustitución del servicio de seguridad que tiene contratado, si ella lo pide.

—Los de seguridad no estaban siempre aquí, ¿verdad?

—Hasta ayer, solo los contratábamos cuando estábamos fuera de la reserva, y de forma muy discreta. Aquí, con la valla y el sistema de seguridad, siempre nos hemos sentido muy seguros.

—Por cierto, entiendo que ha pasado la información del sistema y las imágenes de la cámara a los Mossos.

—Sí, se las pasé ayer, pero durante un rato dejó de funcionar, en la madrugada. No hay imágenes desde la 1:15 hasta las 3:45 de la madrugada.

—¿Tiene alguna idea de por qué?

—Probablemente por algún cable de alimentación suelto. Habría que mirarlo bien.

—¿No le parece mucha casualidad?

Jacint se encoge de hombros.

—Un poco sí. Por otra parte, estoy seguro de que sabe que existen inhibidores de señal que no son tan difíciles de encontrar... Aun así, tenga en cuenta que lo del cable ya ha pasado otras veces.

—¿Hace poco?

—La semana pasada, durante el fin de semana, también, ahora que lo dice. Y antes, hace más tiempo, quizá un par de meses.

—¿Y no han revisado el sistema?

—Sí, claro. Tenemos contratado el mantenimiento. La semana pasada dijeron que había un cable flojo. La otra vez, hace más tiempo, fue una cuestión de actualización de microprogramario. Pero es que no sabíamos que había sucedido este fin de semana hasta que la policía nos pidió las imágenes y lo vimos.

—¿Quién se ocupa de esto en el día a día?

—Los de seguridad echan un vistazo cada dos semanas, pero, vaya, si no pasa nada lo hacen muy rápido. David Sabater se ocupa del día a día, pero ya le digo que tampoco lo mira demasiado si no hay alguna incidencia. —Se queda en silencio y lo mira. Luego añade—: No estará considerando que tenga algo que ver, ¿verdad? Es el padre de Laura. Daría su vida por ella.

Levy asiente.

—Sí, en general es así, pero siempre hay excepciones. ¿Usted tiene hijos?

—No, no tengo hijos. Ni mujer. Es difícil tener una vida propia cuando dedicas tanto tiempo a tu trabajo y vives donde trabajas.

—¿Nunca se ha planteado cambiar de trabajo?

—Es lo único que conozco. Nací aquí. Es mi casa, pero a la vez no es mi casa, no sé si me entiende.

—Creo que sí. Si le soy sincero, no me gustaría estar en su situación.

—No es tan dramática, la verdad. Todo el tiempo libre que tengo es para mí. Estoy rodeando de pinos, campos y cañizales, y me levanto cada día acompañado de la brisa marina. Nunca me ha parecido que viva en una de las comarcas más pobladas de Cataluña. En este sentido soy un privilegiado.

—¿Por qué no vive aquí? —Abre las palmas de las manos y las extiende a su alrededor—. ¿No tendría más intimidad cuando no trabaja?

—Supongo, pero aquí me sentiría raro. Durante mucho tiempo vivió la señora Campmany, Blanca, y después...

—¿Por qué vivía aquí? ¿No vivía en la Torre? —lo interrumpe.

—Se mudó aquí en los noventa, creo.

Levy detecta una chispa furtiva de incomodidad en sus ojos.

—¿Y su marido, el padre de Mateu Domènech?

—¿No conoce la historia? —le pregunta incrédulo.

—No —miente.

—Uno pensaría que siendo detective ya ha investigado un poco sobre la familia —le dice entornando los ojos con un movimiento casi felino.

—No he llegado tan atrás.

—Carles Domènech desapareció de repente, sin decir nada. Después se supo que estaba implicado en una trama de corrupción y de tráfico de drogas y de mujeres en el prostíbulo Baviera, uno de los más grandes del país.

—Ahí es nada.

—Sí, fue un golpe importante para la familia, en varios aspectos. En todo caso, para la señora Campmany, la manera de distanciarse sin tener que abandonar la Ferrera fue cambiar de casa. En la torre todo le recordaba a su marido.

Levy asiente y anota algo en la libreta que siempre lleva encima. Después le pregunta:

—La señora Campmany aún está viva, ¿verdad?

—Sí, pero está en una residencia. Sufrió una caída hace un par de años y su salud mental se ha deteriorado mucho. Desde entonces, esto es una especie de casa de invitados, como puede ver. —Esboza una sonrisa triste. Y, después de un breve silencio, se coloca las manos en las caderas y añade—: Bueno, si no tiene nada más que preguntarme, he quedado con los campesinos a las doce.

—Sí, claro. Vaya a hacer sus cosas.

Jacint se levanta y le tiende la mano.

Levy se la estrecha.

—Espero que encuentre a la persona o personas responsables de la muerte de Laura y que paguen justamente por lo que han hecho, si es posible.

—¿Se refiere a que paguen o a que sea justo? —le pregunta anticipando la respuesta.

—No hay justicia posible cuando se mata a un inocente, porque es imposible devolverle la vida. Pero que paguen lo máximo posible, si eso es lo que más se le parece.

Y después de levantar la barbilla levemente, Jacint abandona la sala y cierra la puerta tras de sí.

29

Impresencia

Blanca

La Ferrera. El Prat de Llobregat
8 de enero de 1990

Esperó en la cama, paciente, fingiendo que dormía cuando él asomó la cabeza por la habitación antes de marcharse. No se levantó hasta que oyó que la puerta de la entrada se cerraba con un golpe ensordecedor, que era la única manera en la que Carles sabía cerrarla. Escuchó con atención e identificó el motor arrancando y el sonido que desaparecía amortiguado entre los pinos. Entonces se levantó por fin y sus pies descalzos y temblorosos tocaron el suelo. Ese era el día en que por fin cogería las riendas y cambiaría su vida.

No tenía hambre, pero se obligó a desayunar una tostada con mantequilla con el café con leche que se tomó de pie, frente a la ventana de la cocina, observando ese paisaje tan presente en su vida.

¿Cuántas horas había pasado allí, intentando contener esa mezcla de enfado, frustración y desesperanza, en los últimos años? Los pinos y el agua al otro lado siempre ejercían una función balsámica que la ayudaba un poco a reencontrar su eje, pero a la vez le decían que ni ella ni nadie había nacido para vivir así los años que le quedaban de vida, que debían de ser casi los mismos que ya había vivido. Se despidió de esa vista con la alegría de quien empieza una nueva aventura que promete una luz completamente inexistente en su presente y subió al piso de arriba a hacerse una bolsa tan esencial que Carles tardaría tiempo en deducir que ella ya no volvería jamás. Se puso el abrigo, se colgó la bolsa de piel marrón al hombro y bajó la escalera de madera de la Torre Domènech con unos saltitos ágiles y rejuvenecidos alimentados por las posibilidades que se abrían ante ella.

—Buenos días, señora Campmany —la saludó el joven Jacint, que estaba sentado a la mesa revisando un montón de papeles.

—Buenos días. Voy a dar una vuelta en bicicleta —canturreó—. Volveré a la hora de comer.

—Muy bien, que la disfrute —le respondió él, y devolvió la atención a las hojas que tenía delante.

Blanca tuvo que reprimir las ganas de darle un abrazo y despedirse de él de verdad. Siempre le había gustado Jacint, le tenía un cariño genuino y maternal; lo había visto crecer y correr por los campos con su hijo Mateu desde que era un crío. Se reafirmó en su decisión pensando que el chico sería un buen apoyo para él en los momentos iniciales, cuando entendieran que ella se había marchado. Después contactaría con él cuando fuera seguro y retomarían la relación de una manera u otra.

Le dirigió una última sonrisa a Jacint y desapareció por la puerta.

Cuando llegó a la rotonda, cinco minutos antes de la hora a la que había quedado, el coche de Jaume, un Opel Calibra gris que no tenía ni un año, todavía no estaba allí. Lo esperó paciente, apoyada en uno de los pinos que iniciaban el bosque adyacente a la rotonda durante los cinco minutos que faltaban para las doce. Y después cinco minutos más. Y diez minutos más. A las doce y veinte empezó a inquietarse de verdad. El trajinar de las hormigas arriba y abajo de la corteza donde había apoyado la espalda no hizo más que incrementar su angustia. Ella también tenía un lugar al que ir, pero estaba atrapada en una espera que se le estaba haciendo infinita. ¿Y si había pasado algo? Se sintió pequeña e insignificante, como cualquiera de esos pequeños insectos que existían completamente ajenos a sus crecientes preocupaciones. Esperó quince, veinte, treinta y cuarenta minutos más, sentada, caminando, apoyada, recorriendo la rotonda de un lado a otro, contando los segundos que pasaban, hasta que dos horas después de la hora acordada decidió por fin subirse a la bicicleta, que había dejado reclinada contra el pino, y dar media vuelta.

La brisa marina la acompañó secándole las lágrimas durante el trayecto de vuelta. Los pinos del jardín la recibieron sin reproches por haber querido abandonarlos.

Destrozada, subió a su habitación y hundió la cara en la almohada para amortiguar el llanto y la tristeza profunda que le inundaban el cuerpo.

30

Transacciones

Oriol

Mirador de los aviones,
carretera de la playa de El Prat de Llobregat
10 de diciembre de 2024

Solo había otro coche en el aparcamiento del mirador, y era el coche que esperaba. Había oscurecido hacía horas, y nadie iba a mirar aviones cuando estaba oscuro en diciembre, por eso quedaban allí. A veces aparecía alguna otra persona que iba a hacer otras cosas, pero no era el caso esa noche.

Aparcó el Hyundai i30 al lado de la Citroën Berlingo y apagó el motor y las luces. Reconoció a Diego en el asiento del conductor. Este lo saludó moviendo la cabeza, salió de su vehículo y se dirigió directamente al maletero del Hyundai. Lo abrió, cogió las dos bolsas de deporte negras que había en el interior y las metió en el maletero de su coche. Después lo cerró, echó un vistazo a su alrededor y abrió la puerta del copiloto del i30 para sentarse dentro.

—Hola.

—Hola —le contestó Oriol.

—¿Cómo ha ido?

—Bien.

—¿Les ha extrañado encontrarte a ti?

—No. No me lo ha parecido.

—¿No han preguntado por qué no estaba Toni?

—No. No han dicho nada. Uno de los dos ha bajado de la barca, me ha entregado las dos bolsas, ha dado media vuelta y se han pirado.

Diego asintió.

—Bueno, pues ahora que ya hemos terminado... —empezó Oriol.

—¿Cómo que hemos terminado?

—Ahora que ya estamos en paz, quiero decir.

—No, no. No estamos en paz. Ni de coña.

—Diego...

—Tu hermano nos debe un montón de pasta, tío. Vas apañado si crees que puedes solucionarlo con una entrega de mierda. Tendrás que hacer unas cuantas más como esta para saldar la deuda.

Oriol se revolvió incómodo en el asiento.

—¿Cuántas? —le preguntó entre dientes.

—Depende de la mercancía.

—¿Cuántas? —insistió Oriol.

—Ocho o diez más como esta.

Oriol se llevó las manos a la cara instintivamente y se tocó las sienes.

—No te quejes, chaval. No es habitual solucionar las deudas de esta forma. Tienes suerte de que Toni y yo fuéramos colegas.

Oriol suspiró.

—¿Cuándo es la próxima entrega?

—La semana que viene. Te avisaremos cuando sea el momento. —Y sin decir nada más abrió la puerta y se dirigió a su vehículo mientras un Boeing 747 llegaba a su destino, ensordecedor, y pasaba unos metros por encima de ellos.

31

El acierto

Dèlia

Torre Domènech. La Ferrera. El Prat de Llobregat
28 de septiembre de 2025

Ha pasado toda la noche dando vueltas en la cama y durmiendo muy ligeramente y de forma intermitente. Cada vez que se le ha pasado por la mente una posibilidad de contraseña, la ha apuntado en las notas del móvil pensando que por la mañana, a poco que tenga la cabeza un poco más fresca, terminará de elegir las finalistas. En la lista están la fecha de nacimiento de Laura, el nombre de la perra *golden retriever* que tenía y que murió hace un año, que se llamaba Neu (le parece que es demasiado corto y tendrá que añadirle algún número o símbolo); el nombre del receptor del último de sus enamoramientos, Ricard; su grupo de música/cantante preferido del momento, Royel Otis; el nombre de su actor preferido, Leo Woodall; el nombre de su actriz preferida, Ambika Mood; la serie en la que salen los dos, *One day*; su número preferido, el tres, tres veces (también demasiado corto), y otras ideas que le han venido a la cabeza. Pero no puede evitar pensar que si Laura ha cambiado la contraseña de la que ella tenía conocimiento, es probable que haya buscado otra que le cueste bastante descifrar y que no tenga una relación directa con ella. Ha probado un par, la de Leo Woodall y Neu333. Ninguna de las dos era correcta. Así que ha decidido levantarse, darse una ducha, salir de su habitación, después de haberse pasado casi veinticuatro horas encerrada, y bajar a tomar un café.

Justo en el momento en que se ha sentado en el tocador pensando si valía la pena que intentara camuflar las ojeras increíblemente oscuras e intentara maquillar el dolor que expresaban sus ojos hinchados, se ha fijado en su botella de perfume White Musk, que utiliza desde que tiene catorce años, y le ha venido a la cabeza el estante donde Laura dejaba sus cuatro cosas de maquillaje con ese perfume nuevo que encargó la semana pasada. Sabe que cambió la contraseña hace poco más de una semana, porque la anterior la había utilizado ella misma un día que estaban juntas, así que piensa que sería muy posible que Laura utilizara el nombre de algo que tuviera a la vista en el momento en el que hizo el cambio, y bien podría ser el del perfume.

Coge el ordenador de Laura de nuevo, se sienta en la cama, lo abre y teclea: «MaisonMatine3».

La esperanza le dura menos que el segundo que tarda en pulsar el Enter.

Tampoco.

Pero algo le dice que no va desencaminada. Podría ser el nombre concreto del perfume, no la marca. Lo recuerda bien, porque pensó en los baños de la playa en mayo cuando Laura le acercó la muñeca a la nariz para que lo oliera y le dijo el nombre. Teclea: «Baindemidi3».

Y esta vez sí, por fin, el mundo que le había sido negado hacía poco más de una semana, el de su amiga, ahora ya muerta, vuelve a abrirse de par en par.

Evidentemente, el café tendrá que esperar.

Mueve el ratón y clica en el Finder del Mac. Echa un vistazo a los nombres de todos los archivos que hay en Documentos. Sabe que Laura escribe un diario, pero no espera que lo haya guardado con este nombre en el archivo. Decide abrir cada una de las carpetas y ordenar los archivos por la fecha de apertura más reciente. Con un poco de suerte, no será un archivo oculto. Ve un par de trabajos de la uni, un documento con algunas frases y letras de canciones que estaba escribiendo y otros documentos con títulos de canciones que reconoce. Le viene a la cabeza la guitarra. Si nadie la quiere, y a sus padres no les importa, le gustaría quedársela. No sabe tocar, pero siente que es una manera de tener a Laura más cerca. Vuelve a tener ganas de llorar, así que se concentra en la tarea en cuestión.

Cuando llega al séptimo documento, titulado «Is this it», entiende que ha encontrado lo que busca. Lo clica y corrobora que su intuición no le ha fallado. Por la fecha de la primera página, ve que es un documento relativamente nuevo, empezó a escribirlo en el verano de 2024, hace poco más de un año, el día que cumplió veinte: el 17 de agosto. Quizá consideró que empezaba una nueva época y quiso cambiar de documento del diario. Los ojos se le desplazan hábiles entre las líneas del texto, aunque un sentimiento de culpabilidad refunfuña en su interior. Se convence de que es mucho mejor que ella revise lo que pone antes de que la policía o el detective encuentren el ordenador y accedan a sus secretos. Si ve algo que no sea importante para la investigación, pero que pueda dejarla mal, lo borrará esperando que las autoridades no lo miren hasta el punto de descubrirlo. Y si resulta que es importante para la investigación, lo borrará, dirá que Laura se lo dijo de palabra y contará solo lo necesario. Tampoco sabe exactamente en qué está pensando, qué es lo que busca, pero sospecha que si Laura cambió la contraseña, debía de tener algún motivo de peso para hacerlo.

Avanza la lectura más allá de las primeras páginas y no encuentra nada escandaloso. Pero más adelante, a finales de septiembre, lee unas líneas que le llaman la atención:

> Ayer, volviendo de la Fiesta Mayor, fui un rato a casa de Ferran. No pensaba ir, pero en la feria tuvimos como una conexión rara pero buena, y cuando vino a buscarme a casa después de despedirme de Dèlia —me envió un mensaje cinco minutos des-

pués; debió de quedarse esperando a que Dèlia se marchara— para ir a dar una vuelta, no quise decirle que no.

Y me alegro mucho porque estuvo superbién. No sé qué ha pasado. Quiero decir que a Ferran lo he visto muchas veces durante estos años, pero nunca lo había considerado una posibilidad romántica. Siempre me había parecido un poco notas y un poco *bro*, la verdad. Pero no sé, ayer lo vi de una forma completamente diferente. Fue como si nos conociéramos muy bien desde hace mucho tiempo, como si fuéramos mejores amigos de toda la vida..., pero es que además me pareció superatractivo... No sé, muy curioso todo. Así que acabamos en su casa después del paseo y nos pasamos toda la noche... hablando. Y dormimos un rato abrazados y todo. Pusimos la alarma a las cuatro de la madrugada. Cuando me despertó le dije: «Me siento como si fuéramos una pareja que lleva muchos años casada y aún nos quisiéramos como el primer día». Y sé que él sintió lo mismo. Estoy supereufórica, con mariposas en el estómago y... Pero no quiero compartirlo con nadie todavía porque sé que si fuera bien podría ser complicado por lo que dirán por la diferencia de edad, porque yo soy hija de los que cuidan la casa y... Pero, vaya, que ahora no quiero pensar en todo eso. ¡Ay, me encanta Ferran! Es muy fuerte. ¡Creo que me he enamorado!

En un impulso ha cerrado la tapa del portátil, medio molesta y muy confundida. De eso hace un año. ¿Y cómo ha acabado la cosa? ¿Laura ha estado liada con Ferran todo este tiempo sin decirle nada? ¿Todavía estaban juntos? Ahora empieza a entender y a atar cabos sobre algunas cosas... Se debate entre seguir leyendo o ir a hablar con Ferran. Las ganas de salir y dejar que el viento le dé en la cara son mayores, y sin pensarlo demasiado se levanta y decide ir a la casa de madera del otro lado del estanque. No tardará más de cinco minutos.

Da un portazo, decidida a aclarar lo que acaba de descubrir con la única persona de la pareja que todavía está viva.

Sin embargo, si hubiera continuado la lectura, habría descubierto, tres páginas más adelante, que el día 10 de noviembre de 2024 Laura escribió:

> Hoy Dèlia me ha presentado al chico del que me ha estado hablando toda la semana después de conocerlo el domingo en la playa. Que si es supersexy, que si mola mucho, que si conectan tanto... ¡Y resulta que va y es Oriol! ¡Qué fuerte! Pero es que lo más heavy es que el tío ha fingido que no me conocía. Me ha sonreído, se ha acercado a mí, me ha dado dos besos y me ha dicho: «Mucho gusto». Y yo, claro, no he sabido reaccionar y le he seguido el rollo. Y después le he preguntado por qué lo había hecho, cuando nos hemos quedado solos un momento en que Dèlia ha ido al baño, y me ha dicho: «Hostia, sí, tía, no sé qué me ha pasado. Mejor que no digamos nada, que igual Dèlia se raya por esta tontería y no vale la pena». Y ha hecho como si nada cuando Dèlia ha vuelto. Así que me ha dado un poco de mal rollo, la verdad, aunque en general me caía, y me cae, bastante bien. De hecho, casi nos enrollamos el día que nos conocimos, un mes y medio antes de que él conociera a Dèlia, y después desapareció del mapa. En fin, que tampoco me he atrevido a decirle nada a ella, y ahora ya sería muy extraño sacar el tema si no lo hice cuando tocaba... Así que no sé, pero, vaya, me parece raro. No pasó nada cuando nos conocimos. Y aunque hubiera pasado, podríamos haberlo contado igual. No entiendo por qué reaccionó así. Tengo la sensación de que quizá hay algo más detrás de este comportamiento, pero puede que me esté flipando.
>
> En otro orden de cosas...

32

Crueldad

Carles

Torre Domènech. La Ferrera. El Prat de Llobregat
9 de enero de 1990

Oyó que la puerta de la habitación se abría y se cerraba, y que los pasos descalzos, casi mudos —que le hicieron pensar en un animal frágil que se desplaza por el bosque intentando hacer el mínimo ruido posible—, descendían por la escalera.

La había oído llorar durante todo el día anterior y también durante la noche, sin el menor remordimiento, más bien al contrario. Después de unos breves segundos de silencio, en los que seguramente ella intentaba recuperarse, los pasos avanzaron por el suelo frío de baldosa hasta la cocina, donde él se encontraba.

—Buenos días —le dijo con una sonrisa desde la silla donde estaba sentado mientras exhalaba el humo del cigarrillo que sujetaba con la mano derecha.

—Buenos días. —Ella se esforzó por sonar mucho más entera de lo que ambos sabían que estaba en realidad.

—O buen mediodía, vaya, porque la hora que es... ¿Cómo has dormido tanto hoy? —le preguntó sin disimular el cinismo que empolvaba cada una de sus palabras.

—No lo sé, estoy muy cansada. Quizá he pillado algo. Ayer cogí frío yendo en bici.

Quiso decirle que sabía muy bien que lo que había cogido no era precisamente frío, pero no quería mostrar sus cartas tan pronto. Ya había oído la noticia por la mañana en la radio y estaba seguro de que la repetirían en la televisión en cualquier momento. No quería perderse ese momento de revelación por nada del mundo reventando la sorpresa antes de tiempo.

—Seguro que comer te sentará bien. Ayer tampoco cenaste, ¿verdad? —También sabía la respuesta.

Ella negó con la cabeza.

—Dolores ha preparado un caldo y unos pimientos rellenos. —Señaló la fuente de vidrio que reposaba en el mármol de la cocina y la olla, todavía humeante, en los fogones.

Ella asintió, cruzó la cocina y encendió el fogón donde descansaba la olla y el horno adyacente para meter a continuación la fuente con los pimientos rellenos. Después esperó de pie ante la ventana de detrás del fregadero observando cómo el viento, que anunciaba tormenta, sacudía violentamente las agujas de los pinos del jardín.

Él se dirigió al televisor ubicado en la esquina de la estancia y pulsó el botón de encendido. La melodía del telediario comarcal llenó la cocina, pero no pareció que Blanca prestara especial atención, porque continuó con la mirada fija en el exterior. Ya empezaban a oírse los truenos.

Carles subió un poco el volumen cuando Mariona Comellas saludó a la audiencia. Encendió otro cigarrillo. Blanca se acercó a la olla y apagó el fogón. Luego cogió dos cuencos de cerámica blanca del armario superior y echó dos cucharones de caldo en cada uno. Cogió uno con la punta de los dedos para no quemarse, cruzó la cocina y lo dejó en el plato pequeño que Carles tenía delante. Después volvió a los fogones a buscar el suyo.

«Abrimos hoy el telediario comarcal con el hallazgo de dos cuerpos en el interior de un vehículo en el Baix Llobregat —empezó la presentadora—. Las autoridades han encontrado esta madrugada un Opel Calibra de color gris aparcado en un camino de tierra adyacente a la autovía de Castelldefels, a la altura de la discoteca Tutankhamen, en cuyo interior había dos personas muertas».

Blanca levantó la cabeza y la dirigió a la pantalla con los ojos muy abiertos, de pie, en medio de la cocina, descalza sobre la baldosa blanca y con el cuenco de caldo en las manos. Fuera empezó a llover.

«De momento se desconoce la causa de la muerte de las dos víctimas —siguió diciendo la presentadora—, y por ahora solo uno de los cuerpos, correspondiente a un hombre de mediana edad, ha sido identificado como Jaume Costa...».

La boca de Blanca entreabrió los labios en un gesto de incredulidad dejando que solo se le escapara la sombra de un «oh» ahogado. De repente las manos le flaquearon. El cuenco de caldo se le cayó al suelo, las gotas de líquido caliente le salpicaron los pies descalzos y la cerámica blanca se resquebrajó y se deshizo en mil pedazos llenos de aristas puntiagudas, como su corazón en ese momento. La presentadora seguía hablando, sin darle tiempo a digerir esa terrible tragedia, con una voz monótona que de pronto le provocó arcadas.

«... conocido pintor catalán que vivía en Francia desde hacía más de diez años. Se desconoce la identidad del otro ocupante del vehículo, una mujer de entre veinte y treinta años, ya que no se ha encontrado ningún documento que pueda identificarla».

Miró un momento a Carles y le pareció que esbozaba una sonrisa minúscula y maliciosa. Fue demasiado para su cuerpo, que no pudo gestionar ese huracán de emociones intensas y dolorosas, y se desmayó, lánguida, sobre las baldosas blancas salpicadas de sopa y la cerámica hecha añicos.

Pero él esperó al menos cinco minutos para levantarse a recogerla.

Antes se terminó el cigarrillo disfrutando de ese momento como pocas veces antes había disfrutado.

33

Aquella noche de San Juan (I)

Gemma

La Ferrera. El Prat de Llobregat
23 de junio de 1999

Llegó al punto de encuentro diez minutos antes de la hora pactada, llena de ilusión y con el corazón desbocado. Apagó el motor de la motocicleta, se quitó el casco azul, a juego con la Scoopy que había comprado con la ayuda de su padre hacía seis meses, y esperó impaciente a que las agujas del reloj avanzaran más rápido. A los tres o cuatro minutos llegó otra chica, también en moto, y se detuvo a su lado.

—Hola —le dijo mientras se quitaba el casco de color rosa.

—Hola —le devolvió el saludo.

—¿También vienes a la fiesta de los Belart? —Sonrió.

—Sí, sí. —Por un momento se sintió confundida al ver que había llegado alguien más, pero, claro, se trataba de una fiesta, era lo normal. Habría preferido que también invitaran a Mireia e ir juntas, todo habría sido más fácil y agradable, pero no podía dejar pasar la oportunidad, aunque ella no fuera.

—Espero que sea aquí —dijo la chica señalando con un movimiento de cabeza la valla enrejada de color blanco escondida entre los arbustos que separaba un sendero de tierra del camino de la playa—. Me llamo Sònia, por cierto.

—Yo, Gemma. —Esbozó una sonrisa.

—¿Los conoces del insti? —le preguntó—. Ese privado de...

—Sí. Y tú, ¿cómo los has conocido?

—Soy camarera en La Capsa los fines de semana. Vienen cada viernes a ensayar a los búnkeres y al final nos hemos hecho colegas.

Asintió. No supo qué más decir... Por suerte, el ruido de un motor al otro lado de la valla distrajo a su interlocutora.

—¡Ah, mira, ya están aquí! —exclamó Sònia mientras señalaba el viejo Méhari naranja descapotado que se acercaba a una velocidad considerable levantando polvareda detrás de él. La canción «Hey Boy, Hey Girl», de The Chemical Brothers, sonaba en su interior a todo trapo.

—¡Oeeeeee! —canturrearon los gemelos cuando llegaron al otro lado de la valla.

Roger saltó del coche con unas llaves en la mano, se acercó a la puerta blanca y abrió el candado.

—Así no os graban las cámaras y nos ahorramos problemas. —Le guiñó un ojo a Gemma—. Mis padres no saben que hacemos la fiesta, están ocupados con la suya, y todo el mundo entra por la puerta principal.

—¿Qué hacemos con las motos? —preguntó Sònia—. Las entramos, ¿no? —Ahora la miró a ella.

—Sí, sí, entrémoslas. Así cuando queramos irnos no será necesario que nos acompañéis. ¿O quizá sí porque la puerta estará cerrada? —preguntó Gemma.

—No, da igual, la dejamos abierta y ya la cerraremos mañana por la mañana. Así todo es más fácil —le contestó Roger—. ¿Nos seguís con las motos? —Y volvió al coche sin esperar respuesta.

Las dos se pusieron el casco, cogieron sus respectivas motocicletas y entraron por primera vez en sus vidas en la burbuja que era la Ferrera.

Ni la fresca brisa de la tarde, ni los últimos rayos débiles de sol después del día caluroso, ni la luz dorada y naranja que pintaba el cielo y contrastaba con el verde de las copas de los pinos, ni ese olor mágico que mezclaba la tierra y el mar en un solo perfume les permitieron plantearse ni por un momento que algo no fuera a ir bien esa noche. Y mucho menos les permitieron contemplar la posibilidad de que, de las dos, solo una saliera con vida de la reserva.

34

Una llamada inquietante

Mateu

Torre Domènech. La Ferrera. El Prat de Llobregat
28 de septiembre de 2025

Lleva más de una hora sentado en la silla de piel marrón del despacho, ubicado en el último piso de la Torre Domènech desde hace unos años, con luz cálida del sol de la mañana entrando por las cinco ventanas y el balcón que lo rodean, pero le ha sido del todo imposible concentrarse y hacer algo de provecho. Por más que se centre en la pantalla del portátil o en el mar, que ve más allá a través de los cristales impecablemente limpiados por Dolores, la imagen del cuerpo de Laura, inerte, tumbado en el barro, se le aparece de forma intermitente.

Se le ha quedado un mal cuerpo que no sabe cómo quitarse de encima.

Dos golpecitos suaves en la puerta lo sacan de sus pensamientos agónicos.

—¿Sí? —pregunta.

Dèlia asoma la cabeza por la puerta.

—Hola.

—Hola, hija. —Sonríe. Le parece que tiene mejor cara y se alegra de que haya ido a verlo—. ¿Cómo te encuentras?

—Mejor, mejor... Voy a dar una vuelta con la bici.

—Dèlia, no creo que...

—¿De verdad no me dejarás ni moverme por la reserva, en pleno día, con todos los seguratas que has puesto permanentemente? —lo interrumpe medio incrédula, medio implorante.

Él la mira preocupado. Seguramente le irá bien que le dé el aire, pero preferiría que no saliera del jardín de la casa.

—No iré lejos, te lo prometo —insiste ella—. Solo quiero ver el mar de cerca y despejarme. Me irá bien. —Le guiña un ojo—. Me llevo el móvil, obviamente. Y comparto contigo la ubicación si vas a quedarte más tranquilo. Por cierto, ¿alguien ha ido a ver a Ferran? Puede que vaya a hacerle una visita.

—¿Por qué? —le pregunta con un punto de extrañeza. Cuando eran pequeños tenían muy buena relación, pero desde hace un tiempo parecía que se hubieran distanciado un poco y que solo se vieran cuando las reuniones familiares lo requerían.

—Hombre, es mi primo segundo. O medio primo, llámalo como quieras. Alguien le habrá dicho lo de Laura, ¿no?

—Sí, claro. Fui ayer a hablar con él.

—¿Y?

—¿Qué quieres decir?

—Que cómo está.

—Pues jodido, como todos, supongo. Quizá un poco menos, porque no la conocía tanto. Pero, bueno, a todo el mundo le afecta que maten a una persona a la que conoce al lado de su casa. —Se queda un instante en silencio—. ¿Hay algo que quieras decirme, Dèlia? ¿Sabes algo que yo no sepa?

—No, no. —Niega con la cabeza—. Solo tenía curiosidad. Quería saber si lo sabía, por si voy; no quiero meter la pata. En fin, que me llevo el móvil y ya está, ¿vale, papá?

—Ya sabes que aquí hay sitios en los que falla la cobertura.

—Es que de todas formas no lo necesitaré, porque voy aquí al lado. Papá, de verdad, no me pasará nada. Seguramente podrás verme casi todo el rato desde aquí. —Señala las ventanas con la cabeza.

El timbre del móvil que descansa en la mesa de madera maciza los interrumpe, y Dèlia lo aprovecha para zanjar definitivamente la conversación.

—Vuelvo dentro de un ratito —le dice antes de cerrar la puerta.

Mateu suspira y mira la pantalla del móvil. Es un teléfono oculto. Su primer instinto es no contestar. Nadie que oculte un teléfono tiene buenas intenciones. Pero con lo que acaba de pasar, le parece irresponsable no descolgar. Quizá la persona que llama tiene información sobre lo que ha pasado y quiere transmitirla de forma anónima. Duda dos segundos más y al final coloca el dedo en el círculo verde de la pantalla.

—Diga.

—Señor Domènech. —La voz suena extraña, diría que la han distorsionado. Enseguida se pone en guardia.

—¿Qué quiere? —le pregunta secamente.

—Solo que entienda el mensaje que le hemos enviado.

—¿Qué mensaje? —Sus palabras destilan ira.

—No se haga el tonto. Sabe perfectamente qué mensaje: el que le enviamos ayer por la mañana al lado de su casa.

No sabe qué responder. No quiere perder los papeles en una situación tan delicada, así que se silencia un momento y respira hondo pensando cuál es la mejor respuesta.

—Señor Domènech.

Quita el modo silencio.

—Sí.

—¿Ha entendido el mensaje?

—¿Está hablándome de la ampliación del aeropuerto? —le pregunta, siguiendo su instinto, de la forma más neutra que es capaz.

—Estoy hablándole de la venta de los terrenos.

—Para la ampliación del aeropuerto.

—Los motivos no son importantes.

—Para mí sí lo son. Y, de todas formas, es mi casa.

—Puede comprarse cincuenta casas como la que tiene con la última oferta que le han hecho.

—No en un lugar como este. No con esta historia.

—A veces en la vida hay que elegir. Ya tiene a media familia convencida. Deje de crear problemas donde no debe haberlos. Le han hecho una oferta muy razonable.

—Espero que Rai no tenga nada que ver con todo esto. Asesinar a una persona es algo muy serio —dice entre dientes, masticando la rabia.

—El señor Belart es un pelagatos al lado de las personas que tenemos detrás. Lo digo por si se le está pasando por la cabeza hablar con las autoridades. No haga estupideces. Sabe perfectamente que solo servirá para complicar aún más las cosas. En todo caso, la vida es algo muy valioso por lo que quizá valdría la pena plantearse cambiar de opinión y aceptar la oferta. Piense que, la próxima vez, la persona que pague por su tozudez podría ser mucho más cercana a usted, como Dèlia...

—¡No os atreváis a tocar a mi hija, cabrones! —grita al aparato hirviendo de furia. Pero al otro lado ya solo encuentra el tono monótono e indiferente de la línea telefónica.

Descarga su frustración con un puñetazo en la mesa y un grito gutural que le surge de las entrañas. Luego respira hondo para intentar recuperar la compostura y marca de inmediato el número de teléfono de Robert Levy.

35

Explicaciones

Dèlia

La Ferrera. El Prat de Llobregat
28 de septiembre de 2025

Sale por la puerta trasera y coge la bicicleta eléctrica de color rosa brillante que siempre está apoyada en el porche. A su lado, la misma bicicleta, pero de color rojo, la de Laura, descansa en la pared de piedra. Desvía la mirada inconscientemente, sube a la suya y empieza a pedalear. Iría más rápido si cogiera la barca del muelle y cruzara el estanque hasta la casa de madera, pero los mossos dijeron que no tocaran nada, y de todas formas tampoco quiere pasar por el lugar donde encontraron a Laura ayer. Tampoco quiere coger la moto. Necesita moverse, y le irá bien hacerlo acompañada del silencio que solo saben proporcionar los árboles y el viento.

Uno de los hombres que vigilan la casa la identifica y empieza a caminar hacia ella, que detiene la bicicleta cuando lo tiene a un par de metros.

—No salgo de la reserva, ya lo he hablado con mi padre —le dice mientras levanta el brazo con la mano abierta.

El hombre no parece del todo convencido y lo expresa con una mueca incrédula.

—Yo no lo molestaría para preguntárselo —le dice ella decidida—. Pero, bueno, si no lo ve claro, adelante. Que tenga suerte. Está intentando trabajar en su despacho y acaban de llamarlo por teléfono. Estoy segura de que agradecerá muchísimo la interrupción.

El hombre, de pelo negro cortísimo y cuerpo musculoso, mueve la cabeza de un lado a otro, chasquea la lengua, vuelve al lugar que ocupaba hace escasos segundos y musita algo al micrófono que lleva colocado alrededor de su cuello robusto.

Ella, satisfecha, sube al vehículo eléctrico, cruza el jardín hasta la entrada llena de cantos rodados de la Torre y toma el camino de tierra que rodea el estanque hasta encontrar el Puente del Mediodía, que le permitirá cruzar al otro lado, vigilada en la distancia por los otros dos hombres que custodian la casa.

Después de atravesar un espeso bosque de pinos retorcidos por el susurro constante del viento y el estallido de las olas, llega al claro y al trozo de playa donde se encuentra la casa de madera. Solo está el Tiguan de Ferran aparcado, lo que la hace sentir mejor. No le apetece tener que relacionarse con algunos amigos suyos a los que considera unos cretinos.

Bordea la estructura rectangular de tablones de madera horizontales orientada de cara al mar, de una sola planta, pintada de un color que no sabría decir si es gris azulado o azul grisáceo.

Ya en la puerta, gira la cabeza a su izquierda, hacia la Torre Domènech, que, al otro lado del estanque, la observa silenciosa. ¿O es la casa de madera la que vigila la Torre? Hace unos años iban a menudo de una casa a la otra con la barca, Ferran o ella, indistintamente, pero llegó un momento en el que la diferencia de edad, que en el fondo solo era de ocho años, se hizo extraña, y un abismo se abrió entre los dos. Le supo mal, porque ella siempre había querido mucho a Ferran. Pensaba que tener un hermano mayor debía de ser muy similar a la relación que tenían. Pero enseguida entendió que esa separación era natural y que probablemente volverían a encontrarse años después. Sin embargo, el reencuentro no acabó de materializarse y, de hecho, ahora que lo piensa, siempre le había parecido que Laura y Ferran tenían más cosas en común que su medio primo y ella. Ahora entendía por qué.

Llama a la puerta suavemente y espera unos segundos. Está a punto de volver a llamar cuando oye unos pasos que se acercan a la puerta. Cuando se abre, encuentra a Ferran al otro lado. No lleva camiseta, solo unos bóxers.

—Hola —la saluda sin hacer el menor esfuerzo por ocultar la sorpresa y la perplejidad que le causa verla en la entrada de su casa, con la mano derecha tocándose el pelo entre rubio y castaño muy despeinado.

—Hola. Perdona, ¿te he despertado? ¿Estabas durmiendo?

—No, no. Me he tumbado un rato en el sofá. Rubèn me ha dado unos ansiolíticos y me he tomado uno.

—¿Por lo de Laura? —le pregunta.

—Un poco por todo. Pero, vaya, sí, por lo de Laura, como tú lo llamas —le responde molesto.

—¿Puedo pasar?

—Eh... Sí, claro... —acepta extrañado—. Aunque hace mucho tiempo que tú y yo no tenemos una conversación... real, por así decirlo.

—Sé que Laura y tú estabais juntos —le anuncia.

Él abre bastante más los ojos, pero no dice nada. Asiente con la cabeza, se retira a un lado de la puerta y la deja pasar.

Esperaba encontrar el interior del habitáculo hecho un desastre, pero no es así. No recuerda la última vez que estuvo aquí, ahora que lo piensa. Laura debe de haber pasado muchos ratos aquí últimamente. Y ella sin saberlo. Seguramente si hubiera estado más atenta se habría olido algo, pero tenía otras distracciones en la cabeza, entre ellas Oriol.

—¿Quieres tomar algo? —le pregunta él mientras se pone una camiseta azul oscuro de Weezer con el número 22 detrás y se dirige a la barra que separa la sala de una pequeña cocina.

Lo piensa un momento.

—Pues no te diría que no a un té —le contesta por fin.

—¿Cúrcuma va bien?

—Con una nube de leche de avena, si es posible.

Él asiente con la cabeza y esboza una sonrisa triste mientras coge dos tazas.

—Laura siempre te lo pedía así, ¿verdad?

Él levanta los ojos; los tiene humedecidos. Asiente y mete dos tazas azul oscuro de cerámica llenas de agua en el microondas, que da un par de vueltas iluminado.

—Así que ¿al final te lo dijo? —le pregunta él, de pie delante del aparato.

—No. —El monosílabo no oculta que está dolida.

—¿No? —le dice extrañado—. ¿Y entonces? —Levanta la mirada.

—Su diario.

—¿Lo tienes tú?

—¿Te preocupa que lo tenga?

—No lo sé, no lo he leído. ¿Debería preocuparme?

El microondas se detiene y hace ding. Ferran abre la puerta y coge las tazas.

—¿Crees que dirá algo que pueda apuntar hacia ti?

—¿Por el asesinato de Laura? ¡¿Estás loca, Dèlia?! Pero ¡¿qué dices?! —Deja las tazas hirviendo rápidamente en la encimera de la cocina; se ha quemado los dedos al cogerlas.

Ella niega con la cabeza.

—Perdona, no sé por qué lo he dicho. La verdad es que no lo pienso.

—¡Que quiero a Laura, Dèlia! La quiero de verdad. ¡Hace tres días le pedí por segunda vez que viniera a vivir conmigo! —le dice moviendo enérgicamente los brazos.

—¿Y qué te dijo?

—Me dijo que no era el momento, que tenía que estar en su casa para solucionar una cosa, que tenía que encontrar la respuesta a algunas preguntas y que le era más fácil hacerlo desde allí.

—¿Cómo? ¿Qué preguntas? —le dice sorprendida.

—No lo sé. No quiso decírmelo. —Echa una bolsita de té en cada una de las tazas y añade una nube de leche de avena.

Ella mueve la cabeza de un lado a otro. El hecho de que Laura tuviera esas preguntas en la cabeza y no le dijese nada es otra puñalada a su supuesta íntima amistad. ¿Hasta qué punto era real? Cuando vuelva seguirá leyendo el diario, pero ahora se obliga a volver al presente, al sofá donde está sentada. Coge la taza que Ferran le ofrece.

—Entonces ¿estuviste con ella ayer por la noche? ¿Después de que nos separáramos?

—Sí, se vino aquí un rato.

—Y la acompañaste a casa después —afirma buscando la confirmación.

—No. —Ferran baja la cabeza, avergonzado y triste.

—¿No? ¿Por qué no? —Dèlia levanta la voz, llena de incomprensión.

—Porque me dijo que quería volver sola. —Alza levemente la cabeza y la mira a los ojos—. Dijo que solo tardaba diez minutos hasta la Torre Vella y que quería que le diera el aire antes de llegar. Le dije que le daría el aire igual si yo la acompañaba, pero insistió en ir sola y yo no quise ser pesado. Me prometió que me mandaría un mensaje cuando llegara, pero me quedé dormido en el sofá. Cuando al día siguiente vi que no me había llegado, la llamé, pero tenía el móvil apagado. Después me enteré de lo que había pasado. Si la hubiera acompañado... —Agacha la cabeza de nuevo.

—No es culpa tuya —dice con esfuerzo. Aunque le cuesta, no olvida que ella quizá tampoco hizo todo lo que debía en ese sentido—. ¿Has hablado con los mossos? —le pregunta después de un breve silencio.

—Ayer vino Roure, sí. Y esta mañana el detective al que ha contratado Mateu. Es un tío curioso.

—¿Qué quieres decir?

—Tiene cierta facilidad para acercarse a la gente. Parece inteligente.

Ella asiente. Sabe a lo que se refiere. Da un trago de té y por un momento se siente reconfortada; ese calor en la barriga suaviza, aunque solo sea un poco, el peor de los momentos.

—Debió de ser muy duro cuando mi padre te dijo que Laura estaba muerta sin saber lo que realmente significaba para ti.

Ferran baja la cabeza solo una vez.

—Perdona —sigue diciendo ella—. Yo ni pensé en decírtelo, la verdad. Claro que tampoco sabía que estabais juntos...

Él no dice nada y da un trago de té.

—¿Le dijiste a Roure que teníais una relación?

—No.

—¿Y al detective?

—Tampoco.

—¿Por qué no?

La mira a los ojos, inclina la cabeza y levanta la palma de la mano en su dirección como única explicación.

—Vale, de acuerdo. Solo ha sido una reacción inicial... —se excusa ella.

—Exacto.

—Y lo de que tenía que solucionar algo... ¿tampoco se lo dijiste?

—No, tampoco. Podrían ser mil cosas, Dèlia... No sé, no pensé que estuviera relacionado... No se me ocurrió decirlo. —Parece sincero. Se queda un momento en silencio y luego añade, un poco más animado—: Quizá en el diario pone algo. ¿Lo has leído todo?

—No, no. He venido cuando he leído que estabais juntos.

—Pues quizá ahí está la respuesta. Por cierto, ¿por qué el diario no lo tienen los Mossos?

Se da cuenta de que el rostro se le enrojece y baja la mirada.

—No lo sé —le contesta—, no he querido dárselo. Me daba miedo que hubiera algo que la hiciera quedar mal. Tenía la sensación de que estaba ocultándome algo y quería saber lo que era antes de que saliera a la luz. Para protegerla, ¿sabes?

Él asiente con la cabeza.

—¿Me guardarás el secreto?

—De momento, sí. Pero quiero saber quién ha matado a Laura, y darle su diario al que lo investiga puede ayudar a averiguarlo más fácilmente.

—Solo me quedaré el ordenador un par de días más para terminar de leerlo. Después diré que lo he encontrado o lo dejaré escondido en su habitación para que lo encuentren. O, si no, se lo diré al detective al que ha contratado mi padre, Levy.

Él asiente.

—Entonces ¿no quieres leerlo? —le pregunta ella.

—¿El diario? —Niega con la cabeza.

—¿Por qué?

—Siento que vulneraría su confianza, no sé. No te lo tomes a mal, no quiero decir que tú estés haciéndolo, es solo como me siento yo.

—Me ha hecho sentir más cerca de ella. Me ha hecho sentir que velaba por sus secretos.

—Lo entiendo. No te juzgo, Dèlia, de verdad.

Ella medio sonríe.

—Pero si descubres algo importante, tienes que hacérmelo saber. ¿De acuerdo?

—De acuerdo.

Ambos se quedan callados.

—¿Por qué dejamos de ser amigos? —Es ella la que rompe el silencio—. Tú y yo teníamos una relación muy cercana. Eras como mi hermano mayor.

Ferran se encoge de hombros.

—Porque ocho años pueden ser mucha diferencia a cierta edad, supongo. Llegó un momento en el que se hacía raro, sobre todo porque no éramos familia directa.

—Siempre has sido familia.

—Hay quien te lo discutiría. —Esboza una sonrisa triste—. Pero ya me entiendes.

Ella aprieta los labios y asiente.

—No has tenido una vida fácil, Ferran. Me sabe mal no haber estado a la altura en algunos momentos. Supongo que, por muchas necesidades que hayas tenido cubiertas, ha sido imposible compensar las que no lo estaban.

—La verdad es que no puedo quejarme.

—Todo el mundo puede quejarse. En todo caso, lo de Laura no te lo tragues solo, ¿vale? —Se levanta del sofá y deja la taza azul vacía en la encimera de la cocina.

Él asiente con la cabeza.

—Ven mañana a la Torre y te actualizo sobre lo que encuentre en el diario —añade, y le guiña un ojo antes de marcharse.

Al otro lado, el mar la saluda iridiscente. No puede evitar pensar que, de algún modo, ese brillo es la manera que tiene Laura de comunicarle que, allí donde está, es feliz sabiendo que dos de las personas que más la querían se unen para compartir y superar juntas el dolor de su muerte.

36

Una realidad oscura

Blanca

Torre Domènech. La Ferrera. El Prat de Llobregat
9 de enero de 1990

Se despertó aturdida al cabo de un rato, tumbada en la cama individual de su habitación de lectura. Sentía una palpitación constante y dolorosa en la sien, que atribuyó al golpe que debía de haberse dado en la cabeza cuando se había desmayado en la cocina. Carles tuvo que haber ordenado a Jacint que la subiera a la habitación.

De repente, la cruda realidad hizo de nuevo acto de presencia. Recordó la noticia como si fuera un sueño, las imágenes del Opel Calibra aparcado en ese arcén detrás de la discoteca. Pero sabía que no era un sueño. Y sabía también que la muerte de Jaume no era una casualidad ni un accidente. Menos aún si había sucedido tan cerca del Baviera. Carles debía de tener el teléfono de casa pinchado, debía de grabar las conversaciones y debía de conocer los planes que habían hecho desde el momento en que los verbalizaron por teléfono. Y esa mujer con Jaume en el coche... Sintió una punzada aguda en el corazón. Estaba segura de que era una prostituta, un daño colateral de los planes de Carles. Ahora todo empezaba a encajar con lo que había oído ese día detrás de la puerta. Esa pobre mujer posiblemente solo fuese una figura de atrezo para no levantar sospechas, para presentar a Jaume como un putero drogadicto en cuya muerte no había que perder mucho tiempo. Por no hablar de la prostituta. Seguramente considerarían su muerte un riesgo laboral de los muchos a los que se exponía, como un albañil sin arnés en lo alto de un tejado. Sin duda, dirían que la muerte de ambos había sido por sobredosis y encontrarían rastros de grandes cantidades de droga en sus cuerpos. Pero ella sabía perfectamente que no era verdad.

Se dio cuenta de que temblaba. La posibilidad de una nueva vida le había sido arrebatada cuando ya la tenía al alcance de la mano, y de la forma más cruel. Le costaba mucho digerir esa nueva realidad.

Aun así, no le dejaría entrever que la había destrozado. No le daría a Carles el placer de corroborar el dolor profundo e indescriptible, inimaginable para un monstruo como él, que le había causado. Jugaría al gato y al ratón, y acabaría haciéndolo caer en su propia trampa. Este sería su nuevo motivo de existencia, el de hacerle pagar, de una u otra forma, la imposibilidad de la vida feliz que le había sido negada.

Pero tenía que ser lista y paciente. Tenía que hacer movimientos sutiles y calculados. Lo que tenía claro era que él nunca la dejaría marcharse y que ella no lo quería en su vida. Solo había una manera de conjugar esta situación, pensó, y era consiguiendo que lo pillaran en sus negocios ilegales y lo encerraran en la cárcel.

Y por eso antes debía intentar reunir algunas pruebas, que probablemente encontraría en su despacho. El problema era que Carles lo cerraba con una llave que siempre llevaba encima. Pero era un problema superable. No tenía otra cosa que hacer que dedicar todo su tiempo a encontrar la manera de conseguir la llave y unos minutos para revolver el despacho de ese monstruo con el que compartía techo.

No tardó más de treinta minutos en encontrar la solución. Tenía trabajo que hacer.

37

Información

Levy

Playa de la Roberta. El Prat de Llobregat
28 de septiembre de 2025

Ha hecho una tortilla con dos de los doce huevos del corral de la granja de la Torre Vella que ha encontrado en la nevera, la ha acompañado con dos rebanadas de pan con tomate y lo ha engullido todo en la sala, acariciada por el sol del mediodía. Cuando ha vuelto a la mesa con el café solo en la mano, ha notado que el Nokia que llevaba en el bolsillo del pantalón vibraba. Era un mensaje de Roure citándolo a las cinco de la tarde en un punto muy concreto de la playa de la Roberta, muy cercana a la Ferrera. Así que ha pasado un rato más buscando información y anotando muchas cosas en su libreta, y a las cuatro y cuarto ha cerrado la puerta de Ca la Lola dispuesto a pasear discretamente hasta el lugar de la cita.

Por suerte, entre todo lo que le han dejado preparado en la casa han incluido la impresión en blanco y negro de un mapa de la multitud de caminos de tierra que se cruzan y confluyen en la reserva. Ha pensado que debían de tenerlo para todo el mundo que empezara a trabajar allí, o para cuando hacían fiestas en la Casa Belart y debían asegurarse de que los invitados llegaran a una hora decente. Piensa que él también tiene que hacerle una visita. Quiere conocer bien todo el entorno de la reserva. Pero tendrá que dejarlo para más adelante. Ahora tiene otros planes.

Ha calculado que no tardaría más de treinta minutos en salir de la Ferrera, y no se ha equivocado. Por suerte, la brisa de finales de septiembre hace que el paseo, rodeado de cañizales y pinos, sea bastante agradable. Utiliza el manojo de llaves que lleva en el bolsillo, prueba dos antes de encontrar la que encaja en el candado que custodia la puerta blanca de la valla que da a la rotonda cercana a la playa, y accede al camino de tierra que lo guiará hacia ella, a estas horas bastante poblado de bicicletas y grupos de amigos o familiares que aprovechan la tarde al aire libre. Le sorprende ser uno de los pocos que levantan la cabeza cada vez que oyen el motor estridente de los aviones cercanos, que despegan y aterrizan incesantemente en las pistas pegadas a la carretera. Cuesta creer que esos escasos metros de asfalto puedan separar dos mundos tan opuestos, el de la reserva y el de las pistas grises construidas por el hombre, que albergan esos monstruos alados gigantes y ruidosos. No tiene nada en contra de los aviones, bien que le gusta viajar, como a todo el mundo. Pero estando allí en medio, con esa brisa suave acariciándole la cara, con la reserva a un lado y las pistas al otro, le es imposible no sentir la incongruencia de esa existencia mutua que parece que por fuerza debería excluir a su opuesto. Intenta imaginar cómo debe de ser crecer en un lugar tan idílico como la Ferrera, rodeado de naturaleza, pero con esa amenaza que supone el aeropuerto y su ampliación sobrevolando constantemente. Y piensa también en las veces que Laura tuvo que haber seguido con la mirada uno de esos aviones y debía de haber imaginado todos los lugares a los que viajaría más adelante y a los que ya nunca tendrá la posibilidad de ir. Asimismo, piensa en la llamada que ha recibido al mediodía, cuando Mateu le ha contado las amenazas que había recibido hacía cinco minutos.

Todos estos pensamientos han acompañado los pasos que lo han llevado a la playa de la Roberta, donde espera paciente, disfrutando del sol en la cara y considerando posibilidades, en el punto acordado.

Tres minutos después identifica en la lejanía la Yamaha de Roure, que cuando llega a su altura se detiene a su lado sin quitarse el casco. El conductor levanta la visera, lo saluda y con un movimiento rápido deja caer una de las asas de la mochila que lleva en la espalda, se la coloca delante y saca una carpeta de cartulina.

—Aquí tienes una copia de la autopsia. —Le tiende la carpeta.

—Gracias.

Levy la coge y la mete en su bolsa.

—Ya me dirás qué opinas —le dice Roure.

—¿Qué quieres decir?

—No quiero influenciarte. Prefiero no decir nada por ahora.

Levy asiente.

—Esta mañana Mateu Domènech ha recibido una llamada interesante.

—Lo sé, me ha llamado después de llamarte a ti.

—¿Ideas? Quiero decir, teniendo en cuenta que tú has visto la autopsia y yo no.

—Es muy estúpido admitir la autoría así. Más bien diría que alguien que no es muy brillante ha querido tomar la iniciativa y aprovechar la ocasión. Si se lo hacemos llegar a los de la patronal o a los de Aena, les cortarán los cojones por inútiles, si es que conocen a los que han hecho la llamada. Dicho esto..., nada es descartable, supongo. La mayoría de los delincuentes y criminales no destacan por su inteligencia, por eso los pillamos muchas veces.

—Entonces ¿descartas que la muerte de Laura tenga algo que ver con la ampliación del aeropuerto?

—No descarto nada, ya lo sabes. Echa un vistazo a la autopsia y hablamos.

—Aparte de eso, ¿algún avance en la investigación que te apetezca compartir conmigo? —le pregunta socarrón.

—Hemos revisado todas las imágenes que grabó la cámara de seguridad esa noche. No hemos visto nada raro hasta la hora en que se corta, a la 1:15, ni después de las 3:45.

—Ya ves tú qué novedad.

—Solo quería confirmarlo.

—Y no sabemos quién fue el responsable del corte, por supuesto.

Roure mueve la cabeza de un lado a otro.

—No puede decirse que sea un avance —murmura Levy.

—No. No mucho.

—¿Algo raro en comisaría?

—Uno de los del equipo de García pidió la baja ayer —le cuenta Roure.

—¿Es el tío del que sospechabas?

—No. Y tampoco tendría mucho sentido. Si quisiera estar al corriente de la investigación y controlarla, sería mejor que se quedara, ¿verdad?

—A menos que estuviera relacionado directamente y tuviera alguna herida que pudiera incriminarlo y que le diera miedo que descubrieran. ¿Laura Sabater se defendió?

Roure intenta contener una sonrisa. El tema que tratan es terrible, pero le gusta saber que la agilidad de su amigo no ha mermado lo más mínimo en los últimos años.

—Sí se defendió, sí.

—Pues yo le haría una visita, si no lo has visto desde entonces. Debemos estar especialmente atentos a arañazos y otras heridas. No será difícil, porque todavía hace bastante calor. Cualquiera que vaya demasiado abrigado es susceptible de ser sospechoso.

—Ya lo he comprobado. He ido a verlo con el pretexto de un caso que tenía a medias. No tenía nada. Pero bien visto. Tenedlo en cuenta también en la reserva. Bueno, Levy, la conversación es muy grata, pero tengo que irme. Ya llevamos demasiado tiempo aquí plantados.

Roure se baja la visera del casco y arranca de nuevo la Yamaha.

Levy asiente. Le dedica un saludo llevándose los dedos índice y corazón a la sien y haciendo un corto movimiento hacia delante, y después retoma el camino de vuelta a la Ferrera con ganas de leer la autopsia de Laura Sabater con calma.

38

Aquella noche de San Juan (II)

Gemma

Casa Masferrer. La Ferrera. El Prat de Llobregat
23 de junio de 1999

El Méhari se detuvo delante de una casa vieja de dos plantas que más bien parecía un par de casas adosadas. Faltaban algunas ventanas, y la puerta de uno de los balcones estaba tapiada. Roger detuvo la música que aún emergía de la cadena musical portátil.

—¡Bienvenidas a Masferrer, nuestra mansión particular! —anunció Rafel mientras se quitaban los cascos.

—¿Es una casa abandonada? —preguntó Sònia con un punto de decepción en la voz.

—Bueno, si estamos nosotros, ya no, ¿verdad? —bromeó Rafel.

—No, ahora en serio, no os preocupéis. Por dentro la tenemos bastante decente —les dijo Roger—. La utilizamos desde hace tiempo para hacer fiestas y reunirnos sin que nadie nos toque los cojones. Tenemos sofás, neveras, música..., todo lo necesario para pasárnoslo de puta madre. —Les guiñó un ojo.

—¡Sí, hasta un fantasma! ¡Ja, ja, ja! —añadió el otro gemelo.

—¿Cómo? —le preguntó Sònia.

—Sí, hombre, ¿no conoces la historia de aquel tío que a principios de 1900 intentó cargarse a martillazos a toda una familia que cuidaba una casa aquí, en El Prat? ¿Cómo lo llamaban? Ah, sí, el Gandumbas.

—Pero ¡¿qué dices?! —exclamó Gemma, incrédula.

—¡Sí, sí! Pues resulta que a veces se nos aparece dando martillazos en la pared. Flipa, tía.

—No es más que una leyenda. ¡Y en todo caso la historia no transcurre aquí, en la Ferrera! ¡Transcurre cerca de la estación! —dijo Sònia.

—Pero ¿cómo conocéis estas historias? —preguntó sorprendida Gemma—. No lo había oído en mi vida…

—¡Qué va! El caso del que hablas será otro. —Rafel movió la mano como si espantara una mosca y le dirigió una media sonrisa a Sònia.

—Eso es que queréis acojonarnos —le respondió ella—, pero no caeremos en la trampa. No nos chupamos el dedo.

—Bueno, bueno… Ya me lo dirás cuando oigas los martillazos a tu espalda…

Lo dijo de una manera que quería parecer simpática, pero que evidentemente no aterrizó así en la intuición de ninguna de las dos chicas. Sin embargo, y como sucede a menudo con las chicas jóvenes que ya han sufrido durante algunos años el entrenamiento de silenciar la voz que las guía en este tipo de situaciones, la ignoraron, como habían aprendido a hacer, y siguieron como si nada, disfrazando ese destello amenazador que acababan de percibir como una inhabilidad social o la grosería que caracterizaba a muchos chicos de su edad, y en especial a los que habían crecido con menos límites que los demás.

—Déjate de historias chungas, tío —intervino su hermano, que percibió la posibilidad de una nube negra que les aguara la noche—, y que empiece la fiesta. ¡Hay gente esperándonos dentro!

Y las dos los siguieron al interior de la Casa Masferrer.

Era cierto que el exterior tenía peor pinta que el interior. No podía decirse que estuviera limpia, sin duda había mucho polvo en las baldosas de barro que conformaban el suelo, así como en los sillones y el sofá de color salmón que ocupaban la mitad de la sala más grande, pero no había nada roto y las paredes aún conservaban gran parte de su color beis, aunque bastante desgastado. En una de ellas, unos estantes empotrados con el fondo pintado de un color verde esmeralda hipnótico llamaron la atención de Gemma. Había un montón de botellas de todo tipo de alcohol. Al lado habían colocado una bañera vieja llena de hielo que hacía de piscina para todo tipo de refrescos y un montón de latas de cerveza.

—¡Hola! —gritó Rafel. Levantó la cadena portátil que había cogido del coche y se dirigió al grupo de chicos y chicas que estaban en la sala—. ¡Ya estamos aquíííííí! —Y a continuación pulsó el Play para que la música llegara a cada rincón de la sala—. ¿Qué queréis tomar? —les preguntó a las dos.

—Un gin-tonic —le contestó Sònia.

—Yo una cerveza, de momento.

—La cerveza puedes cogerla directamente de allí —le dijo a Gemma con desinterés señalando la bañera llena de agua y hielo—. Ahora te preparo un gin. —Y le guiñó un ojo a Sònia.

—Vamos a presentarnos —le dijo Sònia a ella. Y la cogió de la mano para llevarla hacia el grupo de gente que charlaba y bailaba animadamente en la sala. En ese momento sintió que era una suerte que hubieran coincidido en la puerta y que el destino la había colocado allí por algún motivo.

El grupo era muy heterogéneo. Enseguida se dio cuenta de que nadie conocía a nadie, lo que la hizo sentirse menos sola, porque todos estaban en la misma situación. Compartieron información básica: de dónde eran, si estudiaban o trabajaban, cómo habían conocido a los hermanos Belart, qué música les gustaba y lugares comunes que, junto con la bebida que circulaba constantemente por sus manos, les hicieron sentir que aquello era el inicio de más que una gran amistad.

Pero al cabo de una hora el ambiente empezó a mutar radicalmente. Primero fue un cambio muy sutil: una relajación general, menos personas de pie o bailando. La luz exterior que entraba por las puertas y ventanas era prácticamente inexistente, porque la luna menguante apenas iluminaba nada. Encendieron velas y las distribuyeron por toda la sala. Parecía un gesto agradable, pero ella percibió que algo no iba bien. Apoyada en una de las paredes y absorta en la música, Gemma se dio cuenta de que casi todas las chicas estaban sentadas o tumbadas en el suelo y en los sofás. Sin embargo, los chicos seguían igual de activos.

Vio que dos que se habían presentado como Jofre e Ivan llevaban un rato hablando con dos chicas que parecían conocerlos. Las ayudaron a levantarse y las acompañaron agarrándolas por la cintura y guiándolas hacia la puerta que daba a la escalera y al piso superior. Se dio cuenta de que empezaban a fallarle las manos y las piernas. De forma instintiva, sin saber exactamente por qué, olió el vodka con Red Bull que le había preparado Rafel. Los engranajes de su cerebro trabajaban haciendo un esfuerzo superior al normal, pero no terminaban de hacer la sinapsis necesaria ni de obtener los resultados que esperaba. Aun así, dejó el vaso en la mesa vieja que tenía al lado, donde se acumulaban latas y más vasos vacíos. Después recorrió la sala con la mirada buscando a Sònia. Distinguió su figura entre otras dos chicas medio tumbadas en el sofá. Se acercó, pero en cuanto empezó a caminar se dio cuenta de que le costaba un poco avanzar. Se sentía algo mareada. Llegó a la altura de su nueva amiga, se agachó y le tocó el antebrazo.

—Hola —susurró sin saber del todo por qué lo hacía.

—Hola. —Sònia tenía los ojos entornados y tuvo que hacer un esfuerzo para acabar de abrirlos y enfocar a la persona que tenía delante.

—¿Estás bien?

—De puta madre, tía... —le contestó arrastrando las palabras.

—¿Seguro?

—Que sí, tía. Es que he fumado y me ha subido un montón. Ahora se me pasará.

—Voy fuera a que me dé un poco el aire. ¿Quieres venir?

—Uy, no, qué palo... Te espero aquí. —E intentó mover los brazos al ritmo de «If You Could Read My Mind», de Stars On 54, sin mucho éxito.

Asintió, cruzó la sala con dificultad hasta la puerta de madera de arco de medio punto, que estaba abierta de par en par, y pisó la grava del exterior. Una brisa con aroma de sal fue a recibirla y la reanimó un poco. Cruzó los brazos y se colocó las manos en los hombros desnudos, de los que colgaba la fina tira del vestido negro, que bailaba con el viento. Casi tenía frío, pero le estaba sentando bien. Volvía a sentirse un poco ella misma. Oyó que el agua de uno de los brazos del estanque cercano susurraba y se acercó. Apenas se veía nada. Se agachó, metió las manos y dejó que el agua fría terminara de serenarla. Se mojó la cara y respiró hondo. Y entonces lo entendió: estaban echando algo en las bebidas que les ofrecían. Ella estaba mejor que las demás porque solo había pedido una y no se la había terminado.

Decidida, dio media vuelta hacia la explanada de delante de la Casa Masferrer y se dirigió a la Scoopy. Su hermana tenía razón, no debería haber aceptado la invitación. Se disculparía en cuanto llegara a casa. No soportaba estar enfadada con Julie, y menos cuando tenía razón, que era casi siempre. Metió la mano derecha en el pequeño bolso redondo de piel granate que llevaba colgado del hombro para buscar las llaves. Y entonces sus ojos se dirigieron hacia la moto de Sònia. Dudó unos segundos, con la mano aún en el bolso y el metal tibio de las llaves en contacto con los dedos. Las sacó y las hizo tintinear unos segundos mientras observaba la puerta de entrada, por la que se escapaba la voz de Gwen Stefani cantando «Just a Girl», inmóvil, sin saber qué hacer. Hasta que al final dejó caer las llaves en el bolso, exhaló profundamente su miedo y entró de nuevo, decidida a enfrentarse a los verdaderos fantasmas de la Casa Masferrer.

39

In fraganti

Clàudia

Casa Belart. La Ferrera. El Prat de Llobregat
28 de septiembre de 2025

No termina de saber qué hace aquí, pero le ha parecido que era el siguiente paso natural para seguir investigando dónde está Julie. Lo único que ha conseguido sacarle a su hermano —después de comportarse de forma modélica durante la comida familiar, reírle todas las gracias, actuar como una persona completamente equilibrada y moderada en su tono y halagarlo en todas las aventuras policiales que ha contado— ha sido que una cámara de tráfico captó a Julie a ciento veintisiete kilómetros por hora en la autovía de Castelldefels (donde el máximo son cien kilómetros por hora, y por eso la captaron y le pusieron una multa), a la altura del camping abandonado La Ballena Alegre, en dirección a Barcelona, a las doce y media del mediodía del 20 de septiembre, el día en que según sus cálculos Julie desapareció. Esto podría corroborar que realmente se dirigía a una consulta en Barcelona o… también podría ser que fuera a otro sitio, con cierta prisa, que se encontrara en esa dirección.

Lo primero que le ha venido a la cabeza ha sido la Casa Belart, el testimonio del inicio de la amistad entre Julie y ella. Así que, siguiendo su intuición —que es lo que le habría aconsejado su amiga—, ha decidido ir, convencida de que, de alguna manera, hacer esta visita la ayudará a avanzar en los puntos en los que se siente completamente estancada.

Desde hace un año y medio tiene la llave de uno de los accesos a la Ferrera y una copia de la llave de la Casa Belart. Se las dio Julie para agilizar los encuentros y las «noches de pijamas» —aunque sonaba ridículo utilizar este concepto siendo dos mujeres adultas— que hacían de vez en cuando las dos solas en la Casa Belart, un oasis de seguridad, lujo y comodidad donde compartir vino, música, pensamientos y vulnerabilidad, un lugar para restaurarse uno mismo y recuperar la fe en la humanidad, o al menos en una parte. Un lugar alejado de la Casa Pinto y de Sitges, de donde Rai raramente quiere moverse. Un espacio magnífico, rodeado de naturaleza, para charlar junto a la chimenea que ocupa el centro de la espectacular sala de estar de la casa en invierno, o para bañarse en el mar bajo la luz de la luna en verano. Un lugar seguro en el que admirar, con una mezcla de fascinación y solo una pizca de escepticismo, las concocciones de hierbas —algunos las llamarían pociones— y los rituales de Julie, un bosque marítimo lleno de magia donde bailar bajo las estrellas y las copas esponjosas de los pinos. Para ella, esas tardes y noches, a veces largos fines de semana, habían sido el bálsamo que su alma necesitaba para seguir adelante con un mínimo de ilusión para afrontar el día a día. El puente a un mundo interior que ni siquiera recordaba que había existido, que había olvidado por completo, hasta que un día recordó la atracción que había sentido cuando, a los seis años, encontró el libro de las hadas en la biblioteca.

—¿Dónde has aprendido todo esto? —le preguntó una noche de finales de primavera en la que la brisa transportaba el olor del jazmín que llenaba los muros del jardín y el aire rodeaba sus cuerpos con la temperatura perfecta, que era exactamente la de su piel.

—Aquí y allá —le contestó Julie restándole importancia.

—¿No te lo enseñó tu madre?

—Mi madre murió cuando nació mi hermana. Yo tenía tres años —le dijo en tono neutro.

—Ostras, lo siento. Qué putada.

—Prefiero no hablar de eso ahora —le dijo Julie sin acritud.

—Claro, perdona.

Julie negó con la cabeza y se encogió de hombros, que era su manera de hacerle saber que no había nada que perdonar, y siguió colocando las hojas de hiedra mezcladas con algunas ramas de mimosa en forma de círculo en medio del jardín.

—¿Cuál es la intención hoy? —le preguntó. Siempre se veía a sí misma como una criatura ignorante cuando observaba cómo hacía los rituales. Por suerte, con Julie nunca se veía fuera de lugar. Al contrario. Y por eso se sentía muy privilegiada de que quisiera compartir con ella una parte tan íntima y de sabiduría ancestral como esa.

—La hiedra ata, pero no restringe. Tiene una energía sutil, pero firme. En los hechizos se utiliza para garantizar vínculos entre personas, ideas o verdades interiores.

—¿Entre nosotras? —le preguntó ella.

—También, pero no solo eso. Necesito ver algunas cosas claras, hacer las conexiones interiores, que están ahí, pero todavía no sé leerlas.

Ella asintió con la cabeza, pero no entendió a qué se refería exactamente.

—Pero, ya que preguntas, te cuento más cosas de la hiedra: va bien colgarla en la puerta de casa si quieres protección. Medicinalmente, despega y afloja lo que está demasiado pegado al cuerpo: flemas, presiones y dolores. Se ha utilizado como remedio tópico durante mucho tiempo en forma de cataplasma para heridas crónicas e irritaciones cutáneas. Pero, escúchame bien, la hiedra es una planta que debe emplearse con intención, no es una hierba de uso diario para utilizar de manera casual. ¿Sí?

—De acuerdo —le respondió. Dirigió inconscientemente la mirada a las hojas de la planta y de pronto les tuvo mucho respeto.

—Piensa que en algunas tradiciones —continuó Julie, concentrada en la disposición de las hojas sobre la hierba del jardín— la hiedra no es solo una planta; es un espíritu con una personalidad compleja y mutable. Fluctúa entre el encanto y el entrelazamiento, entre la dependencia y el dominio. El espíritu de la hiedra es astuto; sabe cómo hechizar y cómo esconder. Cuando se invoca, puede mostrar indirectamente, mediante la reflexión, los sueños o la elaboración de sentimientos ocultos del inconsciente. Esto hace que sea una planta ideal para el trabajo de integración de sombras, sobre todo cuando se practica a lo largo del tiempo.

Cuando Julie expresaba todo ese conocimiento con esa voz tranquila y aterciopelada, acompañando los movimientos serenos y delicados, organizando esa obra de arte floral, con ese vestido blanco de satén, a la luz de la luna, se convencía completamente de que era amiga de una bruja de verdad. Y se sentía la persona más afortunada del mundo.

Estos recuerdos la han acompañado por los senderos de tierra que se sabe de memoria hasta la entrada de la Casa Belart. Por suerte, no se ha cruzado con nadie. Es consciente de que es peligroso que entre a la ligera en la reserva después de que encontraran a la chica muerta ayer por la mañana cerca de la Torre Domènech. Pero para ella este hecho no ha sido más que otra señal que apuntaba claramente a la posibilidad de que la desaparición de Julie tenga algo que ver con la Ferrera, en especial después de haber leído toda la documentación que recopiló su amiga en su despacho y que ahora ella tiene en su poder. Sin embargo, parece que la suerte la acompaña. En la zona de aparcamiento no está el coche de Rai ni ningún otro vehículo. Asume que tiene vía libre. Aparca el viejo 207 detrás de la estructura de la casa para que no se vea fácilmente desde el camino y decide entrar con su copia de las llaves.

Una vez dentro, tiene una sensación extraña, como si alguien hubiera estado hace poco o todavía estuviera ahí. No sabe por qué tiene esta intuición; quizá la temperatura, un par o tres grados más alta de la que esperaba, o un olor sutil no identificable que nunca ha notado en ese espacio.

—¿Julie? —grita desde el pasillo.

Pero nadie responde.

Recorre la planta de la casa, de una punta a la otra, de manera metódica y en silencio. Lleva el móvil en una mano y una navaja plegable —que siempre tiene en el bolso— en la otra, que le da, y lo sabe, una falsa sensación de seguridad, porque duda que acabe clavándosela a alguien en caso necesario, aunque nunca se sabe y es mejor tener la oportunidad de hacerlo que no tenerla.

No encuentra nada fuera de lugar en la casa. Ni a nadie. No es que esperara encontrar a Julie, claro, o al menos quizá solo de una manera infantil. Sabe perfectamente que habría sido demasiado fácil. Pero eso no impide que el vacío del espacio la angustie y la ponga todavía más triste de lo que ya estaba cuando ha llegado.

Se dirige a la cocina y, rodeada de esas baldosas antiguas amarillas y blancas que siempre le hacen pensar en otra época, en la que, por un motivo que no tenemos claro y que solo tiene que ver con la nostalgia del pasado, todo debía de ser más fácil y glamuroso, coge un vaso bajo de vidrio con filigranas del interior del armario blanco de madera y echa un par de cubitos de hielo que encuentra en una bolsa en el congelador. Luego se dirige al mueble bar de los años cincuenta de madera clara de la sala y abre uno de los aparadores de puerta corredera, que deja al descubierto dos hileras bien ordenadas y variadas de los licores más exquisitos. Recorre con los dedos las etiquetas de las botellas hasta que encuentra un tequila Don Julio y se sirve un chorro generoso. Después lo deja en su sitio, cierra la puerta del mueble bar y camina hasta el sillón blanco en el que tuvo su primera conversación larga con Julie en aquella fiesta tres años atrás.

Saca el sobre del bolso, se sienta en el terciopelo cómodo y envolvente del sillón y empieza a repasar los documentos que descubrió hace cuatro días mientras da pequeños tragos del líquido transparente. Por un instante levanta la mirada de las páginas y observa la extensión de césped verde y perfectamente cortado que llena cada centímetro del jardín que se ve al otro lado a través de la pared de cristal que cierra ese lado de la sala. Se queda tan embobada recordando los momentos que ha pasado aquí, con la vista fija en la hierba, que tarda unos segundos en darse cuenta de que una figura humana aparece en la escalera de la entrada del jardín. Con un movimiento casi involuntario, oculta los documentos debajo del cojín, se levanta del sillón y se agacha para rodearlo y esconderse detrás. Ahora ya no tiene tiempo de correr las cortinas de la sala. La persona en cuestión se daría cuenta de que hay alguien dentro.

Acurrucada detrás del mueble, asoma la cabeza con cuidado para intentar seguir el recorrido de la figura. Esta acaba de subir los escalones, cruza el jardín en diagonal y echa un vistazo al interior de la sala a través de los cristales que dan al exterior. Ahora puede ver que es un hombre. Ella esconde la cabeza de inmediato, pero tiene la sensación de que lo ha hecho un segundo más tarde de lo necesario y de que él ha captado el movimiento repentino.

Sea quien sea esta persona, va hasta la puerta de entrada, a escasos metros de la sala, y pulsa el timbre de la casa.

El corazón le va a cien. No sabe por qué se ha escondido. Bueno, sí, no quiere que sepan que ha venido. Pero no está en la casa ilegalmente. Tiene unas llaves para entrar que le ha dado la dueña de la vivienda. De hecho, tiene un motivo muy importante para estar aquí: está buscando a la propietaria en cuestión. Aun así, no quiere perder el tiempo dando explicaciones a personas a las que no conoce y que seguro que no harán más que ponerle trabas en su investigación. Así que aguanta paciente, con el corazón acelerado, deseando que el hombre se canse de esperar y desaparezca en cualquier momento.

Pero el hombre no se rinde fácilmente. Y el hombre, sin duda, no desaparece. Aprovecha que él todavía está en el arco de la puerta de entrada para resituarse. Deja el vaso debajo del sillón, camina a cuatro patas hasta el mueble más cercano al pasillo y opta por ponerse de pie y pegarse a la pared para salir de la sala. Ahora, cuando vuelva a mirar a través del cristal, no podrá verla tan fácilmente. Con la espalda contra la pared, oye que el sonido del timbre vuelve a inundar la sala y el pasillo de la casa. Espera paciente, asomando la cabeza de vez en cuando por el arco que separa el pasillo de la sala y deseando ver que la figura da media vuelta y cruza el jardín deshaciendo el camino que ha hecho hace unos minutos. Pero eso no sucede. En su lugar, se da cuenta de que el hombre se ha colocado en la puerta de cristal más cercana a ella, de manera que ve una parte de su cuerpo y media cara. Cuando sus miradas se cruzan, él levanta la mano y la saluda. Ella se aparta y se recluye en el pasillo. Niega con la cabeza. Sabe que no puede seguir escondiendo la cabeza debajo del ala. Se siente ridícula y a la vez tiene curiosidad por saber quién es este tío. La reacción que ha tenido cuando la ha pillado escondiéndose le ha parecido casi simpática. Vuelve a asomar la cabeza por el arco, medio avergonzada. Él sigue de pie en el mismo sitio. Es medianamente alto, ni delgado ni gordo. Parece estar bastante en forma bajo la americana de lino beis que le enmarca los hombros, y repite, incansable, el saludo, con los labios delgados esbozando una sonrisa que deja entrever una fila de dientes bien alineados bajo una nariz un poco afilada.

Decide acabar con esta farsa, da un paso adelante y se sitúa debajo del arco. Fuerza una sonrisa y le hace un gesto con la mano señalando la puerta.

Él le muestra el dedo pulgar hacia arriba y se desplaza por fuera mientras ella hace lo mismo por el pasillo interior, que está lleno de una gran diversidad de plantas a ambos lados.

Abre la puerta con un nudo en el estómago y sin saber qué decir ni por dónde irán las cosas. Su intención es saber quién es, conseguir que se vaya y echar un vistazo largo y extenso a la habitación y a la sala personal de Julie en la Casa Belart con la idea de encontrar alguna otra pista que la ayude a saber por dónde seguir. Si no encuentra nada, se verá obligada a mostrarle a su hermano lo que ha descubierto, aunque por ahora prefiere mantenerlo al margen, ya que no quiere exponer a Julie si no es necesario.

—Hola —le dice de la manera más casual que es capaz.

—Hola —le responde él con las manos en los bolsillos.

—Usted dirá —le dice ella.

—Soy Robert Levy. El señor Domènech me ha contratado para que investigue el asesinato de Laura Sabater.

—Aaah —consigue decir. Había supuesto que tendría algo que ver con la muerte de Laura—. ¿Por qué? ¿No se fía de la policía? Porque es obvio que usted no lo es —asevera ella espontáneamente.

—Ah, ¿no? —le pregunta él, divertido.

—No. Conozco a un montón de polis, incluso tengo a uno en mi familia, y puedo asegurarle que usted no es uno de ellos. Quizá lo ha sido en algún momento, pero ya no.

Él sonríe, diría que un poco sorprendido.

—Supongo que el señor Domènech quiere contar con todos los recursos posibles. Eso de que cuatro ojos ven más o mejor que dos —le contesta sin dejar de sonreír—. ¿Y usted?

—¿Yo qué?

—Bueno, tendrá un nombre que la identifique, supongo. —Sonríe de nuevo.

Le resulta imposible no devolverle la sonrisa.

—Me llamo Clàudia Capdevila. Pero háblame de tú, por favor.

—Aaah, por eso me sonaba tu cara. ¡Clàudia Capdevila, del pódcast *Se ha resuelto un crimen*! —Diría que ahora la mira divertido.

No sabe si sentirse halagada o avergonzada. Si el tal Levy conoce el pódcast, probablemente también haya visto el número que montó hace unos años y por el que todavía no la invitan a muchos de los programas a los que iba antes.

—¡No me digas que te has colado aquí para hacer un capítulo de la muerte de Laura Sabater! —continúa él sin ocultar cierto tono de reprobación.

—¡No, no, qué va! —Mueve la mano de un lado a otro—. Conozco a la propietaria. Somos amigas desde hace tiempo.

—Ah, muy bien. Pues ¿puedes decirle que venga, por favor? Tendría que hablar con ella y con su marido… Raimon, si no me equivoco.

—No es su marido. No están casados. —Enseguida se arrepiente de haber hecho este comentario. Su puñetera manía de decir lo primero que se le pasa por la cabeza.

—De acuerdo… —dice él un poco extrañado.

—Y él no está aquí. Ahora. —Se queda en silencio. No ha pensado lo que decir y no quiere meterse en problemas—. Rai. No está —repite. Se siente completamente estúpida oyendo cómo las palabras inconexas salen de su boca.

—¿Y ella?

—Tampoco.

Levy frunce el ceño.

—¿Y no sabes cuándo volverá?

—La verdad es que no.

—¿No sabes adónde ha ido? —le pregunta sin ocultar la incredulidad.

—No.

—Pero has venido con ella, ¿no? —Muestra la palma de la mano derecha.

—No.

El único indicio de la impaciencia de Levy es el cambio de peso de un pie al otro, pero mantiene el tono de voz tranquilo.

—¿Puedes llamarla, por favor?

Ella se queda en silencio y mira al suelo.

—¿Clàudia? —insiste él.

—Es que no sé dónde está. —Se calla mientras termina de decidir cómo responder. Al final suspira y levanta los ojos—. No sé dónde está Julie. Ha desaparecido. Llevo días llamándola y el móvil está apagado o fuera de cobertura.

El rostro de Levy cambia de expresión, ahora mucho más alerta y seria.

—¿Cuántos días? —le pregunta.

—Una semana y un día.

—¿Y su marido —sacude la cabeza—, pareja o como quieras llamarlo?

—Él está bien, en la casa que tienen en Sitges, donde viven normalmente.

—Y ha puesto una denuncia, supongo.

Ella niega con la cabeza.

—La puse yo el martes. Mi hermano trabaja en la comisaría de Sitges.

—A ver, ¿puedo entrar? —le pregunta el detective mirándola a los ojos.

—Sí, sí. Disculpa. Adelante. —Se retira a un lado y le abre el paso. Después lo guía por el pasillo hacia la sala, donde recupera de debajo del sillón blanco el vaso, todavía con el hielo medio derretido, y da un trago—. Perdona, ¿quieres algo? —le pregunta cuando deja el vaso vacío en la mesa redonda que tiene al lado.

—No, gracias. ¿Por qué el señor Domènech no sabe nada de la desaparición de Julie Magnier?

Ella se encoge de hombros.

—No me ha parecido que fuera responsabilidad mía comunicárselo. Ni siquiera lo conozco personalmente.

—¿Y Raimon Belart?

—Rai va a su bola. Es posible que ni siquiera sepa que han asesinado a esa pobre chica. Por lo que sé, podría llevar tres días borracho en el Prado Suburense.

—¿El casino? —le pregunta extrañado.

Ella asiente.

—¿No está preocupado por no saber dónde está ella?

—Si lo está, no lo parece, la verdad. Además, creo que tiene una aventura, aunque no sé si llamarla así, porque Julie y él tienen una relación abierta... Lo vi el martes y me dijo que estaba convencido de que volvería, que llevaba unos días rara... Pero, bueno, no te preocupes por esto. Mi hermano ya está ocupándose, y yo también, así que dedícate a investigar qué le ha pasado a Laura Sabater. No quiero distraerte de tu trabajo.

Él vuelve a fruncir el ceño.

—¿No te parece sospechoso?

—¿El qué? —le pregunta ingenuamente, aunque incluso ella se avergüenza de lo poco convincente que ha sonado.

—Que una persona de la familia Belart desaparezca una semana antes de que haya un asesinato en la Torre Domènech.

—Laura no es de la familia Domènech. Son los que cuidan la casa y viven en la Torre Vella.

—Aun así. —En un principio, ella cree que los ojos del detective se desplazan hacia sus piernas, pero enseguida se da cuenta de que lo que en realidad mira fijamente es la esquina de papel blanco que sobresale por debajo del contorno del cojín en el que está sentada—. Si yo quisiera encontrar a una amiga desaparecida —sigue diciendo—, una buena amiga con la que hago un pódcast y con la que parece que tengo muy buena relación, y encontrara a un detective que pudiera ayudarme a encontrarla, le contaría todo lo que sé. ¿Tú no?

Ella baja la cabeza y la sujeta con las manos, los codos apoyados en los muslos, mientras se acaricia las sienes. Levy espera paciente a que decida cuál de sus demonios interiores ganará la partida.

Al final ella levanta la cabeza y le responde:

—Sí, supongo que sí. —Se pone de pie y levanta el cojín para dejar al descubierto el sobre y las hojas arrugadas que hay debajo.

40

Descubrimientos

Blanca

Torre Domènech. La Ferrera. El Prat de Llobregat
13 de enero de 1990

Tuvo que esperar unos días para ejecutar su plan.

Como ya había anticipado, el día de los hechos Carles no hizo ninguna alusión a la muerte, o mejor dicho asesinato, de Jaume. Poco después de que ella volviera en sí tras el desmayo que le había causado la terrible noticia, asomó la cabeza por la puerta de la habitación de lectura.

—¿Cómo estás? —le preguntó con voz felina y fingiendo preocupación sincera.

—Mejor —mintió ella.

—¿Por qué te has desmayado, Bianca, querida? ¿No te encuentras bien?

Esa melosidad en la voz y esa falsa atención eran lo más perverso de todo, pensó ella.

—No lo sé. Creo que he pillado algo. Será mejor que durante dos o tres noches duerma aquí sola. No quiero contagiarte nada.

Él no se molestó en intentar camuflar la carcajada cínica que le surgió de la garganta dejando claro que la excusa le parecía como mínimo patética.

—Sí, es que eso de salir en bicicleta con este frío... —le contestó con una condescendencia muy practicada—. Creo que habría sido mejor que te quedaras en casa. Pero, bueno, no será necesario que duermas aquí sola. Puedes ir a la habitación. Tengo que irme unos días por negocios. Volveré el 13.

Ella forzó una sonrisa y asintió levemente con la cabeza. Solo quería quitárselo de encima.

—En fin —dijo él. Se acercó a la cama y le dio un beso, casi fantasma, en la frente—. Cuídate.

Después dio media vuelta, le dedicó una sonrisa deliberadamente histriónica y cerró la puerta tras de sí.

Habría querido ejecutar su plan de inmediato, pero se alegró de que se marchara unos días. Ella podría llorar la muerte de Jaume más tranquila, sin tener que ocultar su dolor delante del asesino del hombre al que amaba. Claro que con cuatro días no le bastaría, ni con una vida tampoco, pensaba, pero al menos le daría un margen para digerirlo todo y planear qué haría a partir de entonces.

Se quedó en la habitación intercalando lágrimas y un sueño muy ligero hasta que oyó que el motor del Mercedes se alejaba por el camino de tierra. Entonces fue a prepararse un baño caliente con sales junto a la antigua chimenea del cuarto de baño y sintió que se recomponía un poco.

Cuando estaba vistiéndose en la habitación, Dolores llamó a la puerta.

—¿Cómo se encuentra? —Era fascinante la diferencia de tono y de ánimo de esa pregunta las dos últimas veces que se la habían hecho.

—Mejor, gracias.

—¿Le subo algo de comer? ¿Un poco de caldo? ¿Una sopa de arroz y tomillo?

—No, no hace falta. Bajaré a comer a la sala.

La joven Dolores asintió.

—Pondré ahora mismo la mesa. —Y dio media vuelta.

—¿Dolores?

—¿Sí?

—¿Tienes alguna de esas pastillas que un día me diste para dormir?

Dolores asintió.

—Ahora le traigo un par o tres.

—Gracias.

—Pero mejor que se las tome después de haber comido, con el estómago un poco lleno.

—Sí, claro. —Sonrió. No tenía intención de tomárselas.

Agradeció mucho la soledad de esos días, tanto que empezó a imaginar su vida así, con la compañía tierna y atenta de Dolores y la presencia discreta de Jacint. Una vida tranquila, en paz, rodeada del silencio y la luz tenue de invierno que entraba por las ventanas, recordando a Jaume como una posibilidad que ya solo existiría en su imaginario, en otra vida, en otro mundo. Una vida de paseos junto al mar —en el que desgraciadamente no podía bañarse por la toxicidad de las aguas—, de lecturas junto a la chimenea en invierno y al sol del jardín en primavera, de pintura al óleo en el desván por la mañana y de charlas con la luna en las noches de verano; pero, en todo caso, siempre, y sobre todo, una vida sin ese monstruo a su lado.

En el momento en que le había pedido las pastillas a Dolores ya tenía claro que quería dormir profundamente a Carles para cogerle la llave que siempre llevaba encima. Solo la dejaba en la mesita de noche mientras dormía, y tenía un sueño tan débil e irascible que el más mínimo movimiento lo despertaba. Dos pastillas causarían el efecto deseado y podría coger la llave y registrar el despacho por la noche mientras él roncaba. Carles siempre se tomaba un whisky o dos sin hielo antes de irse a dormir, que se servía él mismo del carrito de bebidas de la sala de estar mientras veía *Documentos TV*. Así que pensó que trituraría las pastillas y echaría el polvo en el interior de la botella de Dalmore medio vacía.

Esperó a después de la medianoche del último día que estaba sola para llevar a cabo su plan. Al coger el mortero para aplastar las pastillas y convertirlas en polvo se le ocurrió la posibilidad de agilizar y simplificar el proceso echando en la botella mucho más polvo del que había pensado originalmente. La idea de que Carles se durmiera y no volviera a despertarse le resultó muy tentadora. Seguramente con tres o cuatro pastillas sería suficiente para conseguirlo. Pero enseguida un malestar creciente se apoderó de su estómago y le hizo entender que nunca se perdonaría haber hecho algo así, haber dejado que él la envenenara de tal modo que hubiera acabado convirtiéndose en una asesina. Sabía que, si lo hacía, nunca más podría vivir con la conciencia tranquila. No. Carles pagaría por lo que había hecho cuando se destapara la corrupción y la red criminal de la que formaba parte, y acabaría encerrado en una cárcel donde echaría de menos los lujos que consideraba normales, sintiéndose absolutamente miserable e impotente cada segundo del resto de su vida.

Así que acabó de triturar dos pastillas, las echó con delicadeza en la botella de Dalmore y se fue a dormir con la sensación de que el día había sido bastante provechoso.

Al día siguiente, como era de esperar, Carles llegó por la noche y escupió unos cuantos comentarios envenenados. Ella le dijo que se iba a dormir y él se quedó solo en la sala, con las luces apagadas y los colores centelleantes del televisor pintando los trozos de pared blanca que separaban la multitud de cuadros de familia que la ocupaban.

No tuvo que esperar mucho para ver, medio escondida en el rellano de la escalera, que Carles se echaba whisky en el vaso y se sentaba en su sillón de piel negra. Cuarenta minutos después ya dormía profundamente.

Por un momento desconfió de que todo hubiera sido tan fácil. Pero bajó la escalera de puntillas, se acercó al sillón y extrajo con extremo cuidado las llaves del bolsillo de la americana que todavía llevaba puesta sin ningún problema.

Cuatro minutos después y dos pisos más arriba, el mundo secreto de Carles Domènech se abrió ante sus ojos.

Y era mucho peor de lo que había imaginado.

41

Un mar de lágrimas

Dèlia

La Ferrera. El Prat de Llobregat
28 de septiembre de 2025

Seguramente porque ha presenciado la tristeza de Ferran hablando de Laura, de repente piensa en Oriol y le entran muchas ganas de verlo. Coge la bici y se aleja ligeramente de la casa antes de hacer la llamada. Se da cuenta de que estuvo un poco seca con él ayer y quizá le hizo pagar un malestar del que él no era responsable.

Oriol contesta al teléfono al segundo tono y quedan en verse media hora después en la playa donde se conocieron.

Lo ve llegar caminando por la arena, con el pantalón vaquero ancho de color azul muy claro, casi blanco, remangado hasta por debajo de las rodillas y los pies descalzos besados por las olas que se convierten en espuma cuando llegan a la orilla. El viento le acaricia el pelo largo castaño y medio rizado. Se lo aparta de la cara cuando está a escasos metros de ella y le dedica una sonrisa. Ella se levanta y se dirige hacia él para fundirse en un abrazo. Al estrecharlo entre sus brazos se da cuenta de que lo ha echado mucho de menos desde que ha pasado lo de Laura. Piensa si de alguna manera tiene que sentirse culpable de querer buscar confort en esta situación y lo ha evitado por una especie de respeto a Laura. Le parece injusto que ella pueda estar sintiendo todas estas cosas y que su amiga ya no pueda sentir nada nunca más, especialmente si murió por su culpa.

—Hola... —le dice él, sorprendido por la explosión de cariño, y la aprieta con fuerza contra su pecho. Se da cuenta de que está llorando—. Lo siento, Dèlia. Siento mucho lo que ha pasado. Siento que hayas perdido a Laura. Sé que la querías mucho. —Le da un beso en el pelo.

—¡Es que no entiendo nada! —solloza ella—. ¡No entiendo qué coño está pasando!

Él sigue abrazándola en silencio, haciendo un movimiento rítmico casi imperceptible, como quien transforma en energía física una nana, que, junto con el susurro constante y repetitivo de las olas, acaba tranquilizándola del todo. Es como si su presencia y el contacto con Oriol fueran un bálsamo para su sistema nervioso. Siempre le ha oído decir a su abuela que este es un buen indicador de que estás con la persona correcta.

—¿Cómo es que al final te han dejado salir? —inquiere él cuando ya están sentados uno al lado del otro frente al mar que los observa.

—He ido a ver a mi primo.

—¿Ferran?

Ella asiente. Se queda un instante en silencio y después le explica:

—Era el novio de Laura. Llevaban un año saliendo.

—Ah, ¿sí? —le pregunta sorprendido.

—Sí.

—Pues anteayer lo disimularon muy bien. ¿Por qué no me habías dicho nada?

—No lo sabía.

—¿Ella no te lo dijo? —Se da cuenta enseguida de que ha metido el dedo en la llaga.

—No, no me lo dijo —le contesta sin apartar los ojos verdes del agua medio gris, medio azul.

—¿Por qué crees que lo mantenía en secreto?

—Por la diferencia de edad, supongo... Y porque ella era hija de los que cuidan la casa, y él un Belart..., al fin y al cabo.

—¿Te habría importado? Quiero decir, si te lo hubiera dicho, ¿habrías reaccionado mal?

—¡No, en absoluto! ¡Ni de coña! —Después lo reconsidera un momento—. Bueno, creo que no. Es cierto que no me gustan algunos de los amigos de Ferran, pero él es buen tío. Antes pasábamos mucho tiempo juntos, cuando éramos pequeños. Es lo más parecido a un hermano mayor que he tenido.

—¿Crees que alguno de esos amigos puede tener algo que ver con la muerte de Laura?

La pregunta le parece un poco rara.

—No, no hasta ese punto —le responde—. Al fin y al cabo, estaba con él, ¿no? No dejaría que le hicieran daño.

—Obviamente, hubo algún momento en el que no fue así; si no, no habrían tenido ocasión de matarla.

—Este es el tema. Él dice que quiso acompañarla a casa, como hacía siempre, pero que ella le dijo que quería volver sola. Que eran diez minutos desde la casa de madera hasta la Torre Vella y que le iría bien para serenarse un poco. Le pidió que le enviara un mensaje cuando llegara, pero se quedó dormido antes y no vio que el mensaje no había llegado.

—¿Y tú te lo crees?

—¡Claro que me lo creo! ¿A ti qué te pasa?

—Solo pregunto, Dèlia. No parece descabellado asumir que, si ha pasado en la reserva, tiene que haber sido alguien que puede acceder fácilmente.

Ella no responde. No aparta la mirada de la masa de agua infinita que se casa con el cielo en la lejanía.

—Cualquiera puede saltar una valla desde la playa o desde el perímetro que rodea la reserva y la separa de la carretera y del camino a la playa —le dice ella.

—Tenéis vigilancia, me lo dejaste claro desde el primer día.

—Hay puntos muertos, lo sabes perfectamente.

—Pero porque me los has mostrado tú —se justifica él—. Porque los de dentro sabéis cuáles son. Pero dejémoslo correr, no quería empeorar la situación preguntando sobre Ferran. Perdona.

—Es que todo el rato estás dando por sentado que querían matar a Laura —sentencia, ahora sí, mirándolo a los ojos.

Él no responde al momento, pero sus facciones se endurecen de una forma imperceptible para una persona que no lo conozca, aunque no para Dèlia. Desvía la mirada y la dirige más allá de donde ella está sentada, hacia los espigones.

—Iba vestida como yo, Uri. No puede ser casualidad.

Le parece que la mirada de Oriol se enturbia.

—No deberías estar aquí —le dice de repente en tono seco.

—¿Qué te pasa ahora?

—Tu padre tiene razón, Dèlia. No deberías pasear tranquilamente y sin protección en esta situación.

—¡No estoy sin protección! ¡Estoy contigo, Oriol!

—Me has entendido. Yo no puedo acompañarte a casa, según tú. ¿Cómo piensas volver?

—Pero si está aquí detrás...

Él se levanta, se sacude la arena de los gemelos y le tiende la mano para que ella haga lo mismo.

—Uri, tío...

—Tenías razón ayer. Será mejor que no nos veamos hasta que todo esto se haya resuelto.

—Pero ¡¿qué dices?! Puedo pedir que alguien de seguridad me acompañe hasta aquí... No me importa que me vean contigo.

—A mí sí —le dice en un medio grito, casi enfadado.

—¿Cómo? ¿Desde cuándo...?

—No quiero seguir hablando de esto.

—Pero Oriol... —No entiende este cambio repentino. Le es imposible encontrar alguna explicación.

—Hablaremos de todo esto cuando esté resuelto. No antes.

—¿Y si no se resuelve?

Él se encoge de hombros.

Nota que las lágrimas se le escapan, traicioneras. La incomprensión y la ira se unen para generar la fuerza que su cuerpo necesita ahora mismo. Recoge el pareo con una mano, le dirige a Oriol una mirada llena de frustración y dolor, y da media vuelta, decidida, hacia la bicicleta que ha dejado a unos setenta metros, al principio de la playa.

Cuando gira el cuerpo al llegar, la figura de Oriol ya solo es un punto en la lejanía.

42

Conexiones

Levy

Casa Belart. La Ferrera. El Prat de Llobregat
28 de septiembre de 2025

Se alegra de haber seguido su instinto y haber visitado la Casa Belart. En un principio no tenía ninguna intención de hacerlo, porque quería llegar a Ca la Lola y leer el informe de la autopsia enseguida, pero, cuando ya estaba en la valla blanca de entrada a la reserva, una corazonada lo ha animado a tomar un camino diferente de vuelta; y hace tiempo que ha aprendido que siempre debe hacer caso a su intuición, porque no es más que su cerebro trabajando de una manera diferente con el mundo que lo rodea.

Aun así, en ningún caso se imaginaba que se abriría todo este nuevo mundo de posibilidades para la investigación; evidentemente, no puede ser casualidad.

—Entonces crees que Magnier no es su apellido real —le dice a Clàudia después de que esta le haya mostrado la noticia de la desaparición de Gemma Guitart.

—Creo que se lo cambió para acercarse a la familia y conseguir más información sobre lo que pasó, porque estaba convencida de que habían tenido algo que ver, pero no podía demostrarlo.

—¿Y no la reconocieron?

—Se acercó ocho años después y se cambió el color del pelo y el estilo. Piensa que en el noventa y nueve Rai no vivía aquí, vivía en Estados Unidos; si le llegó algo de lo que había pasado, sería muy poco.

—Ya, pero ¿y los demás?

—Los demás no se dignaron a hablar ni con ella ni con su padre, ya lo has leído. Si los vieron fue en las noticias, y de pasada. De todas formas, no creo que se fijaran en mucho más que en sus ombligos. Además, el núcleo duro de los Belart, los padres y los gemelos, murieron dos años antes de que Rai y ella se conocieran, en 2005, en un accidente marítimo. Y los Domènech se quedaron un poco al margen de la desaparición de Gemma. No creo que Julie haya sospechado nunca de ellos, ni que ellos hayan sido conscientes de que Julie es la hermana de Gemma.

—Eso corroboraría que no tuvieron nada que ver. Si no, probablemente habrían prestado más atención a cómo eran los familiares de Gemma y habrían identificado a Julie —le dice él—. ¿Cómo acabó el tema de la desaparición? —le pregunta a continuación.

—De la peor forma posible.

Clàudia busca entre los recortes de periódico, coge uno y se lo tiende para que lo lea.

EL PRATENC 15 DE JULIO DE 1999

LA DESAPARICIÓN DURANTE LA NOCHE DE SAN JUAN DE LA JOVEN DE EL PRAT TERMINA EN TRAGEDIA

La búsqueda de la joven Gemma Guitart, desaparecida durante la noche de San Juan, ha acabado de la peor manera posible, ya que una pareja que corría a primera hora de la mañana por la playa de la Roberta, en El Prat de Llobregat, encontró su cuerpo en la orilla del mar ayer, 14 de julio, a las 6:30 horas.

El descubrimiento llega tres semanas después de que su familia denunciara la desaparición de la joven de dieciocho años, que la noche de San Juan fue a una fiesta particular cercana a la zona donde la han encontrado y no volvió a su domicilio.

Aunque el cuerpo se encuentra en avanzado estado de descomposición debido al hecho de que ha estado sumergido en el agua, la familia ha podido identificarlo gracias al anillo que llevaba siempre en el dedo anular, además de los restos del vestido que llevaba la noche que desapareció. No obstante, se espera la confirmación de la identidad por parte de las autoridades. Según estas, es muy probable que la chica decidiera bañarse en el mar esa noche y acabara ahogándose a causa del alcohol u otras drogas que habría ingerido en la fiesta, que habrían podido incapacitarla en caso de que hubiera encontrado las corrientes marinas que había esa noche (durante el día anterior los servicios de vigilancia de la playa izaron la bandera roja). Sin embargo, los encargados de la investigación han pedido paciencia mientras se realiza la autopsia del cuerpo, y esperan a que esta revele los motivos de la muerte y establezca si ha sido accidental o no para cerrar definitivamente el caso.

—¿Me pasas la noticia siguiente con los resultados o me haces un resumen? —le pregunta él mientras le devuelve el viejo papel de periódico.

—No tenía agua en los pulmones, lo que significa que muy probablemente ya estaba muerta cuando llegó al agua, así que no pudo llegar por su propio pie. Un día después de que encontraran el cuerpo, apareció una barca pequeña dañada a unos doscientos metros del lugar en el que había aparecido ella. Uno de los pescadores dijo que le habían robado la barca la noche de San Juan. Como encontraron indicios de traumatismo, propusieron la hipótesis de que había cogido la barca y se había golpeado mientras remaba, se había quedado inconsciente y a la deriva, y se había caído al agua en algún momento posterior, cuando ya estaba muerta.

—¿Ella sola? ¿Cogió la barca ella sola? —le pregunta incrédulo.

—Los gemelos dijeron que no sabían nada, y no hubo manera de demostrar que no decían la verdad. Varios chicos que asistieron a la fiesta aseguraron que ellos no se habían movido de allí hasta que se hizo de día.

Él mira hacia el cielo y chasquea la lengua.

—Sí, ya sabemos cómo funcionan estas cosas, ¿verdad? —le dice ella—. Y aún más si los chicos son de buena familia.

—No quiero hacer de abogado del diablo, pero no es imposible que sucediera lo que dictaminaron. Si la barca estaba muy cerca del agua, quizá sí pudo arrastrarla hasta el mar. Evidentemente, también es muy posible que no, no me malinterpretes. De todas formas, no termino de entender por qué Julie quiso acercarse a la familia cuando los que consideraba probables culpables ya estaban muertos.

—Yo creo que le era imposible dejar la muerte de su hermana atrás. Aunque ellos estuvieran muertos, quería saber la verdad como fuera, así que intentó acercarse todo lo que pudo.

Él arruga la nariz.

—Tienes que conocerla para entenderlo. Julie tiene un sexto sentido. Ella es..., está conectada de otra manera con el mundo que la rodea, con la naturaleza... Ve y siente cosas que los demás no vemos ni sentimos.

—¿Como espíritus? —le pregunta intentando ocultar su escepticismo.

—No, no es una médium —le contesta ella reprobándolo un poco—, pero sí es una bruja. Una bruja moderna. Con muchos clientes, por cierto, que contratan sus servicios para que les lea el tarot, por ejemplo.

No sabe cómo tomárselo.

—No hace falta creer en ciertas cosas para respetar a los que sí las creen, ¿verdad? —le pregunta ella.

—No, por supuesto. —La teoría la tiene clara.

—De todas formas, si llegas a conocerla, entenderás lo que te digo.

Él inclina levemente la cabeza considerando las posibilidades de que lo que le dice sea cierto y decide centrarse en la información que acaba de caerle en las manos.

—Tendría que hablar con Rai Belart, aunque tu hermano se ocupe del caso de la desaparición. No le importará, ¿verdad?

Ella niega con la cabeza.

—Pues si me pasas su teléfono, lo agilizaremos. —Le tiende la libreta que lleva siempre en el bolsillo con el Pilot G-2 07 de color azul. No escribe con ningún otro bolígrafo, si puede evitarlo.

Clàudia coge el móvil, que está en la mesita adyacente, busca el teléfono y lo anota.

—Y ahora dime el tuyo —le pide ella, con el teléfono todavía en la mano.

Él duda.

—¿Te he pasado toda esta información y ahora te vas a hacer el remolón y no me vas a dar tu teléfono? No me puedo creer que seas tan granuja...

Él no acaba de decidirse, con una media sonrisa en la boca.

—No eres tan sexy como te crees. Tranquilo, que si te llamo, será exclusivamente por motivos profesionales.

El comentario le hace gracia y al final le canta los nueve dígitos del móvil. Ella guarda el número en los contactos y luego le hace una llamada perdida.

—Ahora ya tienes el mío. Tampoco se te ocurra llamarme si no es para hablar de Julie —le dice muy seria, y vuelve a dejar el móvil en la mesa. Los ojos se le desplazan hacia la bolsa que él ha dejado a su lado en el sofá—. Supongo que si te pregunto por Laura Sabater me dirás que no puedes decirme nada.

—Supones bien.

—No me parece justo.

—Nadie ha dicho que lo sea. —Sonríe mientras se levanta y se cuelga la bolsa al hombro—. Yo no me quedaría aquí sola a pasar la noche, con todo lo que ha...

—Sé defenderme perfectamente.

—Aun así, es mejor no tener que hacerlo.

—¿Investigarás también la desaparición de Julie? —le pregunta ignorando lo que ha dicho.

—Solo quiero ver si tiene relación con la muerte de Laura Sabater. ¿Se te ocurre alguna relación?

—¿Además de la reserva y de que fuera aquí donde desapareció y murió Gemma?

—Eso no lo sabemos seguro —le contesta.

—Aparte de eso —insiste ella—, no. Diría que Julie y Laura habían coincidido pocas veces. La chica era muy amiga de la heredera de los Domènech y alguna vez había asistido a las comidas familiares, pero nada más. No creo que intercambiaran más de tres palabras. Además, se llevaban bastantes años.

—¿Y Rai Belart? ¿Crees que ha tenido algo que ver?

—Nunca sabes lo que está pensando Rai. Es un imbécil, pero tampoco lo veo haciéndole daño a Julie. Por más que me cueste entenderlo —y ahora, sabiendo por qué se conocieron, aún más—, tienen una relación... No sé cómo decirlo. Creo que se quieren, a su manera.

—A no ser que él haya descubierto quién es ella realmente o que ella haya descubierto que la familia Belart tuvo algo que ver con la muerte de Gemma Guitart y pueda demostrarlo...

—¿Y entonces no lo habría dejado junto con los documentos dirigidos a mí en el despacho? —Los señala, aún encima de sus rodillas.

—Bueno, solo si todo hubiera salido como ella pensaba. Pero en el pósit te decía algo así como que si has encontrado esto, significa que no ha salido bien, ¿verdad?

Ella tarda unos segundos en responderle, y lo hace con una pregunta.

—¿Puedes pedir el material que grabaron las cámaras de seguridad de aquí, de la Ferrera, a partir del domingo 21? A ti te lo pondrán mucho más fácil que a mí.

—Veré qué puedo hacer, pero ya te adelanto que ese fin de semana hubo cortes en las imágenes.

—Ah, ¿sí? Pues supongo que aquí tienes la otra conexión que te faltaba. —Lo señala con el dedo índice—. Es evidente que todo está relacionado.

Él asiente.

—Es probable, sí. —Hace un movimiento de cabeza y se dirige hacia la puerta. Ella lo acompaña y se despiden.

Él se marcha digiriendo la nueva información que ha conseguido con esta visita no planificada, y con la esperanza de que la autopsia que lleva en la bolsa le proporcione nuevas pistas que hagan que todo tenga más sentido. Absorto en sus pensamientos, como le ocurre a la mayoría de los habitantes de la Ferrera, se le escapa la presencia de una figura que lo observa desde detrás de los arbustos que bordean la piscina de baldosas verde esmeralda.

43

Aquella noche de San Juan (III)

Gemma

La Ferrera. El Prat de Llobregat
23 de junio de 1999

El contraste de temperatura y el volumen de la música en el interior de la casa se abalanzaron sobre ella. Creía que se había deshecho del todo de los efectos de lo que le hubieran echado en el vodka con Red Bull, pero vio claramente que no era así. El hormigueo en las piernas, aunque más sutil, volvió a hacer acto de presencia. «Probablemente son los nervios —pensó— y la angustia de no saber qué es lo que he ingerido. Control. Respira». Apoyó la mano en la pared de color beis desgastado e hizo un esfuerzo consciente por recomponerse. Miró a su alrededor. La sala ya estaba casi vacía, solo quedaban un par de chicas que parecían dormidas en el sofá. Se dirigió hacia la puerta y asomó la cabeza por la escalera.

—Ey, estás aquí. —Oyó la voz de Roger detrás de ella.

—¿Dónde está Sònia? —le preguntó sin devolverle la sonrisa que él le ofrecía.

—No lo sé. —Se encogió de hombros—. Estará pasándoselo bien ahí arriba. —Le guiñó un ojo.

Tuvo la sensación de que de repente la venda que tenía en los ojos se le caía y se sintió muy ridícula. Y aún más estúpida. ¿Cómo podía haber pensado, o peor, sentido, que estaba enamorada de ese energúmeno? Empezó a subir los escalones.

—Oye, déjala tranquila. No es una niña. Sabe cuidarse sola —le dijo Roger—. ¿Por qué no vienes a tomar el aire conmigo? —Extendió la mano y la cogió del brazo.

Ella se lo quitó de encima y siguió avanzando, pero él volvió a retenerla, esta vez con más fuerza.

—¿A qué juegas, Gemma? —la increpó—. Sé que vas detrás de mí desde hace tiempo. ¿No es esto lo que querías? ¿Para lo que has venido?

Ella lo miró con desprecio.

—Creía que sí, pero es evidente que estaba equivocada. —Y dio un tirón fuerte y seco para deshacerse de su brazo y escurrirse escaleras arriba.

Cuando llegó al pasillo vio que todas las puertas estaban cerradas o ajustadas. Detrás de la primera encontró al tal Jofre y a una chica, desnudos y dormidos en un colchón mugriento colocado en el suelo. En la segunda encontró a Sònia. Parecía dormida y tenía a Rafel encima, con el pantalón bajado, penetrándola brusca y repetidamente. En la esquina, una cámara con un trípode grababa el ataque.

—¡¿Se puede saber qué coño haces?! —bramó ella mientras se abalanzaba hacia él para apartarlo del cuerpo de Sònia.

—Pero ¡¿qué haces, puta?! —gritó él, y se la quitó de encima con un tortazo en la cara.

Ella cayó al suelo, aturdida. Una nube densa y dolorosa le llenó la cabeza. Pero se levantó mientras él seguía con lo que había empezado, ignorando por completo su presencia.

—Sois unos hijos de puta —escupió con los ojos llenos de odio, preparada para volver a atacar como pudiera. Los ojos se le desplazaron a una lámpara de pie en la esquina.

—Gemma, sal de aquí. —Roger apareció en el marco de la puerta—. Esto no es cosa tuya. Déjalo correr.

—¿Que lo deje correr? —exclamó llena de rabia—. ¡Está violándola, tío! Nos estáis drogando para violarnos y además lo grabáis todo. —Señaló la cámara y después se acercó y dio una patada que hizo caer al suelo el trípode y el aparato—. ¡Sois unos putos perturbados! ¡Sois unos monstruos! —Las lágrimas le brotaron, aunque intentó contenerlas. Le pareció que Sònia giraba la cabeza, entreabría los ojos y de inmediato volvía a cerrarlos—. ¿Qué nos habéis echado en la bebida? —increpó a Roger.

—No es nada. Solo una ayudita para que os relajéis un poco. Estás haciendo una montaña de un grano de arena... Además, no es una violación, no ha dicho que no quiera hacerlo.

—¡No puede, joder! ¡Que la habéis drogado para que no diga nada! ¡A ella y a todas!

—Las drogas solo desinhiben —le dijo Rafel retirándose por fin de encima de Sònia, molesto por tener que dejar lo que estaba haciendo para explicar lo que consideraba tan fácil de entender—. Eso significa que en realidad lo quería. Solo le hemos dado un empujón a la situación. A veces sois muy indecisas y os cuesta decir que sí a pasároslo bien.

—Sois unos desgraciados.

La rabia, la impotencia y la frustración le llenaban cada gramo del cuerpo. Se acercó a Sònia, todavía con lágrimas en los ojos, y le subió las bragas, que tenía a la altura de los tobillos.

—Qué va —siguió Rafel—. Esto lo hace mucha gente. Tengo un amigo en un club excursionista donde lo hacen con las chicas, y todos tan contentos. A veces ni se acuerdan de lo que ha pasado. ¿Cuál es el problema?

—Sois unos perturbados, de verdad. —Le bajó el vestido a Sònia e intentó levantarla para cargársela a la espalda.

—¿Adónde crees que vas? —le preguntó Rafel.

—A mi casa.

—Gemma, ni se te ocurra decir nada de todo esto, porque... —empezó Roger.

—¿Por qué? ¿No decís que no pasa nada? ¿Que es lo más normal del mundo? —dijo con rabia mientras intentaba que Sònia reaccionara. Pero era un peso muerto y no podía cargar con ella por la escalera.

Los dos hermanos se miraron de una forma que la asustó. Se dio cuenta, demasiado tarde, de que había hablado demasiado. Dejó a Sònia de nuevo en el colchón; era mejor huir y pedir ayuda en cuanto hubiera salido de la reserva. Se incorporó luchando contra las náuseas amenazadoras que le subían por el esófago y se dirigió hacia la puerta. Pero Rafel la detuvo interponiéndose en su camino.

—Déjame pasar. —Intentó con todas sus fuerzas que no le temblara la voz, pero sentía que estaba a punto de vomitar y de desmayarse a la vez. Cuando se imaginó inconsciente en esa habitación, el corazón se le disparó a lo que le parecieron mil latidos por segundo—. ¡Te he dicho que me dejes pasar! —Y lo empujó para apartarlo de la puerta.

Él retrocedió solo un poco, pero lo suficiente para que ella pudiera aprovechar el hueco que había dejado en la puerta para colarse y bajar a toda velocidad la escalera de gres. No entendió cómo consiguió transitarla y llegar a la planta baja de una sola pieza. Mientras cruzaba la sala tropezó con las piernas de una chica tirada en el suelo. Giró la cabeza y vio a los dos hermanos al final de la escalera. Entendió que discutían sobre si seguirla o no. Se levantó de nuevo y salió a toda prisa en dirección a la Scoopy buscando con la mano las llaves en el bolso de cuero. Al sacarlas, se le cayeron. Los Belart estaban en la puerta de arco de medio punto y avanzaban hacia ella. Las recogió, saltó al asiento de la moto sin ponerse el casco, las metió en el contacto y arrancó el motor.

En cuestión de segundos aceleró al máximo la moto, que por un momento resbaló en la grava y consiguió escapar por los pelos de la mano amenazadora de Rafel Belart, que intentaba tirarla, mientras ella desaparecía tras una nube de polvo gris.

44

Una nueva vida en juego

Blanca

Torre Domènech. La Ferrera. El Prat de Llobregat
14 de marzo de 1990

Observó el exterior a través de los cristales de la Torre. Empezaba a sentir que se acercaba la primavera. Aunque en la Ferrera la mayoría de los árboles eran pinos —allí se conservaba el pinar más virgen de la zona— y, por lo tanto, no marcaban gráficamente con las hojas el paso de las estaciones, como tampoco lo marcaban el mar o la arena de la playa, la reserva indicaba de otras maneras sutiles que el cambio se acercaba. La ventana abierta le dejaba percibir que la temperatura de la brisa aterciopelada empezaba a ser un poco más cálida, especialmente en las horas centrales del día.

Más allá, ya casi en los arenales, los tamariscos empezarían a florecer a partir de abril, y en muchos casos sus flores pequeñas y rosadas los acompañarían hasta el verano, cuando la trencadalla, en los estanques y las marismas, también de flor rosada, empezara a florecer.

La hierba del jardín empezaría a ser más verde que nunca, y una gran variedad de aves como el martín pescador, la cerceta o el chorlitejo patinegro harían acto de presencia, junto con las ratas de agua y las libélulas, que poblarían las aguas y el aire de los estanques y las marismas de la reserva.

La primavera era la época en la que la necesidad de conservar la reserva intacta se hacía más evidente para preservar la vida de todas esas especies que se veían amenazadas constantemente por la avaricia invasora del hombre.

Se colocó las manos en el vientre con ternura, pero también con preocupación.

No podía ser casualidad que estuviera engendrando una nueva vida en ese momento, después de que Jaume perdiera la suya. Le daba miedo seguir adelante con el embarazo, claro, pero sentía que debía hacerlo. Ese hijo o esa hija sería el legado que el amor que habían compartido manifestaba a la tierra. Otra flor de esa primavera, que no solo no se marchitaría con el paso del tiempo, sino que se haría grande, fuerte y noble, como lo había sido su padre.

El único problema, como siempre, era la presencia insufrible y peligrosa de Carles.

Hacía dos meses que había hecho llegar a la policía, de forma anónima, a través de Dolores, fotografías de todos los documentos y anotaciones contables que había encontrado en su despacho y que lo involucraban inequívocamente en una trama de corrupción y tráfico de personas y drogas vinculada con el Hotel Baviera, que era el nombre de uno de los prostíbulos más grandes del país en ese momento, de sobra conocido en la comarca.

Lo que había descubierto no había hecho más que aumentar el desprecio que sentía por ese hombre con el que se veía obligada a compartir techo, pero también el miedo. Ya en la conversación que había oído por casualidad justo antes de decidirse a huir con Jaume había descubierto que había sido idea suya drogar a las prostitutas para que fueran más productivas y tuvieran más energía para «aceptar» a más clientes cada día. Mujeres a las que traían al país engañadas, a las que prometían documentación para poder quedarse y trabajar dignamente una vez les pagaran lo que supuestamente les debían, y a las que robaban toda identificación. Mujeres y chicas, en muchos casos menores de edad, a las que secuestraban y extorsionaban a cambio de una comida escasa al día y un trozo de colchón roñoso en una de las habitaciones secretas del llamado hotel, que quedaba cerrada con una falsa pared cuando se hacían las pocas redadas que se habían hecho, porque siempre alguien los avisaba antes.

Se dio cuenta de que era muy probable que el sobre con la documentación que debía hacer caer a Carles y sus compañeros criminales hubiera sido interceptado por alguien de dentro que también estaba implicado, y que, por lo tanto, habría evitado que esa información llegara a las manos adecuadas. Probablemente, lo habían calcinado o pasado por la trituradora de papel hacía semanas. Así pues, debía encontrar una manera de volver a hacer llegar esa información (por suerte se había quedado los negativos de las fotografías de los documentos) a la persona adecuada, y quizá dicho individuo no estaba entre las autoridades, sino que trabajaba en algún medio de comunicación. Tenía que estudiarlo un poco, porque Carles tenía influencia y amigos en diversos sectores —le venía de familia—, pero estaba convencida de que era una idea del todo factible.

El pensamiento la alivió un poco. Volvía a ver una salida. Ahora debía pensar en la manera de gestionar el tema del embarazo. En dos meses más se le notaría físicamente y, si su plan todavía no había funcionado, era imprescindible que Carles estuviera convencido de que el hijo que llevaba dentro era suyo. Y solo había una solución posible. Hizo una mueca de rechazo y asco solo de pensarlo. Lo último que quería era acostarse con el asesino de ese futuro prometedor al lado de un hombre que de verdad la amaba. Pero esa nueva vida, ese pedazo del amor que ella y Jaume habían compartido, se merecía el sacrificio. Recordó que cuando se quedó embarazada de Mateu, él apenas prestó atención al proceso, y ella empezó a echar barriga más bien tarde. Era posible que creyera que era suyo si era rápida y convincente, no solo en ese momento, sino durante los días de antes y después. Si él al menos dudaba, tendría más posibilidades de seguir adelante de forma segura con el embarazo, y con suerte Carles ya estaría en la cárcel cuando ella pariera.

No era un plan perfecto, pero era la única opción que se le ocurrió en ese momento. Y quizá porque era primavera y porque gestaba una vida dentro de ella, se sintió más optimista de lo que era normal en ella.

45

Un grito en medio de la oscuridad

Julie

Casa de los Guitart. El Prat de Llobregat
17 de julio de 1999

La luz no entraba en la casa de los Guitart desde hacía tres días. Los ocupantes del habitáculo de una única planta de la calle Penedès habían bajado las persianas indefinidamente y corrido las cortinas de la sala de estar y de las habitaciones para dejar que la oscuridad les envolviera el cuerpo dolorido y los ojos llorosos. Era la única forma de hacer que el mundo exterior y el interior tuvieran algún tipo de consonancia y sentido.

Ella, que era muy intuitiva, sabía que su padre no tardaría mucho en abandonarla. Que la muerte de la mujer a la que amaba, hacía dieciocho años, y la de la hija que lo había dejado ahora eran dos tragedias insuperables para vivirlas en una misma vida, que las ganas de vivir se habían desvanecido en el mismo momento en que habían identificado lo que el mar había tenido la gentileza de devolverles de Gemma, que ni siquiera era ya ella.

Si no fuera por esas aguas, pensó ella, habrían seguido viviendo sin saber a ciencia cierta si Gemma estaba muerta. A ella nunca le había gustado mucho la playa, pero desde ese momento sintió que el mar y ella tenían a su hermana en común, que esas aguas en las que la gente del pueblo no podía bañarse porque eran el vertedero de media Cataluña conocían el secreto de lo que le había pasado a Gemma, un secreto que estaba convencida de que no tenía nada que ver con la historia que se había inventado la policía. Por eso, a partir de ese momento, hizo de las visitas semanales a la playa un ritual. Iba con el coche, aparcaba, caminaba hasta el lugar de la playa de la Roberta donde habían encontrado a su hermana, se sentaba en la arena y observaba cómo las olas la reconocían y la saludaban, intentaba descifrar qué querían decirle y hablar su lengua para poder descubrir la verdad. Gran parte de su interés por la conexión con los elementos naturales y la magia surgieron entonces. Fueron un bálsamo para superar la muerte de su padre, que, como había predicho, se rindió cuatro meses después, y que, como animaba a hacer el otoño, soltó todo lo que no necesitaba, que era precisamente su vida. El hombre fue apagándose como un árbol viejo que se ha quedado sin savia, dejando caer todas las hojas secas y desnudándose para morir, seco y retorcido, los primeros días de noviembre.

Ella se encontró sola, triste y llena de rencor, y descubrió en el esoterismo y la brujería el refugio que necesitaba y la manera de conectar más allá de un mundo que le parecía que no tenía sentido.

Empezó a meditar de forma regular, a leer todos los libros de magia que encontró en las bibliotecas y librerías especializadas, a visitar y frecuentar a las figuras de más renombre que habitaban ese mundo tan lejano y desconocido para la mayoría. Y resultó que tenía facilidad, que tenía talento y que lo que hacía funcionaba. Y de todo lo que aprendió durante el duelo hizo su profesión. Sin embargo, aunque esa transformación la ayudó mucho, nunca pudo superar la muerte de Gemma; especialmente la injusticia que la acompañaba.

Durante los primeros años después de la pérdida desarrolló una obsesión casi enfermiza por los Belart. Seguía lo que hacían constantemente y controlaba todos los eventos sociales en los que participaban. Estaba convencida de que se habían salido con la suya gracias a su estatus y a sus contactos. Pensaba que en cualquier otra situación los habrían investigado mucho más. Pero el tiempo fue apaciguando el odio, o al menos le hizo aprender a convivir con él, y poco a poco le pareció que esa familia y el dolor que le habían causado no ocupaban un espacio tan grande en su mente.

Hasta que en el sexto aniversario de la muerte de Gemma visitó su tumba y encontró a una chica a la que no había visto nunca. Estaba frente al nicho, situado en la segunda hilera, medio agachada para dejar un ramo de margaritas —igual que los que había visto los años anteriores— detrás de la puerta de cristal que protegía la lápida.

—Hola —le dijo al llegar. No quería asustarla apareciendo por detrás sin avisar.

—Hola. —La chica sonrió brevemente. Después bajó la cabeza y dio media vuelta.

—Por mí no es necesario que te vayas —le dijo Julie.

Ella se detuvo y giró el rostro, sorprendida.

—Tienes la misma voz que ella. —Señaló el nicho.

Julie se encogió de hombros.

—Es normal, era mi hermana. —Aún le dolía decir esta frase. Ese maldito pretérito aplicado a Gemma.

La chica se quedó quieta y en silencio. Era evidente que estaba pensando en algo.

—¿Eras amiga de Gemma? —le preguntó en tono amable y con interés para animarla a hablar.

—Supongo que podríamos decirlo así, aunque nuestra amistad fue muy breve.

—Es una lástima que no pudieras disfrutar más de ella. Era maravillosa —sentenció. Los ojos se le iluminaron un momento, pero no pudo evitar la sonrisa triste.

La chica asintió.

—Pude hacerme una idea por el poco tiempo que la conocí. Me llamo Sònia, por cierto.

—Julie —le dijo ella tocándose el pecho. No le pareció apropiado tenderle la mano, y darle dos besos le pareció demasiado—. ¿Dónde os conocisteis? —le preguntó de forma espontánea.

Sònia tardó un momento en responder. De nuevo era evidente que estaba evaluando algo. Dudaba. Pero Julie le dio el espacio que necesitaba. El sol ya brillaba con menos intensidad, y un saúco cercano les proporcionaba la sombra óptima para que esa tarde de julio fuera incluso agradable. La brisa del mar —el cementerio estaba a medio camino de la playa— ayudaba a que el peso de la pérdida se aligerara por un momento e invitara a los vivos a aprovechar el momento que los demás ya no tenían. Julie dejó el ramo variado que había recogido del jardín que cultivaba en la calle Penedès —formado por flores del árbol de Júpiter, unas ramas de damas de noche, que desprendían un aroma dulce delicioso, y zinnias fucsias— en el nicho, al lado de las margaritas.

—Gemma intentó salvarme la noche que desapareció —casi murmuró cuando Julie cerraba de nuevo la vitrina.

Ella giró el rostro y la miró con ojos interrogantes.

—Yo estaba en la fiesta de los hermanos Belart la noche de San Juan del noventa y nueve —le aclaró Sònia, y carraspeó antes de seguir hablando—: Fue en la Casa Masferrer. Conocí a Gemma en la puerta de la reserva y nos caímos bien. Después, durante la noche, empecé a sentirme muy cansada y mareada. Uno de los hermanos me llevó a una habitación con un colchón en el suelo con el pretexto de ayudarme, pero me violó y lo grabó. Gemma entró cuando estaba a medias y lo obligó a detenerse. Tiró la cámara al suelo. No lo recuerdo bien, es como un sueño, como una pesadilla, vaya. Dijo que contaría lo que estaban haciendo, que nos invitaban para drogarnos y violarnos, y huyó corriendo. Ellos la siguieron. No sé qué más pasó, pero estoy segura de que la cosa podría haber acabado mucho peor para mí si ella no hubiera entrado en la habitación. Se la jugó por mí. Y por las demás chicas. No sé qué pasó esa noche, pero…

—¿Se lo dijiste a la policía? —le preguntó ella, visiblemente agitada.

—No —le respondió avergonzada.

—¿Por qué? —replicó con una ira irreprimible.

—Mis padres me dijeron que no contara nada. Que no tenía pruebas y que nadie creería que los Belart habían hecho algo así. Que era mi palabra contra la suya y que tenían tantos contactos que nos arruinarían la vida.

—¿Y las demás chicas? —Su incredulidad solo había disminuido un poco.

—No sé quiénes eran. Todas llegamos solas. Ninguna fue con sus amigas. Cuando me desperté en la habitación, ya era de día y en la casa no había nadie. Salí de allí corriendo, como pude. Cuando me enteré de lo que le había pasado a Gemma, por las noticias, no me lo podía creer. Quise decir algo, pero no sabía cómo hacerlo sin exponerme, sin contar lo que me habían hecho… ¡Me daba mucha vergüenza haberme metido en esa situación! Y me dio miedo acabar igual que ella…

—¡Tú no hiciste nada malo! —gritó Julie, indignada.

—Sí, ya lo sé, pero cuesta sentirlo así. Es estúpido, pero es lo que me pasó. De niñas nos cuentan el cuento de Caperucita Roja y después no sabemos identificar a los lobos.

—Los lobos no son el problema. Ni son tan crueles. El problema es que nos cuentan que el que se come a Caperucita es un lobo disfrazado de abuela, cuando en realidad el que se la come es un hombre disfrazado de lobo.

Sònia asintió. No sabía qué decir.

—Entonces, crees que la mataron ellos, ¿verdad? —le preguntó Julie.

—No puedo estar segura. Pero que les dijera que pensaba delatarlos no les hizo ninguna gracia, y ella no volvió a aparecer hasta que la encontraron muerta. La teoría de la barca es absurda, a no ser que intentara huir por el agua a través del estanque. Pero no recuerdo que hubiese ninguna cerca de la casa, y por la mañana su moto no estaba. No sé si pudo huir o no sin que la pillaran. No sé qué pasó... Pero no puedo quitarme esa noche de la cabeza.

—Todavía puedes denunciarlos —le dijo seria—. La violación no prescribe hasta los quince años, y pueden caerles hasta doce años de cárcel.

—¿Con qué pruebas? Seguimos igual, pero peor, porque ahora ha pasado mucho más tiempo. Debería haberlo hecho al día siguiente, y no fui capaz. —Bajó la cabeza.

Tuvo que contener el afán de insistir, de convencerla de que valía la pena luchar por conseguir que se hiciera justicia. Por su hermana. Por ella. Por todas las chicas que habían sufrido las agresiones. Se preguntó cuántas veces habrían drogado a chicas. Supuso que esa noche se habrían asustado, pero que probablemente, al ver que habían salido indemnes, habían vuelto a hacer lo mismo después de dejar pasar un tiempo prudencial. De hecho, era muy posible que siguieran haciéndolo. Pero enseguida recordó las dificultades que habían tenido su padre y ella en los días posteriores a la desaparición. Que nadie había interrogado a los hermanos. Que habían establecido la narrativa de que su hermana había bebido demasiado y había tomado la decisión incorrecta. El hecho de que la autopsia había determinado que la muerte de Gemma había sido accidental. El poder que ostentaban los Belart en diferentes círculos políticos. Sònia tenía razón. Era una cruzada perdida antes de empezar. No era una guerra que pudiera ganar siguiendo un sistema a menudo echado a perder y de resultados injustos. Tenía que elegir otro camino.

—No. Tienes razón —musitó—. No servirá de nada. Pero te agradezco que me lo hayas contado. Estoy orgullosa de Gemma por lo que hizo. —No quiso reprimir la lágrima que le resbaló por la mejilla.

Sònia se acercó a ella y la abrazó indecisa.

—Lo siento. Siento no haber estado a la altura —murmuró.

—No eres tú quien debe sentirlo. Pero, créeme, un día u otro pagarán por lo que hicieron. —Y le devolvió el abrazo con fuerza.

46

Ladrones

Dèlia

Torre Domènech. La Ferrera. El Prat de Llobregat
28 de septiembre de 2025

Entra en la Torre Domènech con la cabeza gacha para ocultar el rostro enrojecido por el llanto. Ahora mismo no quiere tener que dar ningún tipo de explicación. Pero la voz de su padre la atrapa en mitad de la escalera.

—¿Por qué has tardado tanto? —Está enfadado, sin duda. Tanto que de entrada no repara en los ojos llorosos de su hija.

—¡No he tardado tanto! He caminado un poco por la playa después de ver a Ferran —le contesta parada en la escalera.

—¡Pues se acabó! —asevera taxativamente.

—¿Por qué? —grita ella, indignada—. ¡Si estaba aquí al lado!

—¡A partir de ahora no volverás a salir de aquí sin que te acompañe alguien! —Levanta el dedo hacia el cielo y lo baja hacia el suelo—. ¿Me has oído? ¿Te ha quedado claro?

—¡No seas ridículo, papá! Soy mayor de edad. No puedes tenerme secuestrada en casa.

—¡Claro que puedo! Cuando te has ido me han llamado y me han amenazado directamente con hacerte daño, Dèlia. Esto es serio. —Ahora la ira ha disminuido un poco y ha dejado paso a la preocupación.

—¿Quién te ha llamado? —le pregunta ella. Un escalofrío le ha recorrido el cuerpo.

—¿Crees que me ha dicho quién era? Pero me ha amenazado con que, si no cedía a las presiones para vender, la próxima vez quizá te harían daño a ti.

Ella se queda callada.

—Podría ser alguien que está aprovechando la ocasión porque lo ha visto en las noticias.

—Podría ser —acepta su padre—, pero no correré el riesgo de que no lo sea y te pase algo. De momento, así están las cosas.

Ella asiente en silencio.

Es entonces cuando su padre se fija en los ojos enrojecidos.

—¿Te ha pasado algo en la playa? —le pregunta mucho más suavemente señalándose los ojos y señalándola después a ella.

—No. Estoy triste por Laura.

Él asiente.

—Siento mucho lo que está pasando, Dèlia. Quizá tendríamos que venderlo todo y marcharnos de aquí.

Ella lo mira asombrada.

—¿Qué? —le pregunta él.

—Que nunca en la vida has cedido ni un milímetro a las presiones de vender para la ampliación del aeropuerto.

—Ya, pero la situación es muy grave.

—Si es cierto que una cosa tiene que ver con la otra, es terrorismo. Nosotros no cedemos al terrorismo. Me quedaré en casa, no te preocupes. Pero tú no cedas, papá. No dejes que se salgan con la suya. No dejes que, además de haber matado a Laura, se carguen nuestra casa.

Él la mira orgulloso.

—Tienes razón. Gracias, cariño.

Ella baja la escalera para reunirse con él en el rellano.

—Gracias a ti, papá, por luchar siempre por la familia y por la Ferrera. Saldremos adelante, ya lo verás. —Y le da un abrazo.

Sube a su habitación mucho más recuperada, con Oriol ocupando un espacio mucho más secundario en su cabeza. Él verá lo que hace, piensa. Ahora mismo ella tiene mejores cosas que hacer y solucionar que comerse la olla con sus cambios de humor y opinión. Pero cuando levanta la almohada de la cama, debajo de la cual había dejado el ordenador de Laura, la sangre se le hiela.

El aparato no está.

Baja corriendo la escalera y se detiene delante de su padre, que está sentado en el sofá mirando algo en el móvil.

—¡Papá! ¿Ha entrado alguien en mi habitación? ¿Ha subido alguien?

—A tu habitación no. ¿Por qué?

—No encuentro una cosa —improvisa.

—¿El qué? Si es algo de ropa, quizá Dolores lo ha puesto a lavar.

Ella niega con la cabeza.

—No, no. —Se queda en silencio pensando y después añade—: ¿Quién ha venido esta mañana a la casa?

—¿De fuera? Ha venido el detective, cinco minutos, cuando lo he llamado para contarle lo de las amenazas. —Piensa un momento—. Ah, y David Sabater, que no me ha aceptado la baja que le he propuesto y ha venido a decírmelo en persona.

—¿Alguno de los dos ha subido?

—Han subido al despacho. Pero ¿se puede saber qué es lo que te falta para que estés acusando a la gente de habértelo cogido?

Ella mueve la cabeza de un lado a otro.

—Nada. No tiene importancia. Debo de haberlo dejado en otro sitio. —Y, sin dar más explicaciones, vuelve a su habitación para pensar en la manera de descubrir quién y por qué ha cogido el ordenador de Laura.

47

Autopsia

Levy

Ca la Lola. La Ferrera. El Prat de Llobregat
28 de septiembre de 2025

Camina a paso ágil entre el pinar primero, y los cañizales y la laguna después, hasta que llega a su casa temporal durante la investigación.

Treinta segundos más tarde ya está en el despacho improvisado sacando el informe de la carpeta que le ha dado Roure hace un par de horas.

En un vistazo rápido descubre que Laura Sabater murió ahogada después de quedarse inconsciente a causa de un traumatismo craneoencefálico por un golpe contundente. No encontraron el objeto con el que la habían golpeado en la escena del crimen, que han determinado que se corresponde con el lugar donde la encontró Jacint por la mañana, junto al muelle, detrás de la Torre Domènech, y que, por lo tanto, no movieron el cadáver después de su muerte. Se estima que la hora de la muerte fue hacia las tres de la madrugada.

Laura tenía heridas defensivas en las manos y los antebrazos, y también restos de ADN bajo las uñas que podrían compararse con un perfil concreto y que plantean la posibilidad de un sospechoso que presenta heridas recientes en la piel de los brazos o la cara.

Por otra parte, lee que no se han encontrado indicios de agresión sexual, lo que indicaría que este no era el motivo principal del asalto o que este se frustró a última hora.

Los resultados de toxicología indican que Laura tenía 0,9 g/l de alcohol en la sangre, que está por encima del límite que se permite para conducir, pero que equivaldría a tres copas de vino para una persona que pesara entre cincuenta y setenta kilos, un consumo que no sería inusual en una noche de Fiesta Mayor. No se han encontrado restos de otras sustancias psicotrópicas o estupefacientes en los análisis.

Se han comparado las huellas descalzas que se encontraron en el lugar del crimen con el pie de la víctima y han corroborado que coincidían. El informe también revela que se encontraron unas botas de piel negra de caña baja en una de las dos barcas de madera del muelle, que coinciden en la talla y que la familia y los amigos que la vieron esa noche han reconocido como pertenecientes a la víctima, lo que indicaría su presencia en la barca antes de la muerte. Se han tomado muestras de las demás huellas y se han encontrado correspondencias con las de Jacint Auladell, Dolores Baqué y Mateu Domènech, que proporcionaron su calzado para hacer la comparación pertinente. Además de estas, se encontraron dos tipos de huellas no identificadas que se desplazan brevemente por la zona fangosa del muelle, pero no hacia el patio de la Torre Domènech.

Coge el Nokia del bolsillo y pulsa el número uno.

—Hola.

—Hola. ¿Habéis analizado si hay presencia de agua salada en la ropa de Laura o en la barca donde han encontrado los zapatos?

—Ya veo por dónde vas. Lo gestiono.

—Gracias. Por otra parte, ¿sabías que Julie Magnier ha desaparecido?

—¿La mujer de Belart? —le pregunta extrañado—. No, no sabía nada.

—No puede ser casualidad. ¿Puedes contactar con la comisaría de Sitges, con el sargento Capdevila, y preguntar qué han descubierto? Te harán más caso a ti que a mí.

—No dejas de darme trabajo, Levy, yo que creía que contigo tendría menos —bromea.

—Espero tu llamada. —Y cuelga.

Luego marca el número de teléfono de Raimon Belart, pero la llamada va a parar al buzón después de cuatro tonos. Lo intenta de nuevo, con el mismo resultado. Prefiere no dejarle un mensaje. No quiere que sepa quién es y se prepare las respuestas a sus preguntas. Evalúa la necesidad de ir a buscarlo al casino de Sitges, pero decide esperar a que Roure le devuelva la llamada con la información de la comisaría.

Entonces suena el otro teléfono.

—Diga.

—Soy Dèlia. ¿Puedes venir a la Torre?

—Sí, claro. ¿Todo bien?

—Hay un par de cosas que ayer no te dije.

—Entendido.

—No creas que no me doy cuenta de lo que haces.

—Pues ya me lo contarás, porque no tengo ni idea de lo que hablas. Ahora voy. —Y toca el botón rojo mientras se levanta para empezar a recorrer los tres minutos que lo separan de la Torre Domènech.

48

Un animal salvaje

Carles

La Ferrera. El Prat de Llobregat
13 de septiembre de 1990

Recorrió el estrecho camino de tierra que serpenteaba entre los pinos y que llevaba a la playa de la reserva girando la cabeza de vez en cuando para asegurarse de que nadie lo siguiera. Compartir territorio con los Belart tenía diversos inconvenientes; el primero, que debían ponerse de acuerdo sobre cómo gestionar la reserva y las posibilidades que ofrecía. Aunque cada familia hacía más o menos lo que le parecía con su parte, cuando se trataba de posiciones sobre la unidad de la Ferrera las cosas se complicaban un poco más. Cuando él se plantaba diciendo que no quería negociar la venta de los terrenos, no lo hacía porque pensara que debía protegerlos del progreso, sino porque sabía que, si se hacían de rogar, podrían sacarles mucho más beneficio. Estaba también la parte de mantener el legado, claro, pero era más una cuestión de mantener el *statu quo* que de militancia ecológica. Aun así, algunos grupos ecologistas lo habían convertido en bandera del movimiento, porque daban por sentado que esta era su motivación, y él no se había molestado en contradecirlos. El caos informativo siempre jugaba a favor y daba ventaja al que conocía la realidad, en este caso, él. Esto hacía además que la familia Belart lo viera con mejores ojos por esta decisión, cuando en realidad sus planes de futuro implicaban todo lo contrario. Por otro lado, debía reconocer —pero solo ante sí mismo, claro— que parte de su posición real respecto de la venta de la Ferrera era solo para llevar la contraria a Joan Manel Belart. A su modo de ver, Sílvia Domènech, su hermana, había tenido un criterio más que cuestionable a la hora de elegir al padre de sus hijos, y el hombre, un intelectual con aires progresistas, defendía que el hábitat, la fauna y la flora de la reserva eran excepcionales y que había que protegerlos de aquellos que querían cargárselos en nombre del progreso. No podían imaginar que en la siguiente generación se daría la vuelta a la tortilla y que su hijo, Mateu Domènech, defendería La Ferrera creyendo que es lo que habría querido su padre, mientras que Rai Belart querría vender y ahorrarse los quebraderos de cabeza.

En cualquier caso, el destino había querido que las dos familias tuvieran que compartir tierras, y eso también implicaba que de vez en cuando estas contaran con la presencia espontánea de las criaturas que por fuerza resultaba que eran sus sobrinos. A Rai Belart aún lo soportaba, ya era adolescente e iba completamente a la suya, por lo que no suponía ninguna molestia. Pero los gemelos, que ahora tenían diez años, eran harina de otro costal. Tenían la mala costumbre de aparecer cuando menos te los esperabas y hacer las bromas más pesadas que se les pasaban por la cabeza. Su padre los justificaba constantemente diciendo que eran cosas de niños, que solo estaban experimentando los límites del mundo. Si hubieran sido hijos suyos, habrían aprendido que los límites no se experimentan, se encuentran y se respetan, y, si no, lo pagas caro. Pero no eran sus hijos, así que se conformó con vigilar que no estuvieran a su alrededor mientras llevaba a cabo la tarea pertinente.

El mirador llevaba años abandonado. Habían mantenido algunos, pero no era rentable mantenerlos todos, y las instituciones, por mucha reserva que fuera, no ponían ni un duro para las estructuras que estaban dentro de la propiedad privada, así que habían decidido olvidarse del mantenimiento de tres de los siete miradores. A veces debían tomarse este tipo de decisiones, cuando se tenía mucho patrimonio, pero no tanto efectivo. Con un poco de suerte, tal y como iba el Baviera, la situación cambiaría rápidamente. Era alucinante la cantidad de dinero que se podía ganar cuando se traspasaban ciertas líneas.

El mirador del sur no era de los que estaban en peor estado entre los que habían quedado dejados de la mano de Dios. Algunos peldaños de la escalera que ascendía abrazando la forma circular habían cedido al paso y el peso del tiempo, pero aún se podía llegar sin peligro de caer al vacío, o eso le parecía a él, que siempre había tenido una percepción del riesgo un poco diferente de la de los demás. Los subió con cuidado, dando zancadas más grandes cuando tenía que sortear el hueco entre unos y otros, hasta que accedió al primer piso de la torre. Era un solo espacio circular, con una pequeña ventana rectangular que todavía conservaba el cristal opaco intacto.

Una de las fieras lo miró con los ojos dorados desafiantes y gruñó. No es que fuera incapaz de ver la incongruencia que suponía tener esas bestias encerradas en esa jaula de acero, pero le daba absolutamente igual, no sentía ninguna empatía por ellas. De hecho, casi sintió una pizca creciente de poder por el hecho de tener esos animales salvajes tan magnificentes a su merced.

Abrió la bolsa donde llevaba los dos conejos que le había hecho ir a buscar y descuartizar a Dolores, se puso los guantes especiales y abrió la trampilla para lanzarles una pata. Los animales, muertos de hambre después de tres días, se abalanzaron sobre ella, y él aprovechó el momento para quitar el candado y abrir brevemente la puerta, lanzar el resto dentro y cerrarla justo a tiempo antes de que la bestia que antes lo había mirado con ojos inquisitivos se arrojara sobre ella para intentar escapar. Era lista, de eso no tenía ninguna duda. Solo debía aguantarlas un día más y podría entregárselas a su nuevo socio. Era una petición un poco excéntrica, claro. No sabía para qué demonios quería ese hombre una pareja de lobos, pero ¿quién era él para cuestionar la vida de los demás? Solo necesitaba tenerlo contento para que hiciera la inversión que había planeado y que haría subir al Baviera al siguiente nivel. Mantener a los topos callados no era fácil ni económico, pero valía la pena hacer el esfuerzo, porque la retribución sería exponencialmente positiva.

Fue entonces cuando oyó las voces procedentes de la playa. Eran los gemelos, que se pasaban un balón de fútbol mientras avanzaban por el camino que después se desviaba hacia la casa de los Belart. Se agachó y volvió a colocar el candado en la puerta de la jaula, aún con los guantes. La fiera que se la tenía jurada gruñó, con la sangre de la pieza de conejo todavía manchándole la boca, y se lanzó contra la puerta. Estaba seguro de que, si lo atrapaba, le llegaría al tuétano con un solo mordisco. Quiso dejarle claro quién mandaba allí dando una patada a la jaula antes de marcharse, pero la bestia no se amedrentó. Al contrario, lo miró con los ojos llenos de rabia y gruñó de nuevo. Después dio media vuelta y le dio la espalda en un gesto que casi lo ofendió.

Pensó que fuera lo que fuese lo que su socio quisiera hacer con las bestias, sería suficiente castigo por esa ofensa, y sonrió para sí mismo.

No sabía que cuando se encontrara de nuevo con una fiera como esas, las circunstancias serían muy diferentes de lo que imaginaba en esos momentos.

49

Un plan frustrado

Julie

La Ferrera. El Prat de Llobregat
20 de septiembre de 2025

La idea inicial de Julie no había sido acercarse a Rai, evidentemente. Tenía un plan para vengarse de los gemelos, a los que había seguido la pista y de los que sabía que muy probablemente seguían utilizando de vez en cuando el sistema que tan bien les había funcionado años atrás. Era consciente de que no era porque no consiguieran chicas con las que acostarse; los dos salían con chicas y tenían con ellas relaciones más o menos convencionales. El tema no era ese. El tema era cómo se sentían cuando lo hacían de la otra forma. El tema era que no querían una relación, querían sumisión y agresión disfrazada de una necesidad masculina no cuestionable para ellos. Lo habían hecho tantas veces, durante años, que lo habían normalizado. Y, aparte de aquel pequeño incidente en 1999, nunca les había pasado nada, así que seguían actuando con total impunidad. Hasta que ella ejecutara su plan y se asegurara de que no harían daño a nadie más.

Y entonces, la semana antes de que pusiera el plan en marcha, tuvo lugar el accidente. Su primera reacción fue de incredulidad y asombro. Había empezado a practicar hechizos y había hecho uno deseando que los gemelos pagaran por lo que habían hecho. No es que no creyera en la magia, pero no había pensado que funcionaría de esa manera, y casi le dio miedo que fuera así. A la incredulidad la siguió la alegría y le dio un ataque de risa. Después se dio cuenta del inmenso favor que esas aguas con las que llevaba tiempo hablando le habían hecho: habían cumplido su deseo sin que tuviera que mancharse las manos ni correr el riesgo de pasarse la vida en la cárcel. Pero después empezaron las noticias. Y la forma de la que hablaban de esos dos engendros y de la familia en general la puso enferma. Esa tragedia los convertía en víctimas, casi en héroes, dos jóvenes prometedores con el futuro truncado por un borracho rico e irresponsable que había desaparecido. No se le escapaba que también era una ironía que la persona responsable de sus muertes no pagara las consecuencias. Aun así, esa justicia poética no la dejó satisfecha. La gente seguía sin saber lo que habían hecho los gemelos Belart. Ella seguía sin saber qué le había pasado exactamente a Gemma, cómo habían sido sus últimas horas de vida y si había sufrido poco o mucho. Si había sabido que la muerte se le echaba encima.

Así que tuvo que buscar un plan alternativo, y ese plan fue Rai. El hermano mayor, que vivía fuera cuando sucedió todo ese horror y que se había salvado de la tragedia familiar y no estaba cuando Gemma desapareció, el pretencioso heredero único de los Belart, hasta que se supo, al leerse el testamento días después del accidente, que en realidad tenía un hermanastro, fruto de una relación de Joan Manel Belart con una tal Verònica Nicolau, que murió tres años después de un cáncer de mama.

Se cambió el color del pelo y el nombre, y encontró la manera de convencer a un amigo de Rai de que hiciera una apuesta que lo obligara a ir a verla al circo donde durante un tiempo hacía lecturas de tarot. Y su plan funcionó, pero solo en parte. Consiguió enamorar a Rai, sí, pero lo que no esperaba era que ella también acabara enamorándose de él. De la otra parte del plan, la de buscar las posibles cintas con las grabaciones de las violaciones en la casa de los Belart u otras pruebas que sacaran a la luz lo sucedido o lo que le había pasado a Gemma aquella noche de San Juan, nada de nada.

Y así, casi sin darse cuenta, fueron pasando los años y se acostumbró a habitar, cada vez en ocasiones más recurrentes, en ese lugar que estaba segura de que había sido el último que Gemma había pisado, y lo que en un principio le parecía rocambolesco y enfermizo acabó pareciéndole una manera de seguir conectada con ella. Su capacidad de compartimentación hizo el resto y creó la semilusión de que era posible amar a Rai y ese lugar sin que eso significara que había traicionado a su hermana. Y la estrategia funcionó bastante bien, era innegable, hasta que ese sábado 20 de septiembre encontró a Laura en Barcelona por casualidad, después de una consulta, y se ofreció a llevarla a casa aprovechando que ella ya se iba a Sitges y le quedaba de camino.

Cuando se lo ofreció, no podía saber que, esa noche, su vida y la de Laura se enlazarían de una manera que cambiaría su existencia para siempre.

50

Una conversación sincera

Levy

Torre Domènech. La Ferrera. El Prat de Llobregat
28 de septiembre de 2025

Dolores le abre la puerta.

—Hola —le dice con una sonrisa—. Usted por aquí otra vez. Voy a buscar al señor Domènech.

—De hecho, vengo a ver a Dèlia —le informa.

—Ah —dice un poco extrañada—. En ese caso, adelante; ahora la aviso.

—No es necesario —dice Dèlia desde el rellano de la escalera.

—¿Quieren que les prepare algo de beber? ¿Un té?

—No, gracias —responde él.

—No hace falta, Dolores, gracias —contesta Dèlia.

—Como quieran. Si me necesitan, estaré en la zona de colada. —Coge la cesta de sábanas blancas que ha dejado en el suelo junto a la puerta y se va por el pasillo.

—Tú dirás —comenta el detective desde la puerta.

—Vamos a mi cuarto. —Parece casi una orden.

La sigue escalera arriba hasta la habitación donde estuvo hablando con ella el día anterior.

—No veo que lleves nada bajo el brazo —le dice Dèlia—. No es esto en lo que habíamos quedado.

—Creo que me falta una parte de la ecuación para entender de qué hablas.

—No te hagas el tonto.

—Te aseguro que no es el caso.

—¿Dónde está el ordenador de Laura?

—Según tú, en su habitación, ¿no? —Entorna los ojos.

—Muy gracioso.

—No es mi intención serlo, pero entiendo que el ordenador en cuestión no estaba en su habitación, sino en la tuya, hasta hace un rato. Y entiendo también que sospechas que es cosa mía que ya no esté aquí.

—¿Y entonces? —le dice ella intentando mantener el tipo.

—Siento comunicarte que yo no lo tengo. Y si tú tampoco lo tienes, estamos en un apuro.

—¿De verdad no lo tienes tú? —le pregunta preocupada.

—De verdad.

—Mierda —murmura—. Ahora sí que no entiendo nada de nada.

—¿Qué te ha hecho pensar que debía de tenerlo yo?

—Mi padre me ha dicho que las únicas personas que habéis venido hoy cuando yo no estaba habéis sido David Sabater y tú...

—Pues ya sabes que uno de los dos no lo tiene. —Se queda un instante en silencio y después le pregunta—: ¿Qué hay en el ordenador que ocultaste que tenías?

—Su diario. Y quién sabe si algo más... Laura se traía algo entre manos, estoy segura, pero todavía no sé lo que era. Yo temía que fuera grave y que se hiciera público. Quería mirarlo antes de que saliera a la luz.

—Suena muy noble, pero también tiene otro nombre, que es obstrucción a la justicia.

—Pensaba dejarlo en su habitación dentro de un par de días. Solo quería protegerla...

—¿De qué?

—De lo que fuera que escondía.

—Parece que alguien ha tenido la misma idea que tú... Por lo que dices, podría haber sido su padre. Aunque hay otras posibilidades. Podrían haber entrado sin que Mateu se diera cuenta.

—¿Con el despliegue de seguridad que tenemos? Hay un gorila en cada esquina de la Torre.

Él inclina levemente la cabeza considerando las posibilidades reales.

—Yo me ocupo —le dice al final.

—¿Qué quieres decir?

—Pues eso, que yo me ocupo. Olvídate del diario y del ordenador. Ya no es cosa tuya. Por cierto, ¿hay algo que quieras comentarme de lo que leíste para ayudarme a descubrir quién la mató? —Se le escapa la ironía, pero deliberadamente no hace ningún esfuerzo por evitarlo. «Estos críos viven en una burbuja que los perjudica más que los ayuda», piensa.

—No mucho. Solo que llevaba un año saliendo con Ferran y que no se lo había dicho a nadie. Ni a mí —dice un poco dolida—. Cuando lo he leído, he ido a verlo y ya no he podido leer nada más porque al volver el ordenador ya no estaba.

—Interesante.

—Hombre, eso no lo sabías, ¿verdad? Ferran me ha dicho que esta mañana, cuando has ido a hablar con él, no te ha dicho nada.

—No, no me ha dicho nada. ¿Crees que puede haber tenido algo que ver?

—No. No lo creo. ¿Ya te ha dicho mi padre que lo han llamado amenazándolo con hacerme daño?

—Sí, me lo ha dicho.

—Yo creo que la mataron porque creyeron que era yo.

—El que ha llamado podría ser un oportunista —la tranquiliza.

Ella niega con la cabeza.

—Si lo hicieron creyendo que era yo, es culpa mía.

—Es culpa de quien lo hizo.

—No, no me entiendes. Laura iba vestida así porque yo se lo pedí. No quería que mi padre viera que volvía a las tantas con Oriol. Estaba segura de que si ella entraba antes vestida como yo, ya no miraría más adelante en las grabaciones y no me vería entrar más tarde acompañada.

—¿Por qué no me lo has dicho antes?

Ella se encoge de hombros.

—Me avergüenzo, supongo.

—Aun así —le dice él—, una vez dentro de la reserva, no hacía falta que Laura llevara la peluca, ¿no?

—No, a no ser que no quisiera que se supiera que era ella la que se movía. Pero no tiene mucho sentido, ¿verdad?

—Alguno debe de tener. Es cuestión de encontrarlo. —Se queda un momento en silencio y después cambia de tema—: A Oriol Valls lo he llamado un par de veces, pero no me ha cogido el teléfono. ¿Sabes su dirección?

—Sí, vive en el centro con su madre y su hermano.

—¿Puedes anotármela? —Le pasa la libreta pequeña que lleva siempre consigo.

—Si te soy sincera, no sé el piso. Nunca he subido a su casa.

—Anota lo que recuerdes. Ya me las arreglaré.

Ella coge la libreta y el bolígrafo y empieza a escribir.

—De todas formas, mañana lo verás en el entierro de Laura. Puedes hablar con él entonces.

—Seguro que sí, aunque no estoy seguro de que sea el mejor entorno para hacer preguntas. —Coge la libreta que Dèlia le tiende—. ¿Algo más?

Dèlia niega con la cabeza.

—Siento no haber sido sincera ayer.

—Rectificar es de sabios. Más vale tarde que nunca. —Levy se levanta de la silla turquesa.

—Ayer me dijiste algo que..., me pareció que sabías que estaba mintiendo. ¿Sabías que tenía el ordenador?

—No estaba seguro. Fue una intuición.

—Pues fue buena —le dice impresionada—. Si te lo hubiera dado, estaríamos más cerca de saber quién ha matado a Laura.

—Siempre hay más de un camino para llegar a un mismo sitio. No lo demos todo por perdido, de momento. —Camina hacia la puerta—. Llámame si te viene a la cabeza alguna otra cosa que hayas olvidado decirme —añade en el último momento.

Ella asiente. Él se despide con un movimiento de la cabeza, decidido a ir a Ca la Lola y dar la jornada por concluida. Mañana le espera un día muy interesante y, con un poco de suerte, aún más revelador que el de hoy.

51

Aquella noche de San Juan (IV)

Gemma

La Ferrera. El Prat de Llobregat
23 de junio de 1999

No se atrevió a mirar atrás hasta cinco minutos después. Pensó que si estuvieran siguiéndola con el Méhari, ya se habría dado cuenta, si no por las luces —que podrían llevar apagadas—, por el ruido del motor, así que siguió acelerando casi al máximo por el camino de tierra, entre las extensiones de cañas y el pinar, hasta que llegó a una bifurcación. Observó con atención las dos opciones entre las que podía elegir, levemente iluminadas por una luna débil y arisca. Las dos consistían en un camino de tierra, uno más estrecho que el otro. Uno estaba rodeado de cañas y el otro estaba rodeado de campos yermos que en invierno estaban llenos de alcachofas. No recordaba por dónde habían llegado. En la ida se había centrado en seguir al Méhari a través de la polvareda que levantaba, y más rápido de lo que le habría gustado, así que no se había fijado en el entorno. Se dio cuenta también de que volvía a tener náuseas y se sentía mareada. Se preguntó cuánto tardaría en quitarse esa mierda del cuerpo. La urgencia volvió a apoderarse de ella cuando le vino a la cabeza la imagen de Sònia tumbada en ese colchón, casi inerte, y de ese baboso hijo de puta abusando de ella como si nada. El miedo de que al final hubieran decidido perseguirla y la atraparan allí en medio, sin saber hacia dónde tirar, acabó haciéndola decidirse por el camino rodeado de cañizales; al fin y al cabo, era lo que había visto en cuanto había llegado a la puerta, cinco horas antes, con una perspectiva muy diferente de lo que sería esa noche de San Juan.

Así que giró hacia la izquierda y siguió transitando el sendero con la esperanza de encontrar la valla blanca en cualquier momento. Pero la valla no llegó. Encontró otras dos bifurcaciones en las que tuvo que decidir hacia dónde iba, y, nada convencida, fue eligiendo opciones. Pero cada vez estaba más mareada. Tendría que haber bebido agua antes de huir de la Casa Masferrer. Probablemente estaba deshidratada, y el agua era necesaria para que su cuerpo eliminara lo que le hubieran echado en la bebida. Sintió la tentación de beber la que corría por el estanque, pero no se atrevió. No necesitaba añadir una intoxicación extra esa noche. Aceleró por inercia, con el único deseo de que eso provocara que encontrase la salida de esa pesadilla más rápidamente, pero las ruedas de la motocicleta debieron de topar con las raíces de un pino en medio del camino, porque el vehículo y ella salieron disparados hacia delante en una curva; la Scoopy cayó a un lado y se medio hundió entre las cañas de un brazo de la laguna, y ella quedó tumbada boca abajo en medio del sendero. Intentó levantarse, pero no fue capaz. El cuerpo no le respondía. Con mucha dificultad, consiguió darse la vuelta. Tenía la boca pastosa y sentía un martilleo incesante en la cabeza, que cada vez se hacía más agudo. Se llevó la mano al cráneo y se dio cuenta de que sangraba. Una lágrima de frustración y dolor le resbaló por la mejilla cuando, con los ojos en el cielo, vio las luces rojas de un avión que aterrizaba y entendió que se había equivocado de dirección. El ruido del motor de la aeronave se disolvió entre las estrellas y el silencio la envolvió. Le pareció que el rumor del agua cercana la consolaba y le daba calma, que la brisa que le acariciaba las mejillas húmedas por las lágrimas quería secárselas y animarla a continuar. Solo necesitaba un momento para recuperarse, se dijo, ahora que ya sabía hacia dónde tenía que ir. Y si la moto no funcionaba, iría andando. Apoyó de nuevo la cabeza en el suelo, agotada, pero animada a seguir luchando. Solo necesitaba cerrar los ojos dos minutos, se dijo, solo un instante, un instante de paz. Dejó caer los párpados como quien baja el telón de una obra que ya le resulta insufrible. De repente notó una nariz húmeda en la oreja y una lamida cálida en la mejilla. Entreabrió los ojos y le pareció ver la cabeza marrón de un lobo, los belfos de color blanco, que parecía sonreír. «Eres precioso», pensó, e intentó levantar el brazo, que no le respondía, para acariciarle el pelaje. Atribuyó la visión a la droga que todavía llevaba inequívocamente en el cuerpo, decidió rendirse por unos instantes y se dejó caer en un sueño profundo, negro y atemporal. Por eso no pudo ver la luz que se acercaba a toda velocidad a escasos metros.

52

Apariciones

Clàudia

Casa Belart. La Ferrera. El Prat de Llobregat
28 de septiembre de 2025

En cuanto se ha marchado el detective, ha registrado la casa de una punta a la otra, con poca esperanza y nulo resultado. Como se temía, no ha encontrado nada que le fuera útil para seguirle la pista a Julie. Ha pensado que, si la respuesta que buscaba estaba en la Ferrera, lo mejor que podía hacer era cenar algo, dormir allí y seguir con sus pesquisas al día siguiente, aunque no tiene muy claro qué significa eso exactamente. De alguna manera, y es medio consciente de ello, espera que la brujería de Julie se manifieste y la guíe por ese rompecabezas que se le escapa. Cree que, si descubre una manera de conectar con ella, encontrará el camino que seguir.

Ya por la noche, va a la despensa y coge una lata de sardinas, unas tostaditas y una botella de vino de la bodega, y sale a la mesa del porche a comer. Como no quiere llamar la atención, enciende las menos luces posibles en el interior y coloca dos velas en la mesa para acompañar esa cena epicúrea a la luz de una casi media luna que ilumina ligeramente la noche estrellada que le hace de techo. Ya lo sabía por las notas que leyó en la libreta de Julie, pero es ahora cuando se da cuenta de la relevancia que tiene que la semana anterior hubiera luna llena, además de un eclipse parcial de sol y el equinoccio de otoño. Ve clarísimo que

Julie había decidido hacer algo concreto en esa fecha, y está segura de que, fuera lo que fuese, era ahí, en la Ferrera, y que tenía que ver con la muerte de su hermana. ¿Era posible que hubiera descubierto quién era el culpable y que hubiera querido confrontarlo? ¿Cómo encajaba Laura en todo esto? Ella ni siquiera había nacido cuando Gemma Guitart murió…

Está haciéndose todas esas preguntas cuando un leve movimiento detrás de los tamarindos cercanos a la piscina, unos siete metros más allá, le hace levantar la cabeza. Y es entonces cuando ve los ojos de color ambarino clavados en ella, estudiándola atentamente, la cabeza marrón y las orejas levantadas. No ve del todo bien, pero diría que dos líneas blancas le enmarcan el hocico y le llegan hasta las mejillas. El animal se queda quieto, sin hacer nada, pero sin apartar la mirada.

Ella deja instintivamente la tostada con sardina que tiene en la mano en el plato muy despacio y lo aleja hasta el otro extremo de la mesa sin moverse demasiado.

Está inquieta, pero a la vez fascinada por la majestuosidad del animal que tiene delante.

—No hace nada. —Oye decir a una voz masculina a su derecha.

Gira el rostro y ve a un hombre alto, con barba de muchos días, vestido con un pantalón de pana viejo y un jersey de color verde oscuro agujereado. «Lo que me faltaba», piensa. Casi le preocupa más él que el lobo que tiene delante. Parece que el hombre le haya leído el pensamiento, porque levanta las manos y se las muestra, abiertas.

—Yo tampoco hago nada. —Sonríe tímidamente.

Ella se mete la mano en el bolsillo y palpa la navaja que creía que nunca tendría que utilizar.

—¿Quién coño es usted y qué demonios hace aquí?

—Me llamo Ignasi Rimbau.

El nombre no le dice nada.

—Hace un tiempo la gente me conocía como Charles Chamberlaine —añade sin moverse de donde está.

Ese nombre sí lo reconoce, pero no le cuadra con la persona que tiene delante. Entorna los ojos intentando buscar detrás de esa barba el rostro del mago maldito que cayó del estrellato mientras alterna la mirada con el animal, que sigue inmóvil observándolos a ambos. No puede creerse lo que está pasando. No puede ser más surrealista.

—¿El mago? —le pregunta—. El que... —Detiene sus palabras—. ¿Qué hace aquí?

—Llevo meses viviendo en la reserva. Y en esta casa, cuando no hay nadie. Un poco como ha hecho usted hoy. —Le guiña un ojo.

—Yo conozco a los propietarios.

—A estas alturas yo también. —Se ríe para sí mismo y después recupera la expresión seria—. Solo quería avisarla de que no es peligrosa. —Señala con la cabeza al animal—. Me la he encontrado muchas veces y nunca me ha hecho nada. A menudo le dejo comida en la zona donde está ahora, cuando no hay nadie, seguramente por eso ha venido. Mantiene las distancias, pero hace compañía. Supongo que por muy solitario que sea uno, a veces apetece estar solo en compañía.

Sigue sin estar convencida, con la navaja todavía en la mano.

—Puede dejar la navaja en el bolsillo —le dice el exmago—. No tendrá que utilizarla.

—Eso lo decidiré yo.

—Como quiera.

Mira de nuevo a la loba. El animal cruza la mirada con ella un breve segundo y de repente da media vuelta y desaparece hacia la oscuridad, más allá de los arbustos. Bien, de momento, una preocupación menos.

—Todavía no me ha dicho qué hace aquí —le insiste al hombre, que sigue de pie, aunque ya ha bajado los brazos.

—Es mejor que el camping abandonado La Ballena Alegre. Tengo acceso a un poco de comida y de vez en cuando incluso puedo poner lavadoras.

—¿Está diciéndome que lleva viviendo aquí todo este tiempo? ¿Desde que desapareció de los escenarios después de aquel accidente?

—No, solo desde hace unos meses, ya se lo he dicho. Había venido una vez a una fiesta aquí —señala la fachada de la casa— y, cuando la reconocí un día buscando un lugar para resguardarme, me pareció que tenía que quedarme. Una cosa llevó a la otra y desde entonces alterno esta casa con la Casa Masferrer, que está abandonada, cuando vienen Julie y usted, o Julie y Rai. Total, no tengo otro sitio al que ir.

—¿No tiene casa?

—Sí y no. Lo abandoné todo cuando dejé los escenarios. Sentía que no merecía la vida que tenía después de haberme cargado lo que más amaba.

—Pero fue un accidente, ¿no? El aparato con el que estaban haciendo el truco falló. No fue culpa suya...

—Claro que fue culpa mía —le dice muy serio y alzando la voz por un momento—. Perdone —se disculpa enseguida—, prefiero no hablar de este tema.

—De acuerdo... —No sabe cómo gestionar la situación, pero piensa que, ya puestos, podría intentar sacarle un poco de provecho—. Oiga, ya que ha estado tanto por aquí, ¿cuándo fue la última vez que vio a Julie?

—El fin de semana pasado.

—¿El domingo 21?

—No estoy seguro de si era sábado o domingo. No me organizo convencionalmente según los días de la semana... —Se señala a sí mismo como explicación—. No sé si me entiende.

—¿Por la mañana?

—A media tarde. Diría que se quedó a dormir. Pero seguramente al día siguiente se marchó temprano, porque por la mañana el coche ya no estaba.

—¿Y no ha vuelto a ver su coche desde entonces?

—No.

—¿En ninguna parte de la reserva?

—No. —Niega con la cabeza—. ¿Por qué?

—Julie ha desaparecido. No sabemos dónde está —le explica, aunque no está del todo segura de estar haciendo lo correcto dándole tanta información. Por lo que sabe, él mismo podría haberle hecho algo.

—Creía que había hecho una visita a alguien de la reserva y después se había marchado —dice él pensativo.

—Disculpe, pero tengo que hacer una llamada. —Y saca el móvil.

—¿A quién? —le pregunta visiblemente preocupado—. No le dirá a la policía que he estado todo este tiempo aquí, ¿verdad?

—No, no llamo a ningún poli, no se preocupe. De todos modos, ahora que ha decidido exponerse, supongo que sabe que no puede seguir viviendo en la reserva a escondidas...

—Si le digo la verdad, me parece que lo he hecho porque he visto que esta situación debía terminar. Y con todo lo que ha pasado esta semana, y la muerte de esa chica..., he pensado que era mejor hacerme visible antes de que me encontraran y creyeran que he tenido algo que ver.

El comentario no le hace ninguna gracia. No cree que sea tan estúpido como para exponerse de esta forma, pero, dedicándose a lo que se dedica, ha visto casos muy extraños. Por suerte, enseguida responden al teléfono.

—¿Sí?

—Levy —le dice en tono muy serio—, necesito que vengas inmediatamente a la Casa Belart.

—¿Corres peligro? —le pregunta él, al otro lado, mientras coge las llaves.

—Creo que no, pero podría equivocarme. Además, hay alguien a quien tienes que conocer.

—No cuelgues hasta que llegue —le dice él. Ella oye cómo cierra la puerta de Ca la Lola—. Llego enseguida.

Asiente mientras le dirige una sonrisa forzada a Ignasi, que la observa atentamente. Al otro lado del teléfono, los pasos de Levy avanzan a toda velocidad por el camino que une Ca la Lola con la Casa Belart.

53

Despedida

Levy

Cementerio de El Prat de Llobregat
29 de septiembre de 2025

Ha dormido poco y mal. No es el mejor estado para ir al entierro de la víctima del asesinato que está investigando, pero a veces la vida va como va. «Todo tiene solución, menos la muerte», decía su abuelo. Mientras haya vida, piensa, no puede ni quiere quejarse. Y con un poco de suerte, en estos próximos días encontrará la clave para resolver el caso y podrá volver a Girona, que ya tiene ganas. No cuestiona la belleza de la reserva, es magnífica, pero va acompañada de muchos quebraderos de cabeza por las personas que habitan en ella y las de fuera. Es fascinante investigarlo, pero no tanto vivirlo. Además, aunque Ca la Lola le resultó muy agradable ayer por la mañana, cuando entró, por la noche ha experimentado una inquietud extraña que no sabe explicar, como si la casa conociera un secreto, pero no se atreviera a decírselo. De hecho, toda la reserva le provoca esa impresión, la de sentirse atrapado en un mundo asombroso en el que sabe que hay algo oculto que se le escapa, pero no logra identificar por qué en realidad tiene esta sensación. Nunca se había sentido así en un caso, y eso lo incomoda, como todas las cosas que no sabe explicar.

A pesar de las horas de sueño que ha perdido, la noche de ayer fue más productiva de lo que había anticipado, y la presencia silenciosa de Ignasi Rimbau —alias Charles Chamberlaine— en la reserva en los últimos meses, y sobre todo en los últimos días, junto con sus dotes de observación, lo ayudó a crearse una imagen un poco más completa de los hechos que han sucedido durante la última semana. El único problema, por así llamarlo, es que Chamberlaine tiene una gran predilección por el vino de la bodega de los Belart durante una gran parte del día —cuando se enteró, se hizo cruces por el hecho de que los propietarios no se hubieran dado cuenta de cuánto había bajado la cantidad de vino en los últimos meses, hasta que entendió que probablemente el servicio lo reponía y que por lo tanto nunca habían detectado el problema—; y como esto, un montón de cosas que le habían permitido a Ignasi vivir con relativa tranquilidad la vida de los Belart cuando ellos no estaban. Este estado de embriaguez, que el exmago llevaba con bastante sigilo y dignidad, lo obligó a interpretar con cierta prudencia la información que le había proporcionado.

En cualquier caso, lo primero que hizo en cuanto lo vio allí, sentado en el porche al lado de Clàudia, casi a oscuras, fue pedirle que se levantara las mangas del viejo jersey azul que llevaba puesto e iluminarlo con la linterna. No tenía arañazos ni ningún tipo de herida, ni en los brazos, ni en las manos, ni en la cara, lo que lo ayudó a descartarlo provisionalmente como posible asesino de Laura y a relajarse un poco mientras Ignasi les contaba los movimientos que había visto esos últimos días en la Ferrera.

Dio por buena la aseveración de que Julie había estado allí el fin de semana anterior a la desaparición de Laura; encajaba con la foto del radar y la dirección en la que iba, aunque podría haber ido a algún otro sitio antes, porque Ignasi dijo que había aparecido por la tarde, y que lo habría pillado dentro de la casa si no hubiera oído el motor a tiempo. Aunque al principio esta explicación le hizo sospechar de una situación crítica que podría haber acabado muy mal, no cree que él hubiera dicho nada si realmente la cosa no hubiera sido así, porque no tenía ninguna necesidad.

De todas formas, mantiene un escepticismo sano con Ignasi, con quien acordó la noche anterior que no volvería a ocupar la casa Belart y le hizo entender que debe pensar en retomar su vida, para lo que la ayuda psicológica podría serle muy útil. Incluso se ofreció a pagarle la estancia en un hotel cercano, pero, para su sorpresa, él le dijo que ya se la pagaría él sin problemas, y le explicó que su forma de vida en los últimos meses había sido buscada, no impuesta por nada ni por nadie más que él.

En otro orden de cosas, a primera hora ha recibido una llamada de Roure después que este haya hablado con el hermano de Clàudia. No tienen nueva información, pero han descartado que Rai Belart tenga algo que ver con la desaparición porque han validado su coartada, y han visto por las cámaras de seguridad de la urbanización de Sitges donde está la Casa Pinto que Julie no volvió a casa después de haber salido la mañana del sábado. Esta información, junto con lo que ha comentado Chamberlaine sobre los movimientos de algunos de los habitantes de la reserva, le confirma que Julie está más cerca de lo que pensaban. Necesita hacer un par de preguntas antes de terminar de atar las hipótesis que tiene en la cabeza y observar con atención a los asistentes a esa última despedida de Laura, ya que muy probablemente la respuesta a sus preguntas se encuentra delante de sus narices. Basta con mirar al lugar adecuado y tener un poco de suerte.

La misa ha sido breve y sencilla. Lo ha agradecido, y los padres de Laura, desgarrados de dolor, también. Dèlia y el señor Mateu no se han separado de su lado; Dèlia aguantando el tipo de una forma sorprendente, y Mateu vigilando y cruzando miradas con los agentes de seguridad a los que ha contratado, intranquilo al sentir que su hija estaba más expuesta de lo que le habría gustado en ese momento. A su lado, Ferran ha dejado caer tres lágrimas densas y llenas de sufrimiento, silenciosas y solitarias. Dolores y Jacint, por su parte, han consolado a la familia y se han apoyado mutuamente sin ocupar demasiado espacio, representando su papel, bien aprendido después de tantos años, el de sombras útiles pero reservadas al servicio de los demás, aparcando temporalmente su dolor para vivirlo después en la privacidad de sus habitaciones o compartiendo una infusión en la cocina una vez concluida la jornada. Ha visto también la figura de Roure en la última fila, aunque se ha marchado antes de que terminara el sermón.

Cuando han salido del tanatorio, Clàudia se ha acercado a él discretamente.

—Hola —lo ha saludado en voz baja.

—Hola —le ha contestado un poco sorprendido.

—He sentido que tenía que venir en representación de Julie. ¿A nadie le ha extrañado que ni ella ni Rai estén aquí?

—Si lo han pensado, no lo han dicho en voz alta. Me parece que la conmoción es muy fuerte para darse cuenta ahora. Quizá por la noche, o mañana, se les haga más evidente. ¿Has podido hablar con él?

—No, sigue incomunicado. Y jugándoselo todo, supongo.

—Perdona, tengo que... —ha empezado a decirle.

—Haz lo que tengas que hacer. Ya hablaremos. —Clàudia le ha guiñado un ojo y ha desaparecido entre la multitud.

Después, la comitiva de coches se ha dirigido al cementerio recorriendo gran parte del camino de la playa mientras los aviones los sobrevolaban cargados de gente que va o llega a mundos completamente diferentes del que ellos habitan ahora mismo.

Con los coches ya parados en el aparcamiento de césped, la procesión de asistentes, a la que se han sumado otras personas del pueblo y algunos medios de comunicación en la entrada, avanza hacia el nicho reservado a Laura Sabater, donde el ataúd espera a que lo introduzcan en ese agujero de oscuridad eterna.

Levy hace un gesto contenido con la cabeza para saludar a Mateu Domènech y se sitúa discretamente en un lateral del medio corro que observa el acto de despedida final.

—Laura no habría querido que la enterraran —susurra Dèlia a su padre—. Quería que la quemaran. —Y baja la mirada triste. Pero cuando vuelve a levantarla, los ojos se le iluminan al distinguir el pelo largo de Oriol Valls al otro lado del semicírculo. Que se haya presentado también lo alegra a él. Quizá hoy pueda cerrar más cosas de las que había imaginado, piensa.

David Sabater y Teresa están frente al ataúd, entre lágrimas, mientras lo introducen en el nicho, que se encuentra en el segundo piso. Después, el sepulturero coloca una placa blanca y la sella, a la espera de que la lápida que han encargado ocupe su lugar.

Los padres de Laura dejan una corona de flores sobre la placa, y Teresa se derrumba justo en ese momento y cae de rodillas al suelo; su cuerpo es incapaz de aguantar ni un segundo más la tensión, el dolor insoportable y la incomprensión de la situación que está viviendo.

Dèlia, Mateu, Dolores y Jacint se suman a los esfuerzos de David por socorrer a su mujer mientras la gente observa fascinada el terror de la muerte cercana y sus efectos en el corazón humano con una pizca de empatía y mucho agradecimiento por no ser ellos los directamente afectados por la tragedia. Hoy, cuando salgan del cementerio, valorarán su vida y la de las personas que los rodean un poco más de lo normal, hasta que la rutina vuelva a ahogarlos en las quejas y no les deje apreciar la magia del día a día.

Ve por el rabillo del ojo que, aprovechando la conmoción, Oriol da media vuelta con el móvil en la mano y se dirige hacia la salida del cementerio. Decide seguirlo.

Deja una distancia prudencial entre el Jeep y el Hyundai negro que conduce Oriol y lo sigue por la carretera de la playa. Después pasa por delante de la Granja de la Ricarda, cruza la rotonda con la avenida Onze de Setembre y continúa por Coronel Sanfeliu hasta que al final gira por la calle Lleida y después por la calle de Caldetes, más estrecha, donde Oriol aparca el coche delante de un bar llamado Delicias del Mar. Levy deja el coche en una zona de carga y descarga unos metros más atrás y observa que Oriol se detiene delante del bar y espera a que otro chico, más joven que él, que está hablando con un grupo de hombres de más edad, vaya a su encuentro.

Cuando los ve uno delante del otro, le resulta evidente el parecido de sus rostros; tienen que ser familiares, probablemente hermanos. Se acerca un poco más caminando por la otra acera y camuflado detrás de los contenedores de reciclaje, e intenta escuchar la conversación que están manteniendo.

—Tío, tienes que dejar de llamarme cada vez que tengas un marrón. No puedo estar solucionándote la vida siempre —se queja Oriol—. ¿Qué te ha pasado en la cara? —le pregunta después señalando el morado que tiene en la mejilla.

—Un malentendido en el bar, ayer —le contesta sin darle importancia. Y después añade—: Necesito que me dejes doscientos pavos, tío.

—No —le responde Oriol.

—Es la última vez que te pido dinero, te lo prometo.

—No, de ninguna de las maneras. Ya te he dicho que basta. Búscate un curro, como todo el mundo. Y que sea legal, a ser posible.

—Si no me los dejas, estos me romperán las piernas. —Lanza una mirada inquieta al grupo que habla animadamente en el interior.

—No te romperán las piernas por doscientos euros, Toni —le contesta Oriol, convencido.

—Estos sí.

—¡Me dijiste que no pillarías nada más, tío! —Baja la voz, pero no el tono recriminatorio—. ¡¿Por qué no puedes cumplir ni una vez tu palabra?! Estoy harto de sacarte las castañas del fuego, esto ha llegado demasiado lejos. Ya tuve que terminar tu faena con el tarado de Diego cuando estabas en la cárcel —le dice entre dientes, otra vez bajando la voz—. ¡No quiero enmerdarme más!

—Uri, tío, por favor. Irán a casa, amenazarán a mamá...

—¿Por doscientos euros? ¡Venga ya, hombre!

—¡Hostia puta, que yo intento cambiar! No es tan fácil. Tenía un plan que debía sacarme de pobre y pagar todas mis deudas para no dedicarme más a estas mierdas, pero es que no me sale ni una puta cosa bien, tío. ¡Ni una!

—¿Qué plan? —le pregunta Oriol con más preocupación que curiosidad.

Toni mueve la cabeza de un lado a otro, de repente más nervioso.

—Nada, nada... Ahora ya no importa. Lo que quiero decir es que necesito otra oportunidad. La última, tío, de verdad que no volveré a pedirte nada más. —Junta las palmas de las manos a modo de plegaria, y las mangas de la vieja cazadora marrón de cuero dejan a la vista la piel arañada de los antebrazos.

—¿Qué plan, Toni? —le pregunta, ahora más serio, Oriol, que, como Levy, ha percibido, aunque quizá solo inconscientemente, las heridas en los brazos de su hermano.

Toni resopla, con los pies inquietos, y al final levanta los ojos al cielo.

—Vale, tío, da igual. Que te den por culo. ¡Ya me las apañaré solo! —le dice de mal humor y da media vuelta para volver a entrar en el bar.

Oriol lo coge del brazo y lo obliga a frenar y a volver a girar el cuerpo.

—Dime, por favor, que no has hecho ninguna estupidez, Toni —le dice mirándolo a los ojos.

—Parece que es lo único que hago últimamente —le contesta su hermano, más abatido que enfadado, antes de deshacerse del brazo que lo sujeta y entrar de nuevo en el bar, donde los hombres lo esperan.

Frustrado, Oriol niega con la cabeza, aprieta los labios con preocupación y da media vuelta para volver al Hyundai. Levy hace lo mismo y va hacia su vehículo, decidido a seguirlo y a hablar con él, pero antes hace una llamada a Roure para confirmar sus sospechas.

Tiene una propuesta muy importante que hacerle a Oriol, y cualquier información extra puede ayudarlo. Aunque es consciente de la dificultad que comportará que la acepte, sabe que, si lo consigue, estará muy cerca de descubrir la verdad sobre la última noche de Laura Sabater.

54

Coincidencias

Julie

Gràcia. Barcelona
20 de septiembre de 2025

Ya está a punto de bajar la escalera de acceso al aparcamiento cuando la ve caminando al otro lado de la plaza del Sol.

—¡Laura! —grita, y la saluda con la mano.

La chica levanta la cabeza y la reconoce.

—¡Hola! —Cruza la plaza para ir a su encuentro.

—Hola, ¿qué tal? ¿Qué haces por aquí?

—He quedado para hacer un trabajo de la uni. Ya me iba a casa. ¿Y tú?

—Una consulta con una clienta muy peculiar, pero que paga muy bien. —Sonríe y le guiña un ojo—. Yo también me voy ya. ¿Quieres que te lleve?

—¿Vas a la Ferrera?

—No, pero está de camino a Sitges. No me cuesta nada llevarte, si quieres.

—Hombre, si no te importa —le dice tímidamente—, la verdad es que te lo agradezco. Llegaré antes.

—Pues ven conmigo. Tengo el coche aquí, en el aparcamiento.

Hacen el trayecto alternando momentos de silencio para escuchar la música de la emisora de radio iCat con una charla amable pero poco comprometida. Siempre le ha caído bien Laura, a pesar de que no la conoce demasiado. Han coincidido solo en un par de comidas familiares, y diría que nunca han tenido una conversación propiamente dicha, pero le parece una chica sencilla y honesta, y su presencia no le causa ningún tipo de inquietud, lo que no puede decir de otras personas de la reserva.

Cuando llegan a la Ferrera ya son las seis y media de la tarde, y los rayos de sol, en lugar de ser brazos abrasadores, ahora son dedos que regalan caricias cálidas y deleitables.

—Déjame aquí mismo, en la puerta, si quieres. No hace falta que me acompañes a casa —le dice Laura.

—No, mujer. Si lo hacemos, lo hacemos bien. No me cuesta nada. De hecho, quizá paso un momento por la Casa Belart a buscar un par de cosas. —Y acerca el coche a la valla verde para marcar el código de apertura automática.

Se desplazan por el camino de tierra que divide los campos de alcachofas, que cientos de metros más adelante son sustituidos por el pinar a un lado y parte del estanque al otro, hasta que llegan al rellano de grava que sirve de aparcamiento para los vehículos de la Torre Vella. Acerca el Mini hasta el cobertizo donde suelen guardar todas las herramientas y la maquinaria del campo que hay que arreglar o limpiar y, una vez parado, Laura baja.

—Muchas gracias por traerme, Julie.

—De nada, guapa —le responde.

En ese momento David Sabater sale por la puerta de la casa y las saluda levantando la barbilla.

Ella le devuelve el saludo y mete la marcha atrás para dar media vuelta. Es entonces cuando, a través de la puerta del cobertizo, capta el metal azulado, medio oxidado y deslucido, de la motocicleta que está en su interior. De inmediato su cuerpo se estremece.

Laura, que se da cuenta de que el coche no termina de arrancar y ve a Julie absorta mirando el interior del cobertizo, la mira con ojos interrogantes.

—¿De quién es esa moto? —le pregunta señalando el vehículo en el tono más casual que es capaz.

—Ah, mía —le contesta Laura—. Bueno, cuando la arregle, claro. Es antigua y está un poco tocada. La encontré ayer por casualidad cuando iba en la bici. Estaba en un estanque que se ha quedado sin agua por la sequía.

—¿Qué pasa, chicas? —saluda, ahora de palabra, David Sabater cuando llega hasta ellas. Pero enseguida percibe la mirada de Julie y, cuando la sigue, identifica la Scoopy en el interior del cobertizo.

—¿Qué hace eso aquí? —le pregunta con evidente nerviosismo a su hija.

—Ahora le contaba a Julie que la encontré ayer y la traje para ver si podíamos arreglarla para quedármela. Ya sé que no quieres que tenga moto y que te niegas a comprarme una, pero parece que el universo opina lo contrario —le dice con una sonrisa pícara.

—¡Qué universo ni qué historias! —le grita—. Te dije que no tendrías moto y no la tendrás. Olvídate del tema, ¿entendido? —Y cierra la puerta del cobertizo de una patada.

—Bueno, papá, tampoco hace falta que te pongas así —intenta tranquilizarlo Laura, sorprendida por su reacción.

Pero su padre no la escucha. Sus ojos y los de Julie se han cruzado y se han quedado enganchados durante dos breves segundos en los que ambos se han hecho un montón de preguntas de difícil respuesta.

—Bueno, tengo que irme —dice Julie intentando aparentar cierta normalidad. Y pisa el acelerador para desaparecer a toda velocidad por el camino de tierra pensando que tiene que hacer lo posible para acceder a esa moto antes de que David Sabater se deshaga de ella.

55

Huesos

Dèlia

Torre Domènech. La Ferrera. El Prat de Llobregat
30 de septiembre de 2025

Al principio, cuando empezó a tronar y a llover, pensó que era incluso poético que la Ferrera llorara así la muerte de Laura la tarde de su entierro. Pero, después, cuando el temporal se hizo cada vez más fuerte a medida que la noche cubría la reserva, empezó a preocuparse. La última vez que había pasado auténtico miedo por una tormenta había sido cuando el temporal Gloria había asolado el país, hacía cinco años. Nunca había visto el mar rugir y la lluvia arrasarlo todo de esa manera y con esa violencia inesperada. Aquellas noches el cielo había llorado como nunca antes, y ese entorno que siempre le había parecido idílico se había vuelto hostil y agresivo, como si todas las sombras, la rabia y el enfado que acumulaba la tierra hubieran explotado de repente ante sus ojos. Y anoche temió que volviera a repetirse.

Por suerte, la furia con la que escupía el viento ha ido mitigándose a medida que han ido pasando las horas, y cuando el sol ha empezado a asomar, el cielo ha dejado caer las últimas gotas débiles y se ha rendido ante la posibilidad de un nuevo día lleno de luz en el que el temporal solo forma parte de un pasado casi onírico.

Ha bajado a la cocina y se ha preparado un café con leche de avena, en silencio, mientras oía a Dolores subir y bajar la escalera tarareando esa canción de Duncan Dhu que habla sobre un jardín de rosas y que le oye cantar de vez en cuando desde que tiene memoria.

Coge la taza de cerámica con delicados dibujos de flores, llena de la bebida caliente y reconfortante, y da el primer trago de pie, delante de la cocina, como le había visto hacer a su madre antes de que esta abandonara la Torre y se marchara a vivir a París. No ha querido pensar en ello, pero que su madre no haya hecho el esfuerzo de viajar para acompañarla en el entierro de Laura, por muchos compromisos de trabajo que tuviera ayer y por más que no quiera saber nada de la Ferrera en general, le ha afectado mucho más de lo que querría aceptar. Tampoco sabe por qué esperaba que su madre tuviera esa consideración; hace años que su relación es meramente cordial, sustentada a base de llamadas rutinarias y un par de viajes anuales que sirven para cumplir la cuota mínima de interés necesaria para evitar el olvido absoluto. Aunque es cierto que cuando están juntas no están mal, tampoco están del todo bien; no se tienen el cariño real que crea la convivencia del día a día. Y es que la culpa y la distancia pesan más que el parentesco, en especial a partir de ciertas edades, y sobre todo si hay desinterés por parte del adulto por estar realmente presente en la vida de alguien que vive a más de mil kilómetros de distancia.

Se sacude el pensamiento de la cabeza y concentra la mirada en el jardín, al otro lado del cristal, mientras canturrea la canción que ha oído tararear a Dolores hace un minuto: «Dime tu nombre, y te haré reina en un jardín de rosas…».

Es en ese momento cuando lo ve.

Parpadea inconscientemente. Le cuesta creer que lo que hay al otro lado es real.

El animal, bellísimo, levanta la cabeza y sus ojos se encuentran. Son de un amarillo intenso, como la miel más pura, a juego con el pelaje marrón que le cubre el cuerpo, a excepción de dos franjas blancas de pelo que le nacen en la nariz y se extienden a ambos lados del hocico hasta llegar a las mejillas. Tiene las patas cubiertas de barro hasta un palmo por encima de las pezuñas, como si hubiera estado excavando. No puede dejar de mirarlo. Se pregunta de dónde demonios ha salido esa criatura magnífica. Algo la ata inevitablemente a esa mirada magnética, que le despierta un sentimiento que no sabría explicar. De alguna forma, se reconoce en ella. No se atreve a moverse, no quiere asustarlo. O asustarla. Algo le dice que es una hembra. Se da cuenta de que tiene algo blanquecino entre los dientes. Tarda unos segundos en entender que es un hueso. Piensa en el cementerio de mascotas cercano. Quizá lo ha encontrado allí.

Al final el animal da media vuelta y desaparece, sigiloso y a paso ligero —casi como si caminara de puntillas—, entre los arbustos y hacia el pinar.

Deja la taza en el fregadero y sale por la puerta del jardín. Unos metros más allá, en una de las esquinas del jardín, distingue una zona que hasta esta mañana era césped con un rosal blanco, y ahora solo es un barrizal con un agujero en medio.

El agua acumulada en la hierba carnosa le moja los pies calzados con las chancletas, que se hunden en la tierra mojada y avanzan dubitativos hasta que llega al lugar en cuestión.

Lo que ve la deja sin respiración.

Entre las flores rotas y mezcladas con barro y algunas piedras pequeñas, en medio del agujero excavado por lo que está segura de que es una loba, hay restos de un esqueleto humano; el cráneo que tiene delante no deja lugar a ninguna duda.

Inmóvil, fuerza un grito que entra por la ventana de la cocina y llena la Torre Domènech de terror.

56

Pesca

Oriol

Playa de la Roberta. El Prat de Llobregat
30 de septiembre de 2025

El cielo empieza a clarear cuando decide levantarse. Le resulta completamente imposible seguir en la cama con el temor del que no ha podido deshacerse después de la conversación, si es que se la puede llamar así, que tuvo ayer con Toni delante del bar. La espectacular tormenta que ha acompañado a su insomnio no ha hecho más que amplificar su inquietud.

Lo primero que hace después de vaciar la vejiga es asomar la cabeza por la habitación de su hermano. La cama está deshecha exactamente igual que lo estaba anoche. Ya se temía que pasaría la noche fuera, haciendo vete a saber qué. En la habitación doble, su madre, con el camisón rosa de toda la vida, duerme de lado, con el mando a distancia de la pequeña tele que le regalaron hace treinta años con una enciclopedia todavía en la mano. Por un momento piensa en apagar el aparato, pero sabe que entonces probablemente se despertará. Desde hace tiempo tiene que llenar el silencio con voces que no sean las de su cerebro para poder dormir, y ya no sabe descansar de otra manera.

Toma el café de pie, en la cocina, apoyado en el fregadero. El aire encajonado en las cuatro paredes del patio interior hace de altavoz de los gritos del vecino del cuarto primera, Román, que discute con su hija adolescente. Luego se viste, coge de la nevera el táper donde conserva el cebo vivo y baja al aparcamiento con los utensilios de pesca.

La playa está bastante solitaria. Aunque después de una tormenta suele estar más concurrida porque la lluvia favorece la actividad de los peces, que buscan alimento en lo que ha arrastrado el río, solo hay un par de pescadores más en la zona, y están a tanta distancia que no es necesario saludarlos. Deja la nevera en el suelo, prepara la caña con el carrete y el contrapeso, coloca el cebo en el anzuelo, como su padre le enseñó por primera vez hace más de diecisiete años, y lo lanza muy lejos. Cuando está satisfecho de la posición que ha conseguido, planta la caña y se queda de pie observando la masa inmensa de agua que tiene delante. La inquietud no ha desaparecido del todo, pero cuando está aquí se siente más proclive a tomar decisiones útiles y sensatas sobre lo que hacer. Está seguro de que, si su padre estuviera vivo, ya habría obligado a Toni a ingresar en un centro de rehabilitación. Su madre y él lo han intentado dos veces, pero no pueden obligarlo, tiene que entrar voluntariamente, y no se atreven a ponérselo como condición indispensable y dejarlo en la calle cuando se niega a hacerlo. Desea, aunque no es una persona que tenga mucha fe en el cumplimiento de los deseos en general, que pase algo que haga cambiar de una vez la vida de Toni, y de rebote la suya y la de su madre, y suelta este pensamiento al viento limpio y renovado que ha llegado con la calma posterior a la tormenta.

Dos minutos después se da cuenta de que ha picado un pez. Coge la caña y recoge la línea de pesca con fuerza hasta que recupera el anzuelo, donde encuentra una lubina de buen tamaño agonizante.

—No está nada mal. —Oye decir detrás de él.

Da media vuelta y ve a un hombre de unos cuarenta años, más bien alto, de labios delgados y nariz un poco afilada. Lleva un pantalón de color beis, un cortavientos negro y una gorra del mismo color. No lleva equipamiento de pesca. Le resulta familiar, pero no sabe dónde lo ha visto antes.

—No, no está mal —le dice mientras coge el animal, le saca el anzuelo de la boca y lo mete en la nevera llena de hielo.

—Perdone, ¿nos conocemos?

—No, pero coincidimos ayer en el entierro de Laura Sabater. Estoy investigando el caso. Me llamo Robert Levy.

Ahora lo recuerda. Estaba al lado del padre de Dèlia.

—El detective —murmura para sí mismo—. Sí, Dèlia me comentó que el señor Domènech había contratado a alguien. Entonces ya debe de saber quién soy. Supongo que ha venido a hablarme de eso.

Levy asiente.

—Yo no conocía mucho a Laura —le avisa—. Coincidimos un par de veces, pero no había hablado demasiado con ella.

—Pero estuviste con ella la noche que murió.

—Sí, un rato. Fuimos unos cuantos a cenar a La Santa y a dar una vuelta por la feria. —Planta la caña. No se atreve a seguir pescando mientras mantiene esta conversación.

—¿Qué opinión tenías de Laura?

—Buena. Era la mejor amiga de Dèlia, que siempre me había hablado bien de ella. Y por lo que yo había visto, era simpática y divertida.

—¿Puedo serte sincero, Oriol?

Él asiente, aunque la pregunta le da mala espina.

—Podría hacerte un montón de preguntas sobre la noche de la muerte, sobre la hora a la que volvisteis y la puerta por la que entrasteis, pero no es necesario que perdamos el tiempo ni tú ni yo con todo eso, porque ya tengo esas respuestas. Así que vamos a lo que nos interesa: la verdad es que no creo que tengas relación directa con la muerte de Laura, pero sí pienso que sospechas quién puede tenerla. Y me gustaría que me lo dijeras.

—No sé de qué me habla.

—Suponía que esa sería tu respuesta. ¿Cómo conociste a Dèlia?

El cambio de tema lo confunde.

—En la playa de la Ferrera.

—¿Por casualidad?

—Sí.

—¿Seguro? ¿En la zona privada de acceso?

—¿Adónde quiere ir a parar?

—Conoces bien la playa. Todos sus tramos, desde el antiguo cuartel de los militares hasta la Ferrera. Pero no solo de pescar, ¿verdad?

—He venido a veces a bañarme, obviamente. —Se da cuenta de que está sonando demasiado defensivo y se obliga a tranquilizarse. No quiere que los nervios lo delaten—. Desde que pusieron la desalinizadora. Y antes venía a jugar al fútbol y a pescar con mi padre y mi hermano. —Nada más mencionarlo siente que no debería haberlo hecho.

Levy asiente.

—Sí, deben de ser recuerdos bonitos.

No le gusta el cariz que está tomando la conversación y decide quedarse en silencio.

—Las personas por las que haríamos cosas que reprobamos son muy pocas. Suelen ser familiares. He visto el historial delictivo de tu hermano. Es un viejo conocido de las autoridades de la zona, a pesar de su juventud.

—No ha elegido el mejor de los caminos, qué quiere que le diga —le responde—, pero yo no puedo hacer mucho más.

—No, solo ayudarlo, ¿verdad? En lo que sea necesario. Incluso si eso te obliga a tratar con gente a la que probablemente desprecias y de la que no querrías saber nada. Gente peligrosa que puede hacer daño a otras personas de la familia si no se cumplen los tratos a los que se ha llegado con ellos.

No tiene claro si el detective realmente tiene toda esta información o va de farol. Nunca lo han pillado en las entregas de droga. ¿Cómo puede saber que ha trabajado para Diego? ¿O es que lo han pillado y ha hablado de él? ¿Y qué tiene eso que ver con Laura? A no ser que sus sospechas sobre su hermano sean ciertas y...

—Hace un tiempo se decía que no entraban muchas barcas con droga por la costa cercana a Barcelona porque los traficantes intentaban evitar las áreas más pobladas —sigue el detective—, pero últimamente se ha visto que no es del todo cierto. Lo que pasa es que, aunque se reciban avisos y se hagan redadas en una zona, siempre hay alguien que intenta aprovechar otra. Y siempre hay alguien de dentro, claro.

—¿Puede decirme adónde quiere llegar con todo esto? —le pregunta impaciente.

—Había agua salada en algunas partes de la ropa de Laura, y también en el suelo de la barca que utilizó para ir de la casa de Ferran a la Torre Domènech.

—¿Y?

—Pues que, aunque está a escasos metros del mar, el estanque de la Torre es de agua dulce. Si una persona que viniera de la playa y hubiera metido los pies en el agua del mar con el calzado después subiera a esa barca, dejaría rastros de agua salada en el suelo, y si tuviera la ropa y las manos mojadas, transferiría esa agua a su víctima.

—Yo no estuve en la playa la noche que murió Laura —declara—. Yo no le hice nada.

—Ya lo sé. Hay otra cosa —sigue el detective—. Laura intentó defenderse y dejó marcas a su agresor. Marcas en los brazos, en las manos y quizá también en el cuello y en la cara.

Cuando oye esta última frase se le hace un nudo en el estómago y un sudor frío le recorre todo el cuerpo.

El detective lo mira en silencio, diría que incluso con cierta empatía.

—A veces, las personas, cuando están enmerdadas y no saben cómo salir del atolladero, toman malas decisiones. En ocasiones tienen ideas que creen que pueden funcionar muy bien, y la cosa se tuerce de una forma tan sórdida que para algunas la vida deja de tener sentido. —Se queda un instante en silencio y después continúa—: Ayer te seguí después del entierro, Oriol. Y te vi hablando con tu hermano delante del bar que está al lado de tu casa. Viste las heridas que tenía, igual que yo. Y desde entonces no has podido quitártelo de la cabeza porque sabes que lo que temes es posible.

—No sabe seguro que haya sido él.

—No, no lo sé, pero hay una forma de descubrirlo.

Él baja la cabeza intentando conjugar lo que siente con los pensamientos que se le agolpan.

—¿No quieres saber la verdad, Oriol? —le pregunta Levy.

Cuando ha tenido ese deseo, no esperaba en modo alguno que esta fuera la forma en que se manifestara.

—Sí, sí quiero saberla, pero no tengo claro el precio que quiero pagar por ella.

57

Alboroto

Levy

Torre Domènech. La Ferrera. El Prat de Llobregat
30 de septiembre de 2025

Cuando llega a la Torre se da cuenta de que ha pasado algo gordo. Encuentra a Mateu, Dèlia, Dolores y Jacint formando un medio corro alrededor de un agujero del jardín.

Se acerca y enseguida distingue a qué se debe la conmoción.

—¿Y si es Julie Magnier? —pregunta Dolores—. La chica del servicio dice que desde hace una semana nadie sabe dónde está.

—Pero ¡¿cómo va a ser alguien del presente si está claro que lo enterraron aquí hace mucho tiempo?! ¿O es que has visto a alguien cavando aquí esta última semana? —exclama Mateu, sorprendido por la falta de lógica del razonamiento.

—¿Julie ha desaparecido? —pregunta Dèlia asustada.

—¿Qué ha pasado aquí? —interviene él mientras se incorpora al semicírculo delante de la tumba exhumada.

—¡Levy! ¿Julie ha desaparecido? —le pregunta Dèlia, y levanta los ojos de los huesos para encontrarse con los suyos.

Él asiente.

—Pero vayamos por partes. ¿Alguien puede explicarme qué ha pasado, por favor? —Señala el agujero fangoso con los ojos.

—Una loba ha excavado aquí esta noche y han aparecido estos huesos.

—¿Una loba? —le pregunta escéptico.

—No, seguro que era un perro de esos que se parecen a los lobos. Un jasquis o como se llamen —le responde Dolores.

—Sé perfectamente lo que he visto. Era una loba, estoy segura —replica Dèlia—. Estaba en el jardín cuando he bajado a tomar el café. Lo he buscado y tenía las mismas características que los lobos ibéricos, con las franjas blancas en el hocico y el pelaje marrón.

—Aquí no hay lobos —afirma Mateu, y le coloca una mano en el hombro.

—Pues parece que ahora sí, porque yo acabo de ver uno —le contesta desafiante Dèlia.

—Quizá lo más importante ahora sería descubrir de quién son estos huesos —interviene Levy—. Para empezar, no habéis tocado nada, ¿verdad?

—No —le contestan Dolores, Jacint y Mateu.

—La loba se ha llevado un hueso. Lo tenía en la boca.

—Y dale con la loba —dice Dolores.

Dèlia le lanza una mirada reprobadora, pero ignora el comentario.

Levy coge el móvil y llama a Roure.

—Necesitamos que vengáis ahora a la Torre Domènech. Hay un esqueleto desenterrado en el jardín.

—¿Cómo?

—Lo que oyes.

—¿Estás seguro de que es humano?

—Veo el cráneo perfectamente.

—Entendido. —Y cuelga el teléfono.

—De momento dejémoslo en manos de las autoridades y no pisemos más la zona —dice mientras se guarda el teléfono en el bolsillo. Tendremos que esperar a que llegue el juez. Y supongo que tendrán que analizar los huesos para determinar de quién pueden ser, si hay rastros de otros ADN, etcétera.

—No será necesario —dice Jacint, que apenas ha abierto la boca en todo este rato, con los ojos clavados en el agujero donde están los restos—. Yo sé quién es.

—¡¿Lo sabes?! —exclama Dolores—. ¿Cómo? ¿Cómo es posible?

—Porque yo lo enterré —le contesta agachando la cabeza.

58

Un adiós imposible

Blanca

Torre Domènech. La Ferrera. El Prat de Llobregat
16 de septiembre de 1990

El parto había sido más complicado de lo que habían anticipado. A última hora, el bebé había levantado la barbilla, y la matrona que se había desplazado a la casa necesitó instrumental y maniobras para poder finalizar el proceso. Ella se había desmayado nada más oír el llanto de la criatura. Su cuerpo había dado todo lo que podía dar, y un poco más. Durante el periplo se alegró inmensamente de que Carles no estuviera en la habitación. De alguna manera, le pareció que Jaume la acompañaba en espíritu al lado de la matrona, que la animaba a soportar ese dolor indescriptible que le salía de las entrañas.

Después del parto tuvieron que hacerle una transfusión de sangre porque había perdido mucha. Pero todo eso le daba igual porque tenía a su hijo en el pecho, esa vida que había surgido de dentro de ella, piel con piel, y era lo único que necesitaba. No fue capaz de llamarlo Jaume, le pareció osado y fuera de lugar, así que se decidió por Ricard, que es como se llamaba su padre, que había muerto hacía tres años, un nombre al que Carles no se opuso. De hecho, aunque estaba más bien ausente, las últimas semanas se había comportado de una manera más decente de lo habitual, lo que la llevó a pensar que el acercamiento forzado que había llevado a cabo meses antes había surtido efecto.

Solo tardaría dos días en ver que no podía estar más equivocada.

Fue la mañana del 16 de septiembre, cuando se despertó con un fuerte dolor de cabeza y la boca pastosa, e inmediatamente se dio cuenta de que el bebé no estaba a su lado. Se incorporó y miró la cuna, pegada a la cama, pero tampoco estaba. Un mareo y una náusea repentina la avisaron de que algo no iba nada bien.

—¡Dolores! ¡Doloreeeeees! —gritó apoyándose con una mano en la pared.

Dolores llegó corriendo.

—Diga. ¿Se encuentra bien? —le preguntó al verla muy pálida y jadeando.

—¡¿Dónde está mi hijo?! —le preguntó ella con el pánico transpirando sus palabras.

—El señor Domènech se lo ha llevado a pasear un rato con el carrito.

—¿Adónde?

—Ha dicho que iba al paseo de la playa para que le diera un poco el aire.

Reunió todas sus fuerzas para mantenerse en pie y avanzar hacia la puerta.

—Señora, ¿qué pasa?

—Tengo que llegar a la playa.

—Avisaré a Jacint —le dijo Dolores, y echó a correr escalera abajo.

Jacint la llevó en coche a la playa, pero no encontraron ningún rastro de Carles ni de Ricard. La angustia fue creciéndole en el vientre de una forma insoportable, como si tuviera uñas y le arañara las entrañas. Sabía que algo iba muy mal. Necesitaba tener a su bebé en brazos de inmediato. Esperaba que todo se tratara de una broma cruel y estúpida de Carles, pero lo conocía demasiado como para ser tan ingenuamente optimista.

Sabiendo a lo que se dedicaba y la gente con la que trataba, se temía lo peor.

Regresaron a casa para ver si él y el bebé habían vuelto del supuesto paseo, pero solo los recibió el vacío. Dolores había ido a buscar huevos en el corral de la Torre Vella y verdura en los campos de la finca y las paredes contenían silenciosas la desazón que la recorría por dentro.

—Daré una vuelta por el jardín y el estanque, a ver si los encuentro —le dijo Jacint, preocupado.

Ella asintió, se dirigió a la cocina y se bebió dos vasos de agua, uno detrás del otro, esperando que ayudaran a diluir los restos de lo que estaba segura de que Carles le había echado en la cena o en la bebida la noche anterior. Todo tenía aroma de premeditación, lo que no hacía más que incrementar su inquietud. Recorrió la casa de arriba abajo, porque le era imposible quedarse quieta soportando esa locura, pero también para ver si encontraba alguna pista de dónde podían estar. Aunque se temía lo peor. Cuando Jacint volviese, le diría que la llevara de inmediato al Baviera.

Estaba en lo alto de la Torre cuando oyó la puerta de la entrada.

—¿Jacint? ¿Carles?

Nadie respondió, pero oyó unos pasos que subían los peldaños de la escalera. Por el ritmo y por cómo sonaban las suelas, supo que era Carles.

Un minuto después este asomó la cabeza por la puerta de la sala que coronaba la torre que daba nombre a la casa.

—¡¿Dónde está mi hijo?! —gritó ella, y se abalanzó sobre él.

—Bianca, querida, tranquilízate, por favor —canturreó despreocupadamente apartándola de un manotazo.

—¡¿Que dónde está?! ¡¿Qué le has hecho, desgraciado?! Tráemelo ahora mismo.

—No te preocupes, querida, que tu pequeño bastardo está bien.

—Carles… —A la rabia se sumó un punto de imploración—. Por favor.

—Lo que pasa, Blanca, es que, por desgracia, ya no podrás volver a verlo —le anunció con frialdad.

—Pero ¡¿qué dices?! ¡Estás loco!

—No, no. Verás, ahora tiene otra familia. No te preocupes, lo cuidarán bien, no le faltará de nada, te lo puedo asegurar.

—¡De ninguna manera! ¡Ve a buscarlo y tráelo ahora mismo! —le ordenó llena de rabia, pero también de miedo.

Él esbozó una sonrisa cínica y movió la cabeza de un lado a otro.

—¿De verdad creías que dejaría que criaras al hijo bastardo de ese imbécil con el que te acostabas bajo mi techo y con mi apellido? Es increíble, pero no deja de sorprenderme tu ingenuidad, Blanca.

La cabeza le iba a mil por hora y le parecía que el corazón estaba a punto de salírsele por la garganta. Sin pensarlo, se dirigió a la vitrina de la pared de levante y la abrió para coger la escopeta de caza del abuelo Domènech, una Benelli Montefeltro Colombo semiautomática que todos los miembros de la familia debían saber utilizar si querían ser considerados Domènech.

Carles la miró incrédulo y casi divertido.

—Blanca, cariño, respira y tranquilízate. Ya sé que ahora te cuesta digerirlo, pero se te pasará, créeme. No te quedará otro remedio. Igual que te acostumbraste a la muerte de tu amante, te acostumbrarás a que este bebé ya no esté. Es el precio de cometer ciertos errores, querida. Ser una puta desagradecida, vaya. No podías esperar que no hubiera repercusiones, ¿verdad que no?

Ella ya no lo escuchaba. Mientras él hablaba con los aires presuntuosos que lo caracterizaban, ella cargó el arma con munición de una caja de la vitrina y la apuntó hacia él.

El movimiento lo hizo volverse un poco más prudente e intentó desplazarse hacia el balcón manteniendo una actitud falsamente tranquila.

Ella siguió apuntándole.

—¿Dónde está? —insistió.

—Te he dicho que ya no es cosa tuya.

—Carles, te juro por lo que más quieras que si no me dices dónde está ahora mismo te reviento las entrañas —le dijo llena de odio.

Él chasqueó la lengua.

—No te lo diré, Blanca. Tienes que pagar por lo que has hecho. Haberlo pensado antes.

—Llevo muchos años pagando. Unos años larguísimos —le contestó manteniendo a raya las lágrimas de impotencia—. Ojalá no te hubiera conocido. Te odio, Carles, te odio con todas mis fuerzas. Me das asco, tú y tu forma de ser, cruel y pretenciosa. No sabes lo que es querer, no tienes alma, por eso siempre eres infeliz. Por eso siempre siempre lo serás.

Aquello no le gustó.

—Aparta el arma de mi pecho y deja de hacer el ridículo, Blanca, que ya no eres una niña —le ordenó con desprecio.

—No volveré a preguntártelo, Carles. ¿Dónde está?

—Que te jodan, puta. —Escupió las palabras—. Ojalá vivas miserablemente toda tu vida preguntándote a todas horas dónde está tu hijo bastardo. Puedo asegurarte que yo haré todo lo posible para que nunca lo encuentres. ¿Me oyes? ¡Nunca! ¡Mala puta!

No puede decirse que le costara tomar la decisión. Solo fue un acto reflejo, el único posible, dadas las circunstancias, desde su punto de vista. Oyó un chasquido, la escopeta retrocedió un poco y el cartucho fue a parar a las costillas de su presa. No lo mató, pero lo desestabilizó lo suficiente para que se tambaleara y perdiera el equilibrio de tal modo que su cuerpo se arqueó sobre la barandilla del balcón. Carles se llevó la mano al pecho, hizo una mueca incrédula y desapareció en el vacío detrás de los barrotes.

El golpe seco del cuerpo contra la tierra del jardín tres pisos más abajo fue el indicador de que su vida acababa de cambiar, sin duda, drásticamente.

59

Lealtad

Jacint

Torre Domènech. La Ferrera. El Prat de Llobregat
16 de septiembre de 1990

Acababa de aparcar el coche cuando oyó el disparo. Bajó del vehículo y corrió hacia la casa, pero no fue necesario que entrara, porque vio el cuerpo de Carles Domènech tirado en el suelo del jardín. Se acercó y se agachó para buscarle el pulso, pero ya no lo encontró. Oyó el llanto de Blanca más arriba. Cuando levantó la cabeza, la vio en el balcón y sus ojos se encontraron. Aún tenía la Benelli en la mano.

No tuvo que decir nada. Enseguida entendió lo que había pasado. Conocía muy bien a Carles Domènech y a Blanca Campmany, probablemente mucho más de lo que ambos creían.

Blanca desapareció del balcón y apareció un minuto después delante de él. Tenía la cara hinchada y unas diminutas venas rojas se le dibujaban alrededor del verde esmeralda de los ojos llorosos.

—Le ha dado mi hijo a alguien, Jacint. Lo ha dado y pretendía que me olvidara de él. Se ha negado a decirme dónde estaba. No he podido más. No podía permitirlo. Haz lo que tengas que hacer. Llama a la policía.

Y se derrumbó sobre sí misma.

Él reflexionó unos segundos, en silencio, sobre lo que creía que tenía que hacer. No necesitó más de diez.

—No vamos a llamar a nadie —anunció.

Ella levantó la cabeza, sorprendida y visiblemente aliviada.

—¿No? —preguntó esperanzada.

—No. Bastante infeliz la ha hecho en vida. No hace falta que continúe cuando ya está muerto.

Y así el secreto de la falsa desaparición de Carles Domènech los unió para siempre, y el origen de la maldición de la familia empezó a gestarse en la cabeza de Blanca Campmany.

60

La última noche de Laura Sabater

Laura

Estanque de la Ferrera. El Prat de Llobregat
27 de septiembre de 2025, 2:45 h

Por más que lo ha intentado, no ha sido capaz de quitárselo de la cabeza.

Escribir en el diario no ha sido suficiente. Se da cuenta de que necesita hablarlo con Dèlia, y por algún motivo siente que la traicionaría si se lo cuenta antes a Ferran. Ya le ha ocultado bastantes cosas a su amiga. Así que cuando él le ha dicho que la acompañaba a su casa, le ha contestado que no hacía falta, que prefería caminar un rato, y se ha dispuesto a coger la barca del estanque para cruzarlo e ir a la Torre Domènech a buscarla. Seguramente está con Oriol. Pero no le importa. Si aún no ha llegado, esperará a que vuelva. Tal y como están las cosas, tampoco tiene prisa por volver a su casa.

Si solo hubiera sido el hecho aislado de la Scoopy, no le habría parecido tan raro. Al fin y al cabo, su padre no quiere que conduzca una moto de ninguna de las maneras, eso ya lo tenía claro. Pero después de ese momento tan extraño que presenció entre Julie y su padre el sábado pasado, y la posterior desaparición de la moto el domingo sin ninguna explicación y a horas intempestivas, empezó a darle vueltas al tema. Y, sin saber por qué, siguiendo una intuición extraña que no sabía de dónde venía, recordó el colgante que encontró un día en el camino de tierra que lleva a la Casa Belart: una medalla con el grabado de una figura femenina y un nombre. En ese momento no se lo había mostrado a nadie porque le parecía que había encontrado un tesoro. Pensó que sería de alguien de la familia Belart, y que esa persona no lo echaría de menos porque sin duda le regalarían uno nuevo en el momento en que dijera que lo había perdido. Pero tampoco se atrevía a ponérselo, claro, porque sus padres le preguntarían de dónde lo había sacado, y además quizá alguien lo reconocería y se lo reclamaría. No quería que la acusaran de ladrona. Así que lo escondió en el fondo de su joyero, enterrado entre su bisutería, y con los años se olvidó de él.

Pero, de repente, dos días atrás, se encontró con el colgante en la mano y tecleando la frase inscrita en la medalla. Le costó leerla porque la letra grabada era muy pequeña, y la frase, bastante larga, decía: «En una habitación llena de Evas, sé Lilith». No le encontró sentido al enunciado hasta que gracias a Google entendió que se refería a la supuesta primera mujer de Adán, la que en teoría Dios creó junto con él al sexto día, y que huyó del paraíso cuando entendió que solo podría quedarse si aceptaba una posición inferior y de obediencia al hombre. Desde entonces fue vilipendiada y comparada con el demonio femenino, y fue sustituida por la figura bíblica de Eva. Pero esto no fue lo más relevante de la búsqueda, porque diez entradas por debajo descubrió que la misma frase aparecía en un artículo publicado en 2009 en el que se conmemoraba una década de la muerte de una chica llamada Gemma Guitart en la Ferrera. Cuando la chica desapareció, llevaba puesto un colgante, que era de su difunta madre, con esta inscripción. Acompañaba al artículo una fotografía de la chica en cuestión en la que podía verse dicha joya. Era exactamente la misma. Así que los engranajes de su cerebro empezaron a funcionar y le resultó evidente que lo que había pasado había estado relacionado de alguna manera con la Torre Vella. No se ha atrevido a preguntárselo a su padre, y por eso necesita hablar urgentemente con la persona en la que más confía: su mejor amiga, Dèlia.

Cuando sube a la barca se da cuenta de que todavía lleva puesta la peluca. Rema tres minutos a través del estanque hasta el muelle de la Torre, con las aguas tranquilas y oscuras iluminadas levemente por los rayos plateados de la luna. Cuando llega, ve que alguien está esperándola. Pero enseguida se da cuenta de que no es Dèlia.

61

Destrucción

David Sabater

Torre Vella. La Ferrera. El Prat de Llobregat
30 de septiembre de 2025

De momento no ha sido capaz de cargarse el ordenador.

Había pensado hacerlo nada más recuperarlo, pero cuando lo tuvo en las manos y entendió que era el último acceso que tenía al mundo y a los pensamientos de su hija, no pudo. Era cierto que no sabía la contraseña, pero seguro que podría encontrar a alguien que la descubriera. No en ese momento, claro, quizá mucho más adelante. Entonces pensó que tendría que dejárselo a la persona en cuestión y no podía correr ese riesgo. Aun así, la idea de deshacerse de la última conexión con Laura seguía sin gustarle y decidió dejarlo para otro día, a pesar de que sabía que conservando esa posible prueba se arriesgaba si la policía lo descubría antes de que lo hubiera hecho desaparecer.

Ahora, sentado en la cama de Laura, todavía hecha desde el día que ya no volvió a casa a dormir, con el portátil sobre las piernas, se da cuenta de que su duda está unida a su siguiente decisión: confesar o enterrar la verdad de una vez por todas, con las acciones horripilantes que eso conlleva. Si va a acabar entregándose, no vale la pena que destroce la única fuente de comunicación que le queda con Laura; podría leer sus palabras cuando estuviera en la cárcel y sentirse más cerca de ella. Pero, en ese caso, ¿qué sería de Teresa? ¿Cómo podría gestionar la pérdida de su hija y la de su marido, además de la verdad sobre lo que él hizo años atrás y sobre lo que ha hecho ahora? ¿Debería hacer lo que fuera necesario para evitarle ese sufrimiento? No entregarse por este motivo, ¿sería valentía o cobardía? ¿No viviría más tranquilo con sus errores y sus malas decisiones si estuviera en la cárcel? ¿O incluso si estuviera muerto, que también es una opción? ¿O sería peor castigo seguir manteniendo esos secretos bien escondidos, dejando que se pudrieran en su interior y que fueran comiéndoselo en vida, a cambio de un mínimo bienestar de su mujer? ¿Qué haría realmente una buena persona? ¿Cuál era la decisión correcta en esta situación?

Al final determina que, haga lo que haga con su vida, tiene que deshacerse del ordenador, aunque implique perder esa última conexión. Eso le dará tiempo para pensar cuál es el siguiente paso sin estar preocupado por ese tema.

Así que lo mete en una bolsa de deporte, se la cuelga al hombro y sale de la habitación dispuesto a eliminar las sospechas que está seguro de que su hija escribió en el ordenador. Y después decidirá cómo resuelve el asunto tan delicado que tiene pendiente de solucionar.

62

Hermanos

Oriol

Parc Nou. El Prat de Llobregat
30 de septiembre de 2025

Intenta convencerse de que está haciendo lo correcto, aunque le cuesta muchísimo, porque se siente como si hiciera exactamente lo contrario. Racionaliza que es la única salida que les queda para solucionar el problema; con la propuesta de Levy puede desestabilizar la fuente de problemas de Toni, y, por lo tanto, de su familia. Además, tiene una oportunidad de corroborar si sus sospechas son ciertas y, si por desgracia lo son, habrá hecho lo que debía.

Lo ha llamado cinco veces cuando ha regresado a casa, pero no le ha cogido el teléfono, así que ha recurrido a lo único que sabe que funcionará: le ha enviado un wasap diciéndole que le dejará la pasta que necesita, pero que es la última vez, y lo ha citado al cabo de media hora en el pinar del Parc Nou, donde solían jugar cuando eran pequeños.

Cuando lo ve llegar por el camino de tierra, se le revuelve el estómago y el sentimiento de culpa es casi palpable. Aun así, a medida que Toni se acerca y distingue claramente su figura descuidada, vestido con la misma ropa que ayer, con las ojeras negras debajo de los ojos cansados, dilatados y rojizos, el mal olor de no haberse duchado en dos días acompañado del intenso aroma de marihuana cuando se sienta a su lado en el banco, entiende que es el único camino. Y su actitud cambia radicalmente. «Ser el hermano mayor también conlleva estas cosas», se dice para sus adentros.

—Hola —lo saluda Toni mientras saca un cigarrillo del paquete de Ducados que lleva en el bolsillo para encenderlo.

—Hola.

—Gracias por cambiar de opinión, Uri. Te juro que no volveré a pedirte pasta nunca más.

—No volveré a dejártela, ya te lo he dicho —le contesta él, serio.

Toni asiente con la cabeza. Sabe muy bien la actitud que debe tener para conseguir lo que quiere.

—¿Dónde has pasado la noche? —le pregunta en tono casual, como si en realidad no tuviera importancia.

—No quieres saberlo.

—Sí que quiero. Si no, no te lo preguntaría.

—He recogido una entrega para pagar lo que debo. —Exhala el humo del cigarrillo hacia el cielo.

—Están haciendo muchas seguidas últimamente, ¿no? —Sigue con el tono casual.

—No tantas —dice Toni quitándole importancia.

—¿No hiciste otra el 27?

—Sí, pero es que es semana de Fiesta Mayor. Se está pasando más. —Se encoge de hombros, pero Oriol ve en sus ojos que se le ha disparado una alarma silenciosa; que, a pesar del consumo constante de coca y marihuana, algunas neuronas todavía intentan hacer las sinapsis útiles y correctas, aunque no puedan acabar de hacerlo de manera eficaz por agotamiento.

Mira a su hermano en silencio pensando detenidamente cuáles serán sus siguientes palabras.

—¿Qué? —pregunta Toni con un punto de impaciencia.

—Sabes que siempre te he ayudado. Cada vez que lo has necesitado.

—Sí, y te lo agradezco. ¿Qué quieres, que te haga un monumento? —Lanza lo que queda del cigarro al suelo y lo aplasta con las botas de piel.

—No. Pero si ha pasado algo, por grave que sea, necesito saberlo. No puedo protegerte si no tengo toda la información.

—¿Qué quieres decir?

—Han contratado a un detective en la Ferrera.

—¿Y? —Finge despreocupación, pero no le sale del todo bien.

—Ha venido a hacerme preguntas sobre ti.

—¿Por qué? —Un punto de temor en la pregunta.

—Porque saben que se trafica en la costa y saben que estás metido en eso.

Toni no dice nada, pero lo mira con ojos preocupados.

—Y creen que tuviste algo que ver con el asesinato de Laura Sabater.

—¡¿Yo?! ¡¿Por qué?! —En su tono hay más miedo que sorpresa, lo que empieza a confirmarle a Oriol su peor temor.

Le señala los brazos, tapados con la cazadora.

—Han estado siguiéndote. Han visto las marcas que tienes. —De hecho, ahora, con más luz, identifica un arañazo a un lado del cuello que no vio ayer—. Estabas en la zona y tienes marcas defensivas, Toni. —Evidentemente, esto Levy no lo sabía con seguridad, pero él sí, porque se lo acaba de confirmar Toni hace escasos segundos, así que lo utiliza pasando por alto la reticencia inicial, ahora que ya tiene claro lo que debe hacer.

—Oriol, yo...

—¿Fuiste tú? ¿Mataste a Laura? —le pregunta rezando para que la respuesta sea negativa.

—Fue un accidente —le confiesa con la voz casi llorosa—. No sabíamos que era ella. Creíamos que era Dèlia.

Se lleva la mano al pecho inconscientemente y toca el micrófono oculto en el bolsillo interior de la cazadora vaquera mientras siente que el suelo se hunde bajo sus pies.

Unos metros más allá, Roure sale de su escondite y camina hacia ellos acompañado de otros dos mossos d'esquadra.

Su hermano identifica de inmediato el uniforme, pero todavía tarda un momento en entender lo que está pasando, hasta que, sorprendido, lo mira con ojos dolidos y llenos de incomprensión.

—Lo siento —murmura él intentando evitar que se le quiebre la voz cuando Roure ya está delante de ellos—. Era la única manera.

63

La última noche de Laura Sabater

Toni

Estanque de la Ferrera. El Prat de Llobregat
27 de septiembre de 2025, 2:48 h

Al principio, la idea le ha parecido demasiado arriesgada, pero Guille puede ser una persona muy persuasiva, especialmente si proporciona unas rayas extras para acompañar la exposición de su brillante plan.

Solo tienen que dormirla con formol cuando vuelva de la fiesta, le explica, y encerrarla hasta que su padre pague el rescate. Así podrán saldar deudas y aún les quedará dinero para no tener que trabajar durante bastante tiempo. No le harán daño, llevarán la cara siempre tapada y le darán de comer todos los días. El día de la entrega la sedarán con algo que le echarán en la comida y la dejarán en el lugar acordado cuando el señor Domènech les dé los cien mil euros. Lo amenazarán diciéndole que si cuenta algo a la policía se la cargarán, pero no piensan hacerlo, y si corren el riesgo de que los pillen, la dejarán dormida en algún sitio donde puedan encontrarla.

Nadie sabrá que han sido ellos. No gastarán el dinero en cuanto lo tengan. Serán prudentes e irán dosificando el cambio en sus vidas.

La explicación le ha parecido tan convincente que ha visto claro que sería el fin de sus problemas: una última recogida y esa gestión en una misma noche. Dos o tres días un poco angustiosos y la luz eterna al final del túnel.

Así que han acudido a la playa a la hora acordada, han hecho la primera faena, han dejado la mercancía en la furgo de Guille y han entrado en la Ferrera por el agujero que han hecho en la reja que separa la playa pública de la reserva, en una zona con mucha vegetación, por lo que queda bastante escondido. Guille ha utilizado sus conocimientos de electricista para inhabilitar las cámaras de seguridad mediante un inhibidor mientras están ahí, para que nada de lo que hagan pueda ser captado ni grabado.

Y ahora esperan, él tumbado en las cañas que rodean el estanque y Guille detrás de los pinos que rodean el claro de la entrada de la Torre. La idea es dormirla con formol cuando esté a punto de abrir la puerta (no será difícil pillarla por sorpresa; han visto que se marchaba a la Fiesta Mayor hacía unas horas desde su lugar de vigilancia en el paseo) y arrastrarla silenciosamente hasta el estanque, que después cruzarán en la barca con la chica, para volver al punto de la reja donde está el agujero y marcharse por la playa. Pese a haber desconectado las cámaras, no quieren correr el riesgo de atravesar la reserva hasta la salida oficial para evitar posibles problemas.

Pero de repente ve que una barca con una chica dentro cruza lentamente el estanque desde el otro lado. Unos metros más adelante la identifica como Dèlia Domènech, y es entonces cuando empieza a ponerse nervioso. Él no tiene la botella de formol ni el trapo, y no puede pegar un grito a Guille para avisarlo porque entonces ella también lo oirá. Decide que la reducirá cuando llegue al muelle, y entiende que Guille aparecerá con el formol en cuanto vea u oiga que hay movimiento en el estanque. Se da cuenta de que casi jadea e intenta regular la respiración para no ser tan ruidoso, pero las rayas de coca que se ha metido antes no lo ayudan, ni en eso, ni tampoco en todo lo que sucederá después.

64

La última noche de Laura Sabater

Laura

Estanque de la Ferrera. El Prat de Llobregat
27 de septiembre de 2025, 2:57 h

Ya está de pie en la barca, a punto de bajar al muelle, cuando se da cuenta de que hay un hombre con la cara tapada escondido en el cañizal, a unos dos metros de donde está ella. Vuelve a agacharse, dispuesta a dar una patada a la madera del muelle para propulsarse y remar otra vez hacia la casa de Ferran, pero no lo consigue. De repente la barca da un tirón. El hombre la ha frenado con el brazo justo en el último momento y está subiendo al bote. Aterrorizada, lo golpea mientras él intenta reducirla. Abre la boca para gritar, pero él se la tapa con una mano sucia que huele a tabaco y a agua de mar. Durante la pelea pierde las sandalias y el bolso. El móvil cae a las profundidades del estanque. Le araña los brazos intentando liberarse mientras él le ordena que se calme y le dice que no le hará nada. Evidentemente, no se lo cree. Al final consigue meterle los dedos en los ojos con tanta fuerza que lo obliga a aflojar los brazos y aprovecha el momento para zafarse y bajar de la barca. Corre hacia la Torre entre el cañizal, convencida de que está a punto de conseguirlo, abriendo la boca para pedir ayuda con todas sus fuerzas, cuando de repente siente una fuerte punzada en la cabeza. Cae boca abajo en el cañizal en el momento en que empiezan a caer las primeras gotas de lluvia. Cree ver una especie de luces, que bien podrían ser estrellas, en el cielo de la noche oscura. Y entiende, con una mezcla de incomprensión y a la vez una paz extraña, que esta ha bajado para envolverla y engullirla para siempre.

65

La última noche de Laura Sabater

Toni

Estanque de la Ferrera. El Prat de Llobregat
27 de septiembre de 2025, 2:57 h

—Pero ¿qué has hecho? —susurra escandalizado con las manos en la cabeza.

—¿Qué querías que hiciera? Estaba a punto de escaparse y despertar a todo el mundo. No podía dejar que nos pillaran.

—¿Crees que está muerta? —No quiere acercarse—. Guille, tío, ¿y si está muerta?

—No creo —le responde Guille—. Solo le he dado un golpe con la culata. Tendrá una conmoción y se despertará más tarde. A mí me pasó una vez. Seguro que no es grave —insiste—. Venga, no seas cabrón y ayúdame a cogerla.

—Pero ¿estás loco o qué?

—¡Si este era el plan! ¿Qué importa si se ha dormido con formol o con un golpe en la cabeza? Ayúdame y dejemos de hablar ya, que estamos charlando demasiado.

Se acerca con reticencia a la chica, que yace tirada en el barro. Acaba de empezar a llover. De repente ya no le parece buena idea. Cuando se agacha a su lado termina de confirmarlo. Nada de lo que está sucediendo tiene sentido.

—¡Mierda, tío! Esta no es Dèlia Domènech.

—Pero ¡¿qué dices?! —le pregunta Guille, incrédulo.

Sin embargo, cuando se acerca y la ilumina con la linterna se da cuenta de que Toni tiene razón.

—¡Puta mierda! —masculla entre dientes. Y se incorpora sin levantarse del todo para camuflarse entre el cañizal—. Pirémonos de aquí, tío.

—Pero ¿y si necesita ayuda médica?

—¿Quieres llamar tú a un médico y contarle lo que ha pasado? ¡No seas inútil! Se pondrá bien. Dentro de un rato se despertará y le dolerá un poco la cabeza.

Duda un momento, que apenas llega ni a dos segundos, porque le resulta mucho más fácil y cómodo creer lo que dice su amigo. Y la verdad es que ahora mismo solo quiere salir de aquí, dormir y que mañana todo parezca una pesadilla.

Pero al día siguiente, cuando se levante con resaca y mal cuerpo y vea las noticias, descubrirá que se ha equivocado y que ya no puede hacer nada para arreglarlo.

66

Prisionera

Julie

Establo abandonado de la Ferrera. El Prat de Llobregat
30 de septiembre de 2025

Sabe que fue demasiado ingenua al pensar que David Sabater no estaría esperándola. Después de la mirada que habían intercambiado, era obvio que ella volvería para confirmar sus sospechas de que la moto del cobertizo era la de Gemma, y si él se había puesto tan nervioso era porque seguro que estaba relacionado con lo que le pasó.

Aun así, ¿qué tenía que hacer? Esperó a que oscureciera y recorrió los caminos de tierra que separaban la Casa Belart de la Torre Vella sin encender las luces del coche para no llamar la atención. Pero él ya debía de estar esperándola, porque en cuanto llegó al cobertizo y abrió la puerta, sintió un fuerte golpe en la cabeza y el mundo se desvaneció de sus ojos. Cuando despertó, ya estaba encerrada aquí.

Lleva días sin apenas comer ni beber.

David Sabater le deja una botella de agua de vez en cuando, pero anteayer entendió que contiene algún tipo de droga, probablemente destinada a los animales, que hace que se pase casi todo el día durmiendo. Desde entonces ha fingido que se la bebía y que estaba dormida cuando él ha aparecido, pero la ha lanzado a un rincón y no ha bebido ni una gota. Así que está más despierta, pero también mucho más deshidratada. Su idea es conseguir que él crea que no está nada bien, que se acerque para comprobar su estado y entonces dejarlo inconsciente con un palo que ha conseguido arrancar de una caja de madera que ha encontrado abandonada en una esquina del espacio en el que se encuentra. Pero en los últimos días Sabater solo ha aparecido un par de veces y teme que esté pensando en no volver a ir y haya optado por dejarla morir como un animal abandonado, acompañada por el olor de su propia orina y de sus heces, para las que solo dispone de un viejo cubo oxidado que tapa con el resto de la caja y deja lo más lejos posible de ella.

Por el olor y los restos de paja que le hacen de cama ha deducido que está en una especie de establo abandonado, probablemente en las granjas que tenía antes la Ferrera. Es consciente de que gritar solo le servirá para perder fuerzas. Las granjas están ubicadas entre los campos de alcachofas y lejos de las residencias de la reserva. Desde que está aquí no ha oído más que dos palabras de David Sabater y ningún otro ruido que indique presencia humana, excepto el del tractor en el que él llega y los motores de los aviones que sobrevuelan la zona constantemente.

Ha intentado abrir la puerta metálica de la habitación en la que está encerrada, seguramente un almacén de material dentro de los establos, pero no ha sido capaz. Se siente muy débil y sin fuerzas.

Piensa en Rai. ¿Está buscándola? ¿Ha puesto una denuncia? ¿O ha pensado que se había marchado, como le ha amenazado muchas veces con que haría? Seguramente sea esto último y esté jugándose todo su dinero en el casino de Sitges y acostándose con todas las jóvenes a las que pueda seducir con su ademán de *enfant terrible*. También piensa en Clàudia. Si la ha echado de menos, quizá ha encontrado la llave para entrar en su santuario y ha localizado las notas que dejó…

Sonríe, por un momento esperanzada. Clàudia es espabilada y es posible que ate cabos, aunque le falta mucha información para que acabe buscándola donde está. Si lee las notas, sabrá que tiene que buscar en la Ferrera, pero, como ella, es muy posible que no mire en el lugar correcto. La mirada se le desplaza a la pequeña ventana cuadrada de la parte superior de una de las cuatro paredes. Está demasiado alta como para llegar a ella, ni siquiera colocando el cubo encima de la caja de madera. De todas formas, solo le cabría la cabeza, y con dificultad. Podría gritar, sí, pero seguramente nadie la oiría. Aun así, este pequeño agujero la conecta con el exterior, ha servido para ventilar esta prisión y ha sido el único indicador del paso de los días y las noches, ya que ha dejado entrar un poco de luz durante el día y el sonido estremecedor de los truenos durante esta última noche. Desde hace unos días, a primera hora de la mañana aparece un mirlo curioso, que la obsequia con su canto y que llena de musicalidad toda esa opresión. El pájaro ágil, de plumaje negro y brillante —y, por lo tanto, macho—, la observa inclinando el cuello hacia un lado.

—Pipiripipipupiupupu —canta.

Ella sonríe débilmente, solo por un momento, y susurra:

—Ayúdame. Habla con los árboles. Ya sabes lo que tienes que hacer.

El mirlo da media vuelta y levanta el vuelo como el piloto experimentado que es.

Se palpa la herida entre el pelo cubierto de sangre reseca. Todavía le duele, pero mucho menos que los primeros días, en los que consideró realmente la posibilidad de que la conmoción pudiera costarle la vida. Entre eso y la droga que debía de contener el agua, se trasladó a ratos a un mundo diferente donde los colores que la rodeaban tenían el degradado de color de las fotografías antiguas y el aire transportaba los olores de su infancia. En ese mundo, su hermana y su madre se bañaban juntas en un mar cristalino de tonos turquesa. Se reían, se salpicaban, compartían alegría, y la brisa y el sol les acariciaban el pelo mojado y la piel salada. No tenían edad y tenían todas las posibles, eran niñas, mujeres y viejas al mismo tiempo, pero siempre ellas.

—¡Ven, Julie! —le decían desde la orilla, y ella las observaba con los pies medio enterrados en la arena cálida de la playa—. ¡El agua está fantástica!

Y estaba segura de que era del todo cierto. Nada deseaba más que ir con ellas, reunirse con ellas, abrazarlas y fundirse con ese mar balsámico.

Pero no había ido. Todavía no podía hacerlo. Había cerrado los ojos, había enterrado aún más los pies en la arena, y cuando había vuelto a abrirlos, esas aguas irisadas por el sol y esa arena de oro se habían convertido en una jaula de cemento improvisada, y el olor a crema solar y a brisa salada era ahora el hedor animal y rancio del sudor, el miedo y la incomprensión.

Y después, esta noche, ha tenido una visión. La ha sorprendido mucho, porque normalmente solo ha tenido visiones de otras personas, de cosas que no la tocan de cerca. Más de una vez se ha recriminado a sí misma que, a pesar de los talentos y aprendizajes que ha ido adquiriendo, ni una sola vez haya sido capaz de tener una visión relacionada con lo que le pasó a Gemma, con lo mucho que la habría ayudado. Pero también sabe que la psique es complicada y que el universo funciona de maneras que no siempre entendemos. Por eso, después de lo que ha visto esta noche, sabe que debe salir de aquí como sea, de inmediato, antes de que sea demasiado tarde y acabe como su hermana.

El ruido del viejo motor a lo lejos le indica que el momento de huir ha llegado. Se tumba en el suelo, boca abajo, con el palo de madera escondido en el vientre, una mano por encima de la cabeza y la otra sujetándolo, y espera a que David Sabater abra la puerta.

67

Aquella noche de San Juan (V)

David Sabater

La Ferrera. El Prat de Llobregat
23 de junio de 1999

Entró por la puerta de la valla blanca. Era tarde y, aunque hacía tiempo que era mayor de edad, no quería que su padre supiera la hora a la que había llegado por las imágenes de la cámara de seguridad. Al día siguiente tenía que trabajar en el campo, y no quería que le buscara las cosquillas y le asignara más trabajo del que le correspondía para penalizarlo por una noche de fiesta. ¡Qué coño, se la merecía! Se pasaba los días viviendo y trabajando en la reserva. Sabía que había llegado el momento de considerar realmente la posibilidad de decirle a su padre que aquello no era para él, que no era la vida que había elegido y que tenía derecho a tener otra. Había llegado el momento de considerarlo y dar los pasos oportunos para cambiar el rumbo de su vida.

Pero no sería esa noche.

Esa noche su objetivo era llegar lo antes posible a la Torre Vella sin que nadie se diera cuenta de lo tarde que era y dormir las pocas horas que quedaban de oscuridad. Por suerte, había dejado el coche aparcado al otro lado de la valla, lo que le permitiría llegar mucho más rápido. Había bebido mucho, pero conocía a la perfección los senderos de tierra. No habría problema.

Subió al Lada Niva e inició el camino de regreso a su casa. Aún se veían luces encendidas en la Casa Belart a través de los pinos cuando llegó a la primera bifurcación; si hubiera apagado el motor, incluso habría distinguido la canción que sobrevolaba las copas de los pinos.

Giró por el desvío y aceleró de nuevo. Se dio cuenta de que la molestia que sentía desde hacía un rato era su cuerpo haciéndole notar que necesitaba mear. Sintió la tentación de detener el vehículo, pero le dio pereza parar el coche allí en medio. Solo quería llegar a su casa, ir al baño y meterse en la cama, así que aumentó aún más la velocidad, con las ventanas abiertas, el aire en el rostro, sintiéndose libre en esos últimos minutos antes de llegar..., hasta que en una curva notó una fuerte sacudida y un golpe seco, casi imperceptible, que lo obligó a detener el vehículo.

Lo primero que pensó fue que había atropellado un jabalí. Había bastantes en la reserva, incluso a veces tenían que hacer batidas. Bajó del Lada Niva convencido de que apartaría al animal a un lado y seguiría su camino.

Pero lo que encontró le heló la sangre.

Quince minutos más tarde volvió a detener el vehículo en el mismo punto, pero esta vez iba acompañado de su padre, Vicent. No habían intercambiado ni una sola palabra desde que este había subido al coche, después de que él lo despertara intentando hacer el menor ruido posible y le contara lo que había pasado.

Los dos bajaron del todoterreno y se quedaron de pie, en silencio y con los brazos cruzados frente al cuerpo inmóvil. Al final Vicent se agachó y colocó los dedos índice y corazón en la yugular de la chica.

—¿Qué haces? —le susurró.

—Miro si está viva —le respondió su padre.

—Deberíamos haber llamado a la ambulancia cuando estábamos en casa —farfulló con los ojos fijos en el suelo, incapaz de mirar el rostro de la joven—. Llevas ese móvil nuevo, el que te dio la señora Campmany, ¿verdad?

Vicent movió la cabeza de un lado a otro.

—No habría servido de nada. Está muerta.

—¡¿Qué?! ¡Virgen santa, la he matado! —Se llevó las manos a la cabeza.

—Eso no lo sabes. Ya estaba en el suelo cuando tú has llegado, por eso no la has visto.

—Y porque estaba borracho —murmuró David.

—Calla. Que te compadezcas de ti mismo no nos servirá de nada. —Su padre se levantó y echó un vistazo por los alrededores utilizando la linterna que llevaba en la mano izquierda para iluminar el entorno. Enseguida encontró el metal azul brillante de la moto medio escondido en el cañizal—. ¿Lo ves? Ha tenido un accidente de moto.

—No puede haberse matado así...

—No lo sabemos. No sabemos nada de lo que ha pasado. Deja de hacer conjeturas.

—De todas formas, tenemos que llamar a la policía.

Su padre no respondió. Tenía los ojos fijos en la Scoopy.

—Papá.

—Déjame pensar —le dijo taxativamente.

—¿Que te deje pensar el qué? —No le gustó por dónde iban los tiros. Sentía que, como siempre, estaba perdiendo el control de la situación y dejando que fuera su padre quien tomara las decisiones.

Vicent se quedó unos segundos más en silencio y después apartó la mirada de la motocicleta y lo miró fijamente a los ojos.

—Escúchame con atención, hijo. La chica está muerta, ya no podemos hacer nada. ¿De qué nos servirá llamar a la policía? Tanto si has sido tú el culpable de lo que le ha pasado como si has tenido algo que ver y has acabado de rematarla porque ya estaba herida y no la has visto... ¿de qué servirá? Te meterán en la cárcel. Tu madre y yo nos quedaremos sin trabajo. Nos echarán de la reserva. Sabes que los Domènech no podrán mantenernos aquí si esto sale a la luz. Tienen que ser ejemplares. Y a ellos también les perjudicará. Todo el pueblo lo comentará. ¿Dónde viviremos tu madre y yo? Y tú, en la cárcel… No. No. Ha sido un desafortunado accidente. Además, probablemente ya estaba muerta.

—Papá…

—David, ella ya ha perdido la vida. Es absurdo que nosotros también perdamos la nuestra.

Le pareció que lo que decía su padre tenía sentido. Era lógico y pragmático. Aun así, lo que siempre había identificado como conciencia insistía en comunicarle que lo que proponía su progenitor no estaba bien.

—Pero, papá, ella debe de tener una familia. La echarán de menos y no sabrán dónde está ni qué ha pasado… ¿Qué piensas hacer con ella? Es que no veo cómo… —Estaba abrumado por las emociones. Sintió que estaba a punto de vomitar.

—Seguramente tiene una familia, sí. Y lo que ha pasado es una putada. Y que no sepan que está muerta… quizá es mejor o quizá no. Tienes razón. Pero ahora tienes que decidir entre su familia y la tuya. A veces la vida es así de injusta y tienes que ser rápido y ágil cuando tomas decisiones. ¿Quieres arruinar tu vida y la nuestra por un accidente y una muerte de la que estoy seguro de que ni siquiera eres responsable?

Bajó la cabeza y la enterró entre las manos, con el cerebro a mil por hora y el corazón latiéndole con una intensidad brutal. Vicent se acercó a él y le apoyó la mano en el hombro, el único gesto de consuelo que había hecho en toda la noche.

Colocó la mano derecha encima de la de su padre y levantó la cabeza con la respuesta en los labios.

—No, no quiero —le dijo con una mirada avergonzada.

Su padre le apretó la mano con fuerza y asintió.

—Pues démonos prisa. Tenemos mucho trabajo que hacer y poco tiempo hasta que salga el sol.

68

Estancamiento

Clàudia

Casa Belart. La Ferrera. El Prat de Llobregat
30 de septiembre de 2025

Regresa después de pasar un par de horas examinando minuciosamente y sin éxito la zona más próxima a la Casa Belart, en busca de algún rastro de Julie. Decide comer algo en la mesa del porche y dedicar el resto del día a descubrir dónde está su amiga de una vez por todas.

Se prepara el segundo café con leche de avena del día, coge un paquete de galletas Biscoff que ha encontrado en el armario de los dulces y una botella de agua y se dirige a la mesa. Enciende el ordenador y hace una búsqueda de nuevas noticias de la zona, pero no encuentra nada relacionado con Julie. Por suerte, piensa. No tener noticias es, en el fondo, una buena noticia. Da un mordisco a una de las galletas y marca el número de teléfono móvil de su hermano.

—Hola, Clàudia —le responde él.

—Hola. ¿Habéis descubierto algo más sobre Julie?

—No. No hemos encontrado ninguna pista.

—¿Nada de nada?

—Nada de nada.

—¿Seguro que estáis haciendo todo lo que podéis, Pau? —Ha intentado moderar su tono, pero no lo ha conseguido del todo.

—Clàudia...

—Solo digo que creo que no os lo estáis tomando con la urgencia necesaria. ¿Has mirado los documentos que te envié de la chica que desapareció en la reserva y que después encontraron muerta en la playa? Gemma Guitart.

—Sí, Clàudia, pero es un caso de hace veintiséis años. No me ayuda demasiado en el presente inmediato.

—Te ayudaría si intentaras averiguar quién pudo tener algo que ver, porque probablemente eso es lo que ha hecho Julie y la causa de su desaparición.

—Me sabe mal. Sé que crees que no estamos a la altura, pero piensa que yo no puedo reabrir un caso que ya está cerrado para investigar una desaparición, por muy amiga tuya que sea Julie.

—No, sí, sí, lo entiendo —le dice secamente.

—Lo siento.

—Sí, ya. Vale, gracias, muchas gracias. Ya hablaremos. —Y le cuelga el teléfono de muy mal humor.

Un segundo después la llaman a ella. Da dos toques en el AirPod derecho, convencida de que es su hermano con la intención de sermonearla sobre su falta de educación por haberle colgado el teléfono.

—Que sí, que vale. No hace falta que pierdas el tiempo en decirme que soy una malcriada por colgarte el teléfono, que te picas por cualquier cosa, tío —responde mientras extiende la mano para acercarse la taza de café con leche a los labios.

—¿A quién le has colgado el teléfono, Clàudia? —le pregunta otra voz masculina.

—¿Levy?

—Hola. Buenos días.

—Perdona, creía que eras mi hermano.

—Ya veo que tenéis una comunicación muy fluida. Escucha, te llamo porque han pasado cosas, y, aunque técnicamente no tendría que decirte nada, creo que debo hacerlo. Pero tienes que prometerme que no dirás ni publicarás nada, ¿de acuerdo? Ningún post, ni tuit, ni entrada, ni nada.

—¿Qué podría publicar? —le pregunta curiosa.

—Lo que no deberías publicar, de ninguna manera —le explica Levy—, es que están deteniendo al asesino de Laura Sabater.

—¿De verdad? ¡Ostras! ¿Quién es?

—¿Me prometes que no dirás nada de momento?

—No diré nada, te lo prometo. Tenemos un trato y lo respetaré. Soy una mujer de palabra.

—Un chico que traficaba con drogas en la playa —le dice él—. Él y un amigo suyo quisieron ganar dinero secuestrándola. No tenían ninguna experiencia, la confundieron con Dèlia Domènech. Le dieron un golpe en la cabeza y, cuando se dieron cuenta de que no era ella, perdieron los papeles y la dejaron ahí. Podría haber sobrevivido si hubieran llamado a una ambulancia, pero, claro...

—Ostras, tío, qué mierda de vida.

—Totalmente de acuerdo, aunque ahora ya sabes que su muerte no tiene nada que ver con la desaparición de Julie. Al menos de forma directa.

—La desaparición de Julie tiene que ver con la Ferrera, de eso estoy segura.

—No te digo que no. De hecho, hay otra cosa: han encontrado restos humanos en el jardín de la Torre Domènech.

—¡¿Un muerto?! —exclama alterada—. Pero ¿por qué no me lo has dicho antes?

—No es Julie. En ese caso, evidentemente, no te lo habría dicho así. Es un esqueleto de hace tiempo. Solo había huesos y algunos objetos.

—¿Qué objetos?

—No he podido verlos. He estado ocupado con la detención del asesino de Laura. Pero están analizándolos.

—Pero ¿cuándo ha pasado todo esto?

—Han sido una madrugada y una mañana muy productivas.

—Pues para mí no mucho. Sigo igual que ayer. No sé por dónde tirar. Si al menos pudiera ver los vídeos de las cámaras de seguridad...

—Ahora iremos a la Ferrera. Hemos intentado localizar a David Sabater para comunicárselo, pero no responde al móvil. Debe de estar trabajando en el campo. Nos vemos luego, si quieres, a ver si puedo echarte una mano antes de irme. Pásate por allí dentro de un rato y vemos los vídeos juntos. Siempre va bien tener un par de ojos extras.

—Vaya, qué considerado —le dice ella, pero en realidad se lo agradece—. Bien, mientras tanto iré a dar una vuelta. Si veo a Sabater, te lo haré saber.

—Pero no se te ocurra decirle nada, ¿eh?

—¿Por quién me has tomado?

—Aún no lo tengo claro —bromea—. Hasta luego. —Y cuelga el teléfono.

Ella se termina el café con leche y lo acompaña con tres galletas más antes de entrar en la casa a dejar el ordenador. Después esconde los documentos que encontró en el despacho de Julie detrás de la nevera de la despensa, coge una de las viejas bicicletas del aparcamiento y se dispone a peinar la reserva de arriba abajo.

69

Condena

Julie

Establo abandonado de la Ferrera. El Prat de Llobregat
30 de septiembre de 2025

Tras soportar la agonía de oírlo acercarse lentamente, el tractor se detiene por fin a escasos metros de la pared de ese panteón gris y solitario que la separa de la libertad.

Baja la cabeza y la apoya de lado en el suelo de cemento sucio y desigual, dispuesta a ejecutar su plan. Puede identificar los pasos que avanzan pesados por el barro y que se acercan despacio a una primera entrada. Unas llaves giran, algo metálico es arrastrado y la puerta principal chirría pesadamente al abrirse. Después, los pasos aún más cercanos y el ruido metálico de unas llaves aproximándose de nuevo a la cerradura del lugar en el que está recluida. Pero entonces, de repente, silencio. Por la ausencia de ruido, percibe la duda en su antagonista. Estaba a punto de entrar y ahora está dudando si hacerlo. Después, un golpe suave en el metal de la puerta, que bien podría ser una espalda apoyada en la superficie que se deja caer hasta llegar a sentarse en el suelo.

—¿Señora Magnier?

Esto no se lo esperaba. Si ahora responde, su plan se irá a la mierda. O puede fingir que se encuentra muy mal y obligarlo a entrar.

Decide hacer una especie de gruñido dolorido para forzarlo a abrir la puerta.

—Señora Magnier, siento mucho esta situación —sigue él. No parece que tenga intención de abrir ahora mismo—. No he tenido ninguna otra salida.

Claro que la ha tenido. Todavía la tiene. Lo que pasa es que no le gusta, piensa ella. Pero no es el momento de tener esta discusión. Se limita a soltar otro gruñido similar al anterior esperando que en algún momento él quiera saber cómo se encuentra o entrar a dejarle el agua.

—Solo quería decirle, antes de..., antes de que todo esto acabe, que lo que pasó con esa chica, su hermana, fue un accidente. La atropellé sin querer. Estaba tirada en el camino, a oscuras, y no la vi. No sé qué hacía allí. Pero le juro que no la vi. Fue un horrible accidente. Yo no quería hacerle daño a nadie.

Se estremece al oír estas palabras. De todas las situaciones que ha imaginado durante todo este tiempo, ninguna era la de un atropello accidental. De repente se siente vacía y desorientada. Le dan ganas de vomitar. ¿Qué debe hacer ahora con esta información, con esta verdad que lleva tantísimos años persiguiendo y que le acaba de escupir sin previo aviso?

—Debió de caerse con la moto y darse un golpe en la cabeza —continúa David Sabater—. Ni siquiera sé si estaba viva cuando yo la atropellé... Tiene que creerme. No supimos qué hacer y tomamos una mala decisión. Y por eso quiero pedirle disculpas. Lo siento de todo corazón.

Se da cuenta de que le brotan lágrimas de rabia y dolor que mojan el suelo de cemento. Tiene que hacer un esfuerzo para reprimir los sollozos que quieren acompañarlas.

—Créame que sé el dolor que causé —continúa él—. No puede ser casualidad que ahora hayan matado a mi hija. Supongo que todos acabamos pagando de una forma u otra por lo que hemos hecho, aunque en realidad no sea justo ni tenga sentido. Laura no tenía ninguna culpa de todo esto.

La sorpresa le paraliza las lágrimas. Ahora entiende por qué no ha venido los últimos días: el hombre está de luto.

—Señora Magnier, ¿está escuchándome? ¿Está oyendo lo que le estoy diciendo? No quiero... No quiero poner fin a todo esto sin que lo sepa.

Se le hiela la sangre. Entiende lo que está a punto de suceder. La visión era real.

—Lo siento, pero no puedo dejar que mi mujer descubra lo que pasó. La hundiría del todo. Se dejaría morir. Lo lamento mucho, pero tengo que hacerlo por ella. No puedo ser responsable de otra muerte en mi familia. Teresa es lo único que me queda en esta vida.

Oye que el hombre se levanta del suelo. Las llaves de nuevo en la cerradura. Pero la puerta no se abre. Después, el sonido de una lata con líquido sacudida arriba y abajo. El olor ácido de gasolina le llega a las fosas nasales. Otra lata sacudida. Más olor a combustible.

Se levanta y camina sigilosamente hacia la puerta cuando oye el movimiento de unas cerillas que bailan en una caja de cartón. Una de las cerillas frota el fósforo rojo de la caja. Identifica el sonido de la llama que se enciende instantáneamente.

De repente la puerta se abre y la cerilla aterriza en la alfombra de paja que le ha servido de cama estos últimos días. La llamarada engulle el aire y se expande rápidamente como un mar rojo de olas hirviendo. Corre hacia la puerta y consigue colocar el pie y el palo de madera antes de que Sabater vuelva a cerrarla para dejarla morir ahogada o quemada, lo que ocurra antes. El palo, que tiene un par de clavos oxidados incrustados, frena la superficie de metal, golpea la cabeza del hombre y le hace una herida notable, aunque mucho menos profunda que la que habría querido causarle. Ya fuera del pequeño almacén, confirma que se encuentran en un gran establo abandonado. Rápidamente, Sabater enciende otra cerilla, la lanza a las balas de paja secas que llenan gran parte de la estancia y echa a correr hacia la salida, unos cincuenta metros más allá. Ella se da cuenta de que en poco tiempo todo se habrá convertido en ceniza. Lo sigue con dificultad entre el humo cada vez más denso. Los ojos le escuecen y empieza a toser. Le cuesta mucho respirar. Su salud actual, deshidratada y herida como está, le resta agilidad mental y física, y, aunque consigue llegar a la gran puerta de madera principal, la encuentra cerrada y atrancada. Es evidente que David Sabater está dispuesto a condenarla a una muerte segura, y no descarta que lo consiga.

70
Incertidumbre
Teresa

Torre Vella. La Ferrera. El Prat de Llobregat
30 de septiembre de 2025

Los Mossos llegan a la Torre Vella hacia la una y media de la tarde. No llaman al timbre, sino que entran directamente en la casa. Las encuentran a Cati y a ella en la cocina haciendo un pollo con chirlas y arroz. No le apetecía comer nada, pero Cati ha insistido en que hicieran algo para mantenerse ocupadas, y la verdad es que durante un rato estar concentrada en la actividad la ha ayudado a sobrellevar el día.

—¿Dónde está su marido? —le pregunta sin preámbulos el mosso rubio.

—Oh, perdone. ¿Han llamado al timbre? Como tenemos encendido el extractor, no los hemos oído —se excusa Cati.

—No sé dónde está —le responde ella—. Lo he visto marcharse con el tractor hace un buen rato. Creo que todavía no ha vuelto.

No sabe por qué, pero tiene un mal presentimiento.

El mosso intercambia una mirada con su compañero de pelo castaño, con la que le parece que les ha bastado para entenderse. El rubio vuelve a salir por la puerta y el otro se queda en la estancia con ellas.

—Les rogamos que nos acompañen, por favor —les dice en tono amable.

—Ah, pero es que tenemos la cazuela en el fuego. ¿La ve? Estamos haciendo arroz con... —empieza a explicarle Cati.

—Apaguen el fuego, por favor, y acompáñennos, si son tan amables —insiste él.

—¿Qué pasa? —le pregunta Teresa inquieta—. ¿Dónde ha ido el otro mosso?

—Han detenido al asesino de su hija —le contesta—. Si nos acompañan, podremos darles los detalles.

—¡Oh, Dios mío! ¿Lo han encontrado? ¿Quién es? —inquiere con el llanto en la garganta—. ¿Por qué la ha matado? ¿Es alguien de la Ferrera?

—Vengan con nosotros, por favor, y podremos contárselo todo —repite el mosso con una pizca de impaciencia.

Al final apagan el fuego, se quitan los delantales, los cuelgan detrás de la puerta de madera de la estancia y salen con él justo cuando su compañero baja por la escalera y niega con la cabeza.

—¿No deberíamos esperar a David? —pregunta ella, preocupada—. Es raro que no haya vuelto ya. Suele llegar para comer a esta hora...

—Nosotros lo buscaremos. Pueden esperarlo en el coche o en la comisaría.

—Pero es que no entiendo este secretismo y esta prisa por sacarnos de casa. ¿Por qué no pueden contárnoslo aquí? —insiste ella.

—Su marido ha incendiado la vieja granja con Julie Magnier dentro, señora. No es seguro que se queden aquí —le responde el mosso rubio.

—¡¿Cómo?! Pero ¡¿qué dice?! ¡No es posible! ¿Por qué haría algo así? —Sin embargo, de alguna manera lo ve posible. Desde hace días sabe que algo no va bien.

—Pues eso es lo que estamos intentando descubrir.

—Entonces ¿lo del asesino de Laura es mentira? ¿Nos lo han dicho para sacarnos de casa? —los increpa visiblemente enfadada.

—No, es del todo cierto. Lo están procesando ahora mismo en comisaría —le dice acompañándolas físicamente, con la ayuda de un movimiento de brazo, hasta la puerta de la entrada y después hasta el coche oficial que espera con dos agentes en su interior.

Después, el coche arranca y avanza por la carretera de la playa hacia la comisaría. Y desde ese momento no puede sacudirse el sentimiento de inquietud y la convicción de que David ha tenido mucho más que ver con el cambio que ha sufrido su vida de lo que había pensado hasta ahora.

71

Libertad

Clàudia

Estanque de la Ferrera. El Prat de Llobregat
30 de septiembre de 2025

Se acerca al estanque para refrescarse y hacer un descanso. El sol del mediodía pica y le ha quemado la piel mientras iba en bicicleta.

De momento no ha encontrado nada de especial interés. Se ha puesto en alerta cuando ha visto una casa abandonada, pero dentro no había más que sofás, colchones viejos en el suelo, botellas polvorientas y latas oxidadas de bebidas, algunas de marcas que ya no existen. Ni rastro de Julie. Así que ha seguido por el camino de tierra y ha llegado a aquella parte del estanque, donde una pareja de patos reales le han dirigido una mirada indiferente antes de seguir navegando altivos entre las cañas.

Introduce las manos en el agua fresca y se moja ligeramente los brazos enrojecidos y las mejillas. Después se sienta en silencio en la orilla y cierra los ojos buscando una respuesta en el viento, que juega con su pelo, o en las minúsculas ondas que se desplazan por la superficie del agua de tonos verdosos cuando lanza un guijarro.

Al cabo de unos minutos, cuando se relaja, entre avión que aterriza y avión que despega, percibe que su entorno se mueve constante e incansable; que dondequiera que mire aparece vida de la que no ha sido consciente en un primer momento; que hay peces, ranas, nutrias y pájaros grandes y pequeños de los que desconoce el nombre, y plantas y arbustos sin apellido que bailan con la brisa que los acaricia.

Y entonces, cuando siente esta especie de paz, de comunión, ya casi desconocida para ella, ve el reflejo increíble delante de ella. Esos ojos de color miel, avezados al otro lado del estanque, levantan la mirada después de beber de sus aguas y se encuentran con los suyos.

—Hola —le dice en voz baja sin darse cuenta.

La loba le sostiene la mirada durante dos o tres segundos más. Le parece, quizá por las manchas blancas en el hocico, que le dedica una sonrisa antes de levantar la magnífica cabeza marrón y dar media vuelta hacia el camino que se abre entre las trencadallas con ligeros saltitos.

Y sabe, en ese momento, desde lo más profundo de su ser, que debe seguirla inmediatamente.

Enseguida distingue la columna de humo en la lejanía. Procede de un edificio entre los campos de alcachofas, que empiezan a estar en plena producción.

Pedalea rápidamente hacia el posible fuego por los caminos que separan las parcelas. A medio camino divisa el edificio en llamas. Justo en ese momento, la loba se desvía por uno de los caminos de tierra y desaparece de su vista. Su pelaje marrón se mimetiza progresivamente con la tierra de los campos. Ella sigue haciendo avanzar la bicicleta, que resbala de vez en cuando por el suelo irregular y húmedo, hasta que al final se cae a escasos metros de su objetivo.

Se levanta, saca el móvil del bolsillo y llama a Levy.

—¿Dónde estáis? —le pregunta jadeando.

—En la Torre Vella, entrando por la puerta principal. ¿Qué pasa?

—Hay un incendio entre los campos de alcachofas. Parece bestia. Creo que Julie puede estar allí.

—¿Por qué?

—Es difícil de explicar. ¿Venís o qué?

—Sí, vamos. Espera a que lleguemos. No hagas ninguna locura.

Esta vez la que cuelga es ella. Acaba de ver a David Sabater saliendo del establo ardiente y atrancando la puerta.

—¡¿Julie?! ¿Julieeeeee? —grita mientras recorre las paredes del edificio, que irradian un intenso calor.

Cuando el hombre la oye, gira el rostro y la mira dubitativo. Luego echa a correr hacia los campos. Ella, confundida, mira en una dirección y en la otra. Al final se dirige a la enorme puerta de madera. El humo que sale de las ventanas de la estructura que hierve por dentro empieza a impregnarle los ojos, y algunas paredes principales ya han empezado a quemarse.

—¡Julieee! —grita cuando llega frente a la puerta.

Oye dos golpes fuertes en la madera.

—¡Julie! —grita de nuevo—. Julie, ¿estás aquí?

—¡Clàudia! ¡Clàudia! ¡Estoy aquí dentroooooo!

Coge la pesada barra de hierro que atranca las dos puertas y la levanta despacio. Las lenguas de fuego se acercan peligrosamente a su piel, pero la puerta no se abre. Está cerrada con llave. Mira a su alrededor y ve el tractor aparcado a un lado del edificio.

—¡Aguanta, Julie! ¡Te sacaré de ahí! —grita—. ¡Apártate! ¡Aléjate de la puerta!

Corre hacia el vehículo y sube a este. Por suerte, encuentra las llaves puestas en el contacto.

Arranca el motor y toca un par de palancas y botones, con los que el tractor da un par de sacudidas bruscas, hasta que entiende más o menos cómo funciona y con cierta dificultad lo dirige hacia la puerta. Da una embestida, pero la velocidad es relativamente lenta y la puerta no se abre. Da marcha atrás y repite la operación. Una vez. Y otra. Y otra.

Por fin, a la cuarta la madera cede y consigue hacer un agujero.

Baja del vehículo y asoma la cabeza entre el aire hirviendo y las lenguas de fuego.

Julie yace en el suelo unos metros más allá, con los ojos cerrados. Entra, coge a su amiga por debajo de los brazos y la arrastra fuera de ese infierno.

72

Justicia

Levy

La Ferrera. El Prat de Llobregat
30 de septiembre de 2025

La ambulancia, con Julie y Clàudia dentro, desaparece por el camino de tierra entre los campos de alcachofas.

—¿Crees que todavía está por ahí? —le pregunta Roure.

Levy asiente.

—De acuerdo. ¿Por dónde empezamos?

—Julie ha dicho que lo ha herido en la cabeza. Busquemos rastros de sangre en la tierra, en las hojas, etcétera, en la dirección que ha indicado Clàudia.

—De acuerdo.

Los dos empiezan a rastrear el terreno. El hecho de que el suelo todavía esté húmedo dificulta distinguir posibles rastros de sangre, pero no tardan mucho en encontrar una piedra en la que se vislumbran un par de gotas minúsculas, todavía frescas. Siguiendo el estrecho camino, llegan, unos siete minutos después, a una casa abandonada de dos plantas con varias ventanas tapiadas, pero la puerta de entrada ajustada.

Se acercan sigilosamente y escuchan. Pueden distinguir unos pasos rápidos en el interior.

Levy entreabre la puerta. Hay huellas de barro frescas en las baldosas del suelo. Mira a Roure y le señala con la cabeza el interior de la casa. Roure asiente, pasa por su lado con el arma oficial en una mano y entra en la casa sin hacer ruido.

Lo sigue de puntillas, con la mano en la empuñadura de su arma. Las huellas de barro se hacen menos visibles a medida que avanzan por la escalera.

—¡Señor Sabater, sabemos que está aquí! ¡Salga de su escondite inmediatamente! —grita Roure.

No hay respuesta.

Cuando llegan al rellano, se dividen las estancias; uno va hacia las dos habitaciones de la derecha y el otro hacia las de la izquierda. Todas las puertas están cerradas. Da una patada a la primera, que se estrella contra la pared y deja a la vista una habitación donde solo hay un viejo armario de madera maciza con las puertas cerradas y un colchón mugriento con aguas marrones y amarillas en la tela. Se acerca sigilosamente al armario. Con una mano sujeta el arma mientras con la otra coge el pomo y lo abre. Dentro solo hay un abrigo de pana roído por las polillas que cuelga lánguidamente de una percha.

Se dispone a inspeccionar la habitación contigua cuando oye un estruendo al otro lado del rellano, seguido de un grito ahogado.

—¡¿Roure?! —Corre hacia la habitación y encuentra a su compañero aturdido en el suelo, con una herida que sangra en la cabeza. El arma que llevaba en la mano ha desaparecido. Pega la espalda a la pared de inmediato, con el arma levantada, y se desplaza hasta la salida siguiendo el contorno de la pared.

—¡Sabater! ¡Han detenido al asesino de Laura! —grita hacia la escalera—. ¿No quieres saber quién es?

Oye unos pasos en el piso de abajo, pero nadie responde.

Desciende por la escalera muy despacio, peinando cada centímetro que gana de visión con cada escalón que baja. La sala tiene más elementos que permiten esconderse. De momento piensa en detrás del sofá y detrás del arco de medio punto que separa la pared desgastada de color esmeralda de la sala adyacente.

—¿De verdad no quieres saber qué le pasó a tu hija? —grita de nuevo—. ¿No quieres saber quién la mató?

Rodea la vieja bañera desconchada que contiene botellas y latas oxidadas en su interior y se dirige a la estancia adyacente cuando de repente oye un silbido muy cerca de su oreja y un golpe seco en la pared de yeso. No entiende por qué las balas vienen de arriba, pero, sea como fuere, eso le dificulta el movimiento y la visión. No tiene sentido que gaste balas sin saber dónde apunta, y menos aún con Roure inconsciente en el piso de arriba. Corre para ocultarse detrás del sofá, que es lo que tiene más cerca, cuando otra bala, disparada con la pistola de Roure, le hiere el brazo.

—Vete o me cargo a tu compañero. —Oye la voz de David Sabater por primera vez.

—No hagas tonterías, Sabater. Ya te has complicado bastante la vida con un intento de homicidio en la granja. Entrégate ahora y hablaremos. No hace falta que tu conciencia cargue con otro muerto.

—No puedo dejar que me encerréis ni que mi mujer sepa lo que pasó. ¡La mataréis! —grita desde detrás de la habitación donde está Roure.

—Ya es demasiado tarde. La hemos llevado a comisaría. A estas horas ya debe de saber la verdad. ¿No quieres que escuche tu versión de los hechos, Sabater? —Decide jugársela y avanzar por la escalera. No puede dejarlo más tiempo en la habitación con Roure—. ¿No quieres tener la oportunidad de explicarte?

—¡No te acerques! —grita él—. ¡Si te acercas lo mato! ¡Te juro que me lo cargo! —lo amenaza. La desesperación llena cada una de sus palabras.

—Un hombre debe saber cuándo rendirse, David. Ahora es el momento.

—¡No puedo! ¡No puedo enfrentarme a ella! —La voz se le quiebra, llorosa—. ¡Mi hija está muerta por mi culpa! ¡Lo ha pagado ella por mí! Nunca me lo perdonará...

Se da perfecta cuenta del cambio de estado mental que acaba de experimentar Sabater. No quiere seguir viviendo. Está decidiendo si se carga a alguien más antes de volarse la cabeza.

—David, deja el arma y sal de la habitación —le dice en tono firme mientras termina de subir la escalera.

—¡No! —grita—. ¡No viviré entre rejas el resto de mi vida! ¡Antes prefiero la muerte!

A través de la rendija de la puerta ve que David Sabater levanta el brazo y dirige el arma de Roure a su sien. No llegará a tiempo de evitarlo, así que le apunta a la pierna para inmovilizarlo.

Y, de repente, cuando está seguro de que el sonido de la pólvora estallando dentro del cerebro llenará la habitación, una botella de vidrio verde se rompe en mil pedazos sobre la cabeza de David Sabater.

Detrás de él, como por arte de magia, aparece Ignasi Rimbau.

73

La Ferrera

Levy

Ca la Lola. La Ferrera. El Prat de Llobregat
2 de octubre de 2025

Mete en la bolsa el pijama —que en realidad no es más que una camiseta de Andrew Bird y unos calzoncillos de cuadros verdes y azules de Calvin Klein— y se deja seducir momentáneamente por los rayos de luz que entran a través de la ventana y reflejan las aguas acompasadas del estanque cercano a la pared blanca de la habitación. La sensación de inquietud de los días anteriores ha desaparecido y, aunque tiene ganas de volver a casa y reencontrarse con Emma, le habría gustado disfrutar un par de días de la Ferrera en este nuevo estado que percibe ahora.

El toque sutil en la puerta de la que ha sido su casa durante unos días lo saca de su estado contemplativo.

—¿Hola? —Oye la voz de Ignasi Rimbau al otro lado.

—¡Adelante! —le responde desde la habitación.

Ignasi avanza por el pasillo con prudencia, como si el suelo que pisa pudiera hundirse bajo sus pies en cualquier momento, hasta que llega al arco de la puerta.

En un primer momento, le cuesta reconocerlo. Se ha afeitado buena parte de la barba, se ha cortado el pelo y ha cambiado el viejo pantalón de pana y el jersey verde por un pantalón nuevo de algodón y una camisa de color azul cielo, a juego con sus ojos. Parece mucho más joven que cuando lo conoció.

—Se te ve muy bien —le dice con una sonrisa.

—¿Sí? —le pregunta esperanzado.

—Claro. ¿Preparado?

—No mucho.

—Todo irá bien —le asegura. En ese momento oyen la voz de Mateu Domènech en el exterior—. Lleva más de veinticinco años esperando volver a verte. Ven conmigo.

Y Levy guía al exmago a través de la puerta de la habitación que da al jardín que rodea el estanque.

El señor Domènech está sentado en una de las sillas blancas de hierro forjado a juego con una mesa del mismo material. Lo acompaña una mujer mayor de ojos profundamente verdes y pelo blanco, que se levanta de inmediato con mucha más agilidad de la que la habría considerado capaz en un primer momento teniendo en cuenta su edad.

—Buenos días. Espero que no os moleste que hayamos entrado sin avisar —se disculpa Mateu—. Mi madre no quería esperar.

—Solo faltaría. Es su casa. —Se acerca a la pareja y le tiende la mano a la mujer, que se la estrecha con firmeza—. Encantado. Este es Ignasi Rimbau. —Se retira y hace un gesto con la mano para presentarlo.

Ignasi da un pequeño paso adelante, tímido, sin saber cómo reaccionar, hasta que se decide a tenderle la mano. Pero la mujer la ignora, se acerca a él y se coloca delante levantando el rostro para mirarlo a los ojos y posando las manos arrugadas en las mejillas para observarlo con detenimiento. Los ojos de color esmeralda de Blanca recorren lentamente cada centímetro de ese rostro que ha buscado e imaginado durante tantos años, y cuando acaba, una lágrima le brota rebelde de un ojo y le resbala por los surcos que la vida le ha grabado en la piel.

—Eres igual que tu padre —dice con la voz rota—. Y lo abraza con una fuerza inusitada.

Cuando Roure recibió la llamada que revelaba esta situación anteayer, estaban en una habitación del hospital de Bellvitge esperando los resultados de la radiografía craneal para asegurarse de que podían darle el alta, como había insistido reiteradas veces en que hicieran.

Hablaban de la ironía que suponía que Sabater hubiera desconectado, como después hizo el asesino de su hija, la cámara de seguridad la semana anterior a la muerte de Laura para deshacerse de la motocicleta de Gemma y del coche de Julie Magnier cuando sonó el teléfono.

—¿Sí? —respondió Roure. Y se mantuvo en silencio un buen rato, intercalando algunos «hum» y «ajá» hasta que su interlocutor colgó.

Luego le dirigió una mirada medio divertida, medio escéptica a Levy, pero no dijo nada.

—¿Qué? —le preguntó él.

—Cuesta creerlo.

—¿El qué? —insistió.

—Entre los restos óseos del jardín de los Domènech han encontrado una cartera de piel con documentación de Carles Domènech.

—Hombre, tampoco es tan raro. Jacint ya nos ha contado que era él y lo que pasó. Encaja.

—También han encontrado un cheque que se ha conservado de milagro, porque estaba metido entre los pliegues de una bolsa de plástico de coca. Está dirigido a Domènech y fechado el 16 de septiembre de 1990.

—Es el día que Jacint dijo que Domènech murió, ¿no?

—Exacto. El cheque lo escribió un tal Víctor Rimbau, por el importe de doscientas cincuenta mil pesetas.

—No está nada mal. ¿Creen que tenía que ver con los negocios sucios de Domènech en el Baviera?

—Al principio, sí. Pero no han encontrado ningún vínculo directo entre Víctor Rimbau y el Baviera, ni siquiera cuando se destapó todo.

—¿Entonces?

—Jacint nos dijo que la señora Campmany mató a su marido porque le había dado su hijo a alguien y no quiso decirle dónde estaba. —Se quedó un instante en silencio y luego añadió—: Dos semanas antes, la mujer del señor Rimbau había perdido al bebé que tenía que dar a luz en el hospital. El cumpleaños de Ignasi Rimbau es, según consta en su certificado de nacimiento, el día que murió Carles Domènech.

—¿Crees que Ignasi es el hijo de Blanca Campmany? —le preguntó con cierto escepticismo. Pero lo cierto es que era una posibilidad que considerar.

—Solo hay una forma de saberlo. Tiene que hacerse un perfil genético.

El resultado, al día siguiente, fue positivo.

Y ahora está aquí, viendo cómo esta mujer se reúne con el hijo al que dio a luz y al que le arrebataron hace más de veinticinco años.

Si es sincero, por primera y única vez se alegra de que un crimen —el que cometió Blanca, y la posterior ayuda de Jacint para fingir la huida de Carles Domènech y ocultar su cadáver— haya prescrito y no pueda juzgarse. De alguna manera, le parece que esta excepción imparte algún tipo de justicia.

—Bueno —concluye satisfecho—, me parece que mi trabajo aquí ya ha terminado. Me vuelvo a Girona.

—Gracias por devolver la paz a la Ferrera —le dice Blanca Campmany— y por proteger a mi nieta, Dèlia.

—No estoy seguro de que haya sido del todo cosa mía —le responde con sinceridad.

—Por la parte que le toque, al menos.

—¿Cómo se encuentra Julie? —le pregunta Mateu.

—Bien, bien. Le dieron el alta ayer. Rai Belart fue a recogerla —contesta Levy.

—¡Hombre, mira quién ha aparecido por fin! —exclama Mateu sin ocultar el sarcasmo—. En fin, supongo que tendremos que organizar una comida familiar para volver a reunirnos —añade mirando a su madre—. Y buscar otra familia que se ocupe de la finca, claro. Cuesta creer que una persona como Sabater haya hecho lo que ha hecho.

—Una tragedia lleva a otra tragedia —dice Blanca apesadumbrada—. Siempre me he sentido culpable de la maldición de la Ferrera. Estaba convencida de que era culpa mía por haber matado a tu padre —le dice—. Lo siento mucho, hijo. No supe qué otra cosa hacer.

Él niega con la cabeza y mueve la mano de un lado a otro, como si espantara una mosca o los temas que considera que deben dejarse en el pasado.

—No tenemos que hablar de eso ahora, mamá. De hecho, quizá no es necesario que lo hablemos nunca. Ya sé cómo era mi padre. Sé en todo lo que estaba metido. Entiendo que estabas en una situación muy difícil, y yo no supe verlo ni ayudarte.

Ella le acaricia la cara y sonríe agradecida por la calma que le aporta la comprensión de su hijo.

—En fin, ¿vamos? —propone ella cogiendo a cada uno de sus hijos de un brazo y señalando la Torre Domènech con la cabeza—. Es hora de que conozcas tu casa —le dice a Ignasi.

Se despiden de Levy con una sonrisa y lo dejan disfrutando unos últimos instantes en soledad de la magia de la Ferrera. Él se sienta en una de las sillas blancas, estira las piernas y levanta el rostro hacia el cielo para que el sol le bañe la piel.

Cierra los ojos y disfruta de la brisa fresca, el vaivén del agua del estanque y la fauna animal, que sigue impasible su curso a su alrededor. Unos minutos después, el movimiento sutil de una trencadalla le hace abrir los ojos en esa dirección. La loba de la que todos han hablado está a escasos metros, con las pezuñas dentro del agua, que refleja la belleza del animal como un espejo en movimiento. Durante unos segundos, los ojos del detective y los de miel del espectacular animal se cruzan con intensidad. «Qué criatura más magnífica», piensa. Es como si todas las emociones que se han experimentado en este paraje se hubieran metabolizado en la respiración y el cuerpo de este animal. Es consciente de que, sin saber cómo explicarlo, en su interior acaba de dispararse una fotografía que quedará congelada para siempre en este momento.

Después, el sonido ensordecedor del motor de un avión llena el cielo y desgarra las nubes descaradamente, y el animal desaparece a paso ágil y ligero entre los matorrales.

Agradecimientos

Muchísimas gracias a todos los que me habéis ayudado y habéis colaborado compartiendo conmigo vuestro talento, conocimientos y tiempo para hacer posible esta novela. Todo error u omisión que puedan encontrarse son indiscutiblemente responsabilidad mía.

Gracias a Anna Frago por organizar la visita a la Ricarda que hizo saltar la chispa inicial de la novela, al señor Manel Bertrand por abrirme las puertas de su casa y las de su memoria y compartir este espacio maravilloso, y a Gerard por sugerirme que hiciera la visita, porque me conoce y sabía que me inspiraría, como así fue ;-). Quiero dejar clarísimo que, aunque la Ricarda y los lugares que he visitado han inspirado esta novela como espacio natural y protegido de gran importancia e identidad para mucha gente —en especial para los que somos de El Prat de Llobregat—, la historia y los personajes que pueblan la novela no tienen absolutamente nada que ver con los que habitan la reserva, y por eso la novela está ubicada en otro espacio imaginario, la Ferrera.

Al mago Xevi, por abrirme las puertas de su extraordinario Gran Museu de la Màgia de Santa Cristina d'Aro y por todas las historias tan asombrosas que me contó sobre su vida y la de otros magos reconocidos. Fui a inspirarme para escribir un personaje secundario, pero todo es tan interesante y fascinante que habría que escribir una novela entera solo sobre este tema (no descartemos nada en el futuro ;-)). Gracias también a Jordi Gispert por hablarme del museo y gestionar la visita a ese mundo mágico que tenemos tan cerca y que es tan desconocido para muchos. ¡No os la perdáis!

A Míriam Campa, por resolver mis dudas legales de manera supereficaz y muy amablemente, como ya hizo en *La Isla del Silencio*.

A Marta, Jose y Mireia del Brevet, por recibirme siempre con una sonrisa, por interesarse por mi trabajo y mi estado mental, y dejar que me cambie de mesa hasta tres veces en una misma tarde manteniendo las formas y el sentido del humor en todo momento.

A Teresa Vilarrubla, a Núria Herrero y al equipo de Foreign Office, por confiar en mí y acompañarme estos últimos años en mi carrera literaria. ¡Sois fantásticas!

A Núria Puyuelo y al equipo de Penguin Random House, Rosa dels Vents y Suma, por haber confiado en esta novela cuando solo era un título (que, como ya ha sucedido otras veces, no es el actual). Y a Núria especialmente por haber confiado en mí desde el primer momento con *La chica del vestido azul*, y después con *Cuando llega el deshielo* y *La Isla del Silencio*, y acompañarme desde entonces en esta maravillosa aventura que es dedicarse a escribir. No se me escapa que es una suerte espectacular poder aunar amiga de confianza y editora en una misma persona, y por eso me siento muy agradecida.

A todos los lectores y lectoras que han decidido invertir parte de su tiempo y de su dinero en leer mis obras. Muchas gracias por vuestra confianza; la buena acogida que han tenido y los comentarios que me hacéis llegar sobre las novelas son la mejor motivación para seguir escribiendo, aunque no la única, claro ;-).

A la ILC y a los organizadores y organizadoras de los clubs de lectura que se crean en multitud de bibliotecas catalanas durante todo el año y que deciden contar conmigo para que participe. Comentar y compartir las obras en las que trabajas en solitario durante mucho tiempo con los lectores, que son los receptores finales de las mismas, es un combustible importantísimo para seguir escribiendo y trabajando con ilusión todos los días.

A todas las libreras y los libreros que me han acogido en presentaciones, han confiado en mí y han recomendado mis novelas a personas que no las conocían y que después se han convertido en lectoras fieles. Los lectores y las lectoras se ganan día a día, y en esto desempeñáis un papel clave y muy importante que no quiero pasar por alto.

A mis padres, Remigi y Pilar, por haberme dado siempre su apoyo incondicional en mi obsesión por contar historias, por estar a mi lado y haber seguido ayudándome en todo momento de muchas maneras, sobre todo ofreciendo su tiempo para cuidar de lo que más quiero, y por acompañarme a menudo en mis aventuras literarias. Sin ellos nada de esto sería posible, y por eso les estaré eternamente agradecida.

A Roser y Daniel también, por haber contribuido de la misma manera, con su tiempo y ayuda, para que pudiera avanzar en la novela y dedicarme a este trabajo que tanto me gusta.

A Gerard, por acompañarme en esta aventura, junto con la otra, que es nuestra vida en común, por haber confiado desde que éramos posadolescentes en que la posibilidad de vivir escribiendo era un sueño realizable y por contribuir de muchas y diferentes maneras a que hoy en día sea una realidad.

Y a Pol Vilaseca, por su sentido del humor, sus razonamientos y su amor incondicional. Por haber cambiado mi vida de mil maneras diferentes, por seguir enseñándome y recordarme cada día lo que es realmente importante y trascendente, y por ser el faro que siempre siempre lo ilumina todo.

«**Para viajar lejos no hay mejor nave que un libro**».

EMILY DICKINSON

Gracias por tu lectura de este libro.

En **penguinlibros.club** encontrarás las mejores recomendaciones de lectura.

Únete a nuestra comunidad y viaja con nosotros.

penguinlibros.club